前漢演義

——從張良借箸至叛國降虜庭

蔡東藩 著

— 爭帝圖王勢已傾，八千兵散楚歌聲 —

飛鳥盡而良弓藏
呂后心狠手辣，惠帝愚孝反成痴
一窺漢朝宮廷內外的腥風血雨

目錄

第二十六回	隨何傳命招英布　張良借箸駁酈生	005
第二十七回	縱反間范增致斃　甘替死紀信被焚	015
第二十八回	入內帳潛奪將軍印　救全城幸得舍人兒	023
第二十九回	貪功得禍酈生就烹　數罪陳言漢王中箭	031
第三十回	斬龍且出奇制勝　劃鴻溝接眷修和	041
第三十一回	大將奇謀鏖兵垓下　美人慘別走死江濱	051
第三十二回	即帝位漢主稱尊　就驛舍田橫自剄	059
第三十三回	勸移都婁敬獻議　偽出遊韓信受擒	067
第三十四回	序侯封優待蕭丞相　定朝儀功出叔孫通	075
第三十五回	謀弒父射死單于　求脫圍賂遺番後	083
第三十六回	宴深宮奉觴祝父壽　繫詔獄抔死白王冤	091
第三十七回	議廢立周昌爭儲　討亂賊陳豨敗走	101
第三十八回	悍呂后毒計戮功臣　智陸生善言招蠻酋	109
第三十九回	討淮南箭傷御駕　過沛中宴會鄉親	117

目錄

第四十回　　保儲君四皓與宴　　留遺囑高祖升遐　　125

第四十一回　　折雄狐片言杜禍　　看人彘少主驚心　　135

第四十二回　　媚公主靦顏拜母　　戲太后嫚語求妻　　143

第四十三回　　審食其遇救謝恩人　　呂娥姁挾權立少帝　　151

第四十四回　　易幼主諸呂加封　　得悍婦兩王枉死　　159

第四十五回　　聽陸生交歡將相　　連齊兵合拒權奸　　167

第四十六回　　奪禁軍捕誅諸呂　　迎代王廢死故君　　175

第四十七回　　兩重喜竇后逢兄弟　　一紙書文帝服蠻夷　　185

第四十八回　　遭眾忌賈誼被遷　　正閫儀袁盎強諫　　193

第四十九回　　鬭陽侯受椎斃命　　淮南王謀反被囚　　201

第五十回　　中行說叛國降虜庭　　緹縈女上書贖父罪　　211

第二十六回
隨何傳命招英布　張良借箸駁酈生

　　卻說韓信滅趙，諸將入賀，乘便問及計謀。經韓信從頭敘明，才知前時所遣的三路人馬，都寓玄機。靳歙一路，是叫他貪夜出發，繞到趙營後面，暗暗伏著，等到趙兵空壁出戰，便乘虛劫營，拔去趙幟，改豎漢幟。傅寬、張蒼兩路，是叫他向晨出發，埋伏趙營附近，等到陳餘回軍，分頭截殺，仍使陳餘退還泜上，好教張耳守候，把他送終。陳餘果然中計，徒落得身首兩分。就是趙王歇被眾擁出，一聞營塞失陷，當即回馬，巧值靳歙殺出，擊走趙兵，趙王歇走得少慢，且被勒歙趕著，活捉了來，也致畢命。這都是韓信預先布置，好似設著天羅地網，把趙君臣二十萬人，一古腦兒罩住，無從擺脫，待至功成事就，由韓信表白出來，眾將方如夢初醒，無不佩服。**說破疑團，使人醒目**。唯背水列陣，乃是兵法所忌，韓信違法行兵，反得大捷，尚令諸將生疑。要想問個明白，當下齊聲問通道：「兵法有言，右背山林，前左山澤。今將軍背水為陣，竟得勝趙，究是何因？」信答說道：「這也何嘗不是兵法？諸君雖閱兵書，未得奧旨，所以生疑。兵法中曾有二語云：陷之死地而後生，置之亡地而後存，便是此意。試想我軍新舊夾雜，良窳難分，信又非善能拊循，徒叫他奮身殺敵，怎望有成？唯置諸死地，使他人自為戰，然後勇氣百倍，無人可當，這又如兵法所言，驅市人為戰，不能不用此術哩。」諸將聽了，皆下拜道：「將軍妙

第二十六回
隨何傳命招英布　張良借箸駁酈生

算，非他人可及，末將等謹受教了。」信又說道：「趙歇、陳餘，雖皆擒斬，但尚有一謀士李左車，不知去向，此人不除，尚為後患，諸君能為我活擒到來，當有重賞。」諸將受命而出，四處尋捉李左車，竟無音響。信又明懸賞格，謂能生擒李左車，立賞千金。

　　過了數日，果然有人捉住左車，解到轅門，信驗明屬實，即出千金為賞，一面召入李左車。諸將在側，總道是將他立斬，誰知左車進來，信忽下座相迎，親為解縛，延令東向坐著，自己西向陪坐，彷彿弟子見師，格外敬禮，且柔聲婉問道：「僕欲北向攻燕，東向伐齊，如何可收全功？」左車皺眉道：「亡國大夫，不足圖存，請將軍另擇高明！左車何敢參議？」信又道：「僕聞百里奚居虞，無救虞亡，及到了秦國，佐成霸業，這並非為虞計拙，為秦計巧，乃是用與不用，聽與不聽，因致先後不同。若使成安君**陳餘號成安君，見二十一回。**聽用君計，恐僕亦束手成擒了。今僕虛心求教，幸勿推辭。」左車方才說道：「將軍涉西河，虜魏王，擒夏說，東下井陘，僅閱半日，得破趙兵二十萬眾，誅成安君，兼斃趙王，名聞海內，威震天下，農夫莫不輟耕釋耒，爭望將軍顏色，這是將軍的長處，一時無兩了。但迭經戰陣，師勞卒疲，不堪再用，今將軍若引往攻燕，燕人憑城固守，將軍欲戰不得，欲攻不克，情急勢拙，日久糧盡，燕既不服，齊又稱強，二國相持，劉、項勝負，終難決定，這反變做將軍的短處，豈不可惜！古來良將用兵，須要用長擊短，切不可用短擊長。」信聽言至此，忍耐不住，連忙接問道：「君言甚是，今日究用何策？」左車道：「為將軍計，莫若安兵息甲，鎮撫趙民，百里以內，如有牛酒來獻，儘可宰饗將士，鼓勵軍心。暗中先遣一辯士，齎著尺書，曉示燕王，詳陳利害，燕懼將軍聲威，不敢不從。待燕已聽命，便好東向擊齊！齊成孤立，不亡何待！雖有智士，也無能為謀了。這就是先聲後實的兵法，請將軍採擇。」

信鼓掌稱善，當即厚待左車，留居幕中。特派一個說客，持書赴燕。燕王臧荼，當然畏威乞降，覆書報信。信得燕王降書，更遣人報知漢王，且請加封張耳，使他王趙。漢王聞燕趙皆平，當然心喜，因即依了信議，封張耳為趙王，另命信引兵擊齊。復使已發，復接得隨何書報，已將九江王英布說妥，指日來降。這真是喜氣重重，無求不遂了。**隨何出使九江，見二十四回。**

　　先是隨何到了九江，九江王英布，但使太宰招待，留居客館，一連三日，未許進見。何因語太宰道：「僕奉漢王使命，來謁大王，大王託故不見，迄今已閱三日。僕料大王意思，無非楚強漢弱，尚待躊躇，但亦何妨與僕相見，僕所言如果合意，大王便可聽從，倘若不合，就可將僕等二十人，梟首市曹，轉獻楚王，豈不較快！願足下轉達鄙忱。」太宰乃入白英布，布始召何入見，命坐左側。何便開口道：「漢王使何到此，敬問大王起居，且囑何轉請大王，為什麼與楚獨親？」英布道：「寡人嘗為楚屬，北向臣事，自不得不相親了。」何又道：「大王與楚王，俱列為諸侯，今乃北向事楚，想是視楚為強，可以託國；但楚嘗伐齊，項王身先士卒親負版築，大王理應親率部眾，為楚先驅，奈何只撥四千人，往會楚軍，難道北面稱臣，好這般敷衍塞責嗎？且漢王入彭城時，項王尚在齊地，一時不及赴援，大王距居較近，應早統兵出救，渡淮力爭，乃不聞一卒逾淮，坐視成敗，難道託身他人，好這般袖手旁觀嗎？大王名為事楚，並無實際，將來項王動怒，定要歸罪大王，前來聲討，不知大王將如何對待呢？」英布聽了，沉吟不答，何復申說道：「大王視楚為強，必且視漢為弱，其實楚兵雖強，天下已皆嫉視，不願臣服。試想項王背盟約，弒義帝，何等不道！今漢王仗義討逆，招集諸侯，固守成皋滎陽，轉運蜀粟，深溝高壘，與楚相持，楚兵千里深入，進退兩難，勢且坐困，強必轉弱，何一可恃？

第二十六回
隨何傳命招英布　張良借箸駁酈生

就使楚得勝漢，諸侯必將團結一氣，併力禦楚，眾怒難犯，怎得不敗？照此看來，楚實遠不及漢哩。今大王不肯聯漢，反向外強中乾，危亡在邇的楚國，稱臣託庇，豈非自誤！目前九江軍馬，雖未必果能滅楚，但使大王背楚與漢，項王必前來攻擊，大王能將項王絆住數月，漢王便可穩取天下，那時何與大王，提劍歸漢，漢王自然裂土分封，仍將九江歸諸大王，大王方得高枕無憂，否則大王與受惡名，必遭眾矢，恐楚尚未亡，九江先已搖動，不但項王記念前嫌，要來與大王尋釁呢！」一層逼進一層。英布被他說動，不由的起身離座，與何附耳道：「寡人當遵從來命，唯近日且勿聲張，少待數日，然後宣示便了。」何乃辭歸客館。

守候了好幾天，仍無動靜，探問館員，才知楚使到來，促布發兵攻漢，布尚未決議，因此遲延。他就想出一法，專伺楚使行止。一日楚使入見，坐催布下動員令，何亦昂然趨入，走至楚使上首，坐定與語道：「九江王已經歸漢，汝係楚使，怎得來此徵兵？」英布還想瞞住，一經隨何道破，當然失色。楚使見有變故，也即驚起，向外走出。隨何急語英布道：「事機已露，休使楚使逃歸，不如殺死了他，速即助漢攻楚，免得再誤！」英布一想，好似箭在弦上，不得不發，索性依了隨何，立命左右追拘楚使，一刀兩段。於是宣告大眾，自即日起，與楚脫離關係，聯繫漢王，興師伐楚。

這消息傳到彭城，氣得項王雙目圓睜，無名火高起三丈，立飭親將項聲，與悍將龍且，領著精兵，馳攻九江。英布出兵對敵，連戰數次，卻也殺個平手，沒甚勝敗，相持了一月有餘，楚兵逐漸加增，九江兵逐漸喪失，害得布支持不住，吃了一回大敗仗，只好棄去九江，與隨何偕赴滎陽，投順漢王。

漢王傳請相見，即由隨何導布進去。到了大廳，尚不見漢王形影，再

曲曲折折的行入內室，始見漢王踞坐榻上，令人洗足。**恐漢王有洗足癖，故屢次如此。但前見酈生本是無心，此次見布，卻是有意，閱者休被瞞過。**布不禁懊悵，但事已到此，只得向前通名，屈身行禮。漢王略略欠身，便算是待客的禮節，餘不過慰問數語，也沒有多少厚情。布因即辭出，很是愧悔。湊巧隨何也即出來，便悵然與語道：「不該聽汝誑言，驟到此地！現在懊悔已遲，不如就此自殺罷！」說至此，拔劍出鞘，即欲自刎。隨何連忙止住，驚問何因？布覆說道：「我也是一國主子，南面稱王，今來與漢王相見，待我不啻奴僕，我尚有何顏為人，不如速死了事。」**看到英布後來結局，原是速死為宜。**隨何又急勸道：「漢王宿酒未醒，所以簡慢，少頃自有殊禮相待，幸勿性急。」

　　正對答間，裡面已派出典客人員，請布往寓館舍，貌極殷勤，布乃藏劍入鞘，隨同就館。但見館中陳設華麗，服御輝煌，所有衛士從吏，統皆站立兩旁，非常恭敬，儼然如謁見主子一般，既而張良、陳平等人，亦俱到來，延布上坐，擺酒接風。席間餚饌精美，器皿整潔，已覺得禮隆物備，具愜心懷。到了酒過數巡，更來了一班女樂，曼聲度曲，低唱侑觴，引得布耳鼓悠揚，眼花撩亂，快活的了不得，把那前半日尋死的心腸，早已銷融淨盡，不留遺跡了。及酒闌席散，夜靜更深，尚有歌女侍著，未敢擅去。布樂得受用，左擁右抱，其樂陶陶，一夜風光，不勝殫述。**差不多似迷人館。**翌日，乃入謝漢王，漢王卻竭誠相待，禮意兼優，比那昨日情形不相同。**操縱庸夫，便是此術。**布越覺愜意，當面宣誓，願為漢王效死。漢王乃令布出收散卒，併力拒楚。

　　布受命退出，即差人潛往九江，招徠舊部，並乘便搬取家眷。好多日方得回音，舊部卻有數千人同來，獨不見妻妾子女。問明底細，才知楚將項伯，已入九江，把他全家誅戮了。布大為悲忿，立刻進見漢王，說明慘

第二十六回
隨何傳命招英布　張良借箸駁酈生

狀，**原教你全家誅戮，好令死心歸漢。**且欲自帶部卒，赴楚報仇。漢王道：「項羽尚強，不宜輕往，況聞將軍部曲，不過數千，怎能敷用？我當助兵萬人，勞將軍往扼成皋，一俟有機可乘，便好進兵雪恨了。」布聞言稱謝，出具行裝，即日就道。漢王亦知他情急，便派兵萬名，隨他同往，布即辭行而去。

漢王既遣出英布，擬向關中催趲軍糧，與楚兵決一大戰。可巧丞相蕭何，差了許多兄弟子姪，押著糧車，運到滎陽，漢王一一傳見，且問及丞相安否？大眾齊聲道：「丞相託大王福庇，安好如常，唯念大王櫛風沐雨，親歷戎行，恨不得橐鞬相隨，分任勞苦。今特遣臣等前來服役，願乞大王賜錄，奈籍從軍！」漢王大喜道：「丞相為國忘家，為公忘私，正是忠誠無兩了。」當下召入軍官，叫他將蕭氏兄弟子姪，量能錄用，不得有違。軍官應命，引著大眾，自去支配，無庸細說。唯丞相蕭何，派遣兄弟子姪，投效軍前，卻有一種原因。自從漢王出次滎陽，時常遣使入關，慰問蕭何，蕭何也不以為意。偏有門客鮑生，冷眼窺破，獨向蕭何進言，說是漢王在軍，親嘗艱苦，及時來慰問丞相，定懷別意。最好由丞相挑選親族，視有丁壯可用，遣使從軍，方足固寵釋疑等語。蕭何依計而行，果得漢王心喜，不復猜嫌，君臣相安，自然和洽，還有什麼異言？

唯關中轉餉艱難，不能隨時接濟，全靠那敖倉積粟，取資軍食。敖倉在滎陽西北，因在敖山上面，築城儲糧，所以叫做敖倉，這是秦時留存的遺制。前由韓信遣將占據，旁築甬道，由山達河，接濟滎陽屯兵，原是保衛滎陽的要策。**回應二十四回，且足補前次所未詳。**至韓信北征，敖倉委大將周勃駐守，更撥曹參為助，非常注重。項羽屢欲進攻滎陽，發兵數次，不能得手，旋聞漢王招降英布，失去一個幫手，更不禁怒髮衝冠，亟擬督軍親出，踏破滎陽。旁有范增獻議道：「漢王固守滎陽，無非靠著敖

倉糧運，今欲往攻滎陽，必須先截敖倉，敖倉路斷，滎陽乏食，自然一戰可下了。」項王聽著，立遣部將鍾離眛，率兵萬人，往截敖倉糧道，連番衝突，攻破甬道好幾處，把漢兵輸運軍糧，搶去甚多。周勃雖聞信趕救，已是不及，且被鍾離眛邀擊一陣，反致敗回。鍾離眛飛書告捷，竟促項王進攻滎陽，項王遂大舉西行，直向滎陽出發。

　　滎陽城內，已憂乏食，剛要派兵救應敖倉，夾攻鍾離眛，不防項王統率大軍，親來奪取滎陽。這事非同小可，累得漢王寢饋難安，因召入酈食其，向他問計。酈生答道：「項羽傾國前來，銳氣正盛，未可與敵。為大王計，唯有分封諸侯，牽制楚軍，方可紓患。從前商湯放桀，仍封夏後，周武滅紂，亦封殷後，至暴秦併吞六國，不使存祀，所以速亡。今大王若分封六國後嗣，六國君民，必皆感恩慕義，願為臣妾，合力擁戴大王。大王得道多助，自可南鄉稱霸，楚成孤立，必然失勢，亦當襝衽來朝，不敢與大王抗衡了。」漢王道：「此計甚善，可即命有司刻印，齎封六國，各處都煩先生一行，為我傳命。」酈生趨出，當然代戒有司，速鑄六國王印。印尚未成，酈生已整裝待發。

　　適值張良入謁，見漢王方在午膳，趑趄不前。漢王已經瞧著，向良招呼道：「子房來得正好，可為我商決一事。」良乃趨近座前，漢王又與語道：「近日有人獻策，請封六國後人，牽制楚軍，究竟可否照行？」張良忙答道：「何人為大王出此下計？此計若行，大事去了！」漢王不覺一驚，把箸放下，就將酈生所言，轉告張良。良隨手取箸，指陳利弊道：「臣請為大王藉箸代籌，說明害處。從前湯武放伐桀紂，仍封後嗣，乃是能制彼死命，不妨示恩。今日大王自問，能制項羽的死命否？這就是一不可行。武王入殷，表商容閭，釋箕子囚，封比干墓，今日大王能否為此？這就是二不可行。武王發鉅橋粟，散鹿臺財，專濟貧窮，今日大王能否為此？這

第二十六回
隨何傳命招英布　張良借箸駁酈生

就是三不可行。武王勝殷回國，偃革為軒，倒載干戈，示不復用，今日大王能否為此？這就是四不可行。休馬華山，不復再乘，大王能做得到否？這就是五不可行。放牛桃林，不復再運，大王能做得到否？這就是六不可行。況且天下豪傑，拋親戚，棄墳墓，去故舊，來從大王，無非為日後成功，冀得尺寸封土，今復立六國後，尚有何地可封諸臣，豪傑統皆失望，不如歸事故主，大王得靠著何人，共取天下？這就是七不可行。楚若不強，倒也罷了，倘強盛如故，六國新王，必折服楚國，大王怎得強令稱臣？這就是八不可行。有此八害，豈不是大事盡去麼？」漢王口中含飯，仔細聽說，及張良說罷，竟將口中飯吐出，大罵酈生道：「豎儒無知，幾誤乃公大事！幸虧子房為我指明，免得錯行。」說至此，急命左右傳語有司，促令銷印。酈生一場高興，化作冰銷。但細思良言，確是有理，也覺得自己錯想，不敢瀆陳了。**老頭兒太多言。**

過了數日，楚兵前鋒，竟逼至滎陽城下，城外戍兵，陸續避入城中。漢王急命大小諸將，閉城固守，自在廳室中坐著，默籌方法。適值陳平來報軍情，漢王即令他旁坐，商議破敵事宜。這一番有分教：

六出奇謀緣此始，七旬亞父命該終。

欲知陳平如何獻謀，且至下回再表。

英布實一鄙夫耳！患得患失之見，橫亙胸中，故隨何怵以禍福，即為所動，背楚歸漢。及入見漢王，偶遭慢侮，便欲自刎，何其輕躁乃爾！就館以後，服御滿前，美人侍側，采色悅目，肥甘適口，轉不禁大喜欲狂，又何其志趣之卑陋也！唐李文饒以漢王見布，深得駕馭英雄之術，吾謂此足以馭鄙夫，斷不足以馭英雄。伊尹必三聘而始至，呂尚必師事而後來，倘如漢王之踞床洗足，已早望望然去之矣，寧如英布之易受牢籠乎？酈生

之初見漢王,亦遭踞床洗足之侮,而不復他適,其志識亦不過爾爾。請封六國,所見何左,一經張子房之駁斥,而其計謀之絀,已可概見。英布固鄙夫也,不得為英雄,酈生亦庸流耳,寧真得為智士!

第二十六回
隨何傳命招英布　張良借箸駁酈生

第二十七回
縱反間范增致斃　甘替死紀信被焚

　　卻說陳平入見漢王，漢王正憂心時局，亟顧語陳平道：「天下紛紛，究竟何時得了？」平答說道：「大王所慮，無非是為著項王，臣料項王麾下，不過范亞父，**項羽尊范增為亞父**。鍾離昧等數人，算做項氏忠臣，替他出力。大王若肯捐棄巨金，賄通楚人，流言反間，使他自相猜疑，然後乘隙進攻，破楚自容易了。」漢王道：「金銀何足顧惜？但教折除敵焰，便足安心。」說著，即命左右取出黃金四萬斤，交與陳平，任令行事。平受金退出，提出數成，交與心腹小校，使他扮做楚兵模樣，懷金出城，混入楚營，賄囑項王左右，偏布謠言。俗語說是錢能通神，有了黃金，沒一事不能照辦，大約過了兩三日，楚軍中便紛紛傳說，無非是嫁誣鍾離昧等，說他功多賞少，不得分封，將要聯漢滅楚等語。項王素來好猜，一聞訛傳，就不禁動了疑心，竟把鍾離昧等視做貳臣，不肯信任。唯待遇范增，尚然如故。范增且請速攻滎陽，休使漢王逃走。項王遂親督將士，把滎陽城團團圍住，四面猛撲，一些兒不肯放鬆。

　　漢王恐不能守，姑遣人與楚講和，願畫滎陽為界，將滎陽東面屬楚，西面屬漢。項王未肯遽允，不過因漢使前來，就也遣使入城，遞一個回話手本，且藉此探察城中虛實。**這也由項王中氣漸梏，故願遣使入城，否則**

第二十七回
縱反間范增致斃　甘替死紀信被焚

已將漢使殺斃，何用回報！那知被陳平湊著機會，擺就了現成圈套，好教楚使著迷，墮入計中。楚使未曾預防，貿然徑入，先向漢王報命。漢王已由陳平指導，佯作酒醉，模模糊糊的對付數語。楚使不便多言，即由陳平等匯入客館，留他午宴。陳平等走了出去，楚使靜坐片刻，便有一班僕役，抬進牛羊雞豚，及美酒佳餚，向廚房中趨入。楚使心中暗想，莫非漢王格外優待，須要饗我太牢盛饌，所以有許多物品，扛抬進來。已而又由陳平趨進，問及范亞父起居，並詢亞父有無手書？楚使道：「我奉項王使命，為了和議而來，並非由亞父所遣。」陳平聽了，故意失色道：「原來是項王使人。」說著又去。未幾即有吏人跑入廚房，指令僕役，盡將牲饌酒餚等抬出，且聽他廚下私語道：「他不是由亞父差來，怎得配饗太牢呢？」楚使不禁驚愕，俟各物抬去後，竟好一歇不見動靜。到了日影西斜，飢腸亂鳴，才見有一兩人搬入酒飯，放在案上，來請用膳。楚使大略一瞧，無非是蔬食菜羹等類，連魚肉都不見面，不由的怒氣上衝。本想拒絕不吃，只因肚飢難熬，胡亂的吃了少許。不料菜蔬中帶著臭味，未能下嚥，而且酒也是酸的，飯也是爛的，叫他如何適口？越看越惱，當時放下杯箸，大踏步走出客館，但與門吏說了一聲辭別，匆匆出城去了。**分明是個飯桶。**

　　城中守吏，並不阻擋，由他自去。他竟一口氣跑回軍營，入見項王，便一五一十的報告明白，且言亞父私通漢王，應該防著。項王怒道：「我前日早有傳聞，還道他是老成可靠，不便遽信人言，那知他果有通敵情事！這個老匹夫，想是活得不耐煩了！」說著，便欲召入范增，當面詰責。還是左右替增排解，請項王勿可過急，待有真憑實據，方可加罪，否則恐防敵人詭謀，不宜遽信云云。**如陳平的反間計，尚易窺破，只因項羽躁急，乃入彀中。**項王乃暫從含忍，不遽發作。

　　獨范增尚未得知，一心思想，要為項王設法滅漢。他見項王為了和

議，又復把攻城事情，寬懈下去，免不得暗暗著急，因此再入見項王，仍請督勵將士，速下滎陽。項王已心疑范增，默默無言。范增急說道：「古人有言：當斷不斷，反受其亂。從前鴻門會宴時，臣曾勸大王速殺劉季，大王不從臣言，因致養癰貽患，捱到今日，復得了天賜機會，把他困住滎陽，若再被逃脫，縱虎離山，一旦捲土重來，必不可敵。臣恐我不逼人，人且逼我，後悔還來得及麼！」項王被他一詰，忍不住一種悶氣，便勃然道：「汝叫我速攻滎陽，我非不欲從汝，但恐滎陽未必攻下，我的性命，要被汝送脫了！」

范增摸不著頭緒，只對著項王雙目睃著。忽然想到項王平日，從沒有這等話說，今定是聽人讒間，故有是語。因也忍耐不下，便向項王朗聲道：「天下事已經大定，願大王好好自為，勿墮敵人狡計，臣年已衰老，原宜引退，乞賜臣骸骨，歸葬鄉里便了。」說畢，掉頭徑出。項王也不挽留，一任增回入本營。增至此已知絕望，遂將項王所封歷陽侯印綬，遣人送還項王，自己草草整裝，即日東歸。一路走，一路想，回溯近幾年來，為了項王奪取天下，費盡了無數心機，滿望削平劉漢，好教項王混一宇內，自己亦得安享榮華，聊娛暮景。偏偏項王信讒加忌，弄得功敗垂成，此後楚國江山，看來總要被劉氏奪去，一腔熱血，付諸流水，豈不可嘆！於是自嗟自怨，滿腹牢騷，日間躑躅途中，連茶飯都無心吃下，夜間投宿逆旅，也是睡不得安，翻來覆去，好幾夜不能闔眼。從來愁最傷人，憂易致疾，況范增已年逾七十，怎經得起日夕煩悶，鬱極無聊！因此迫成疾病，漸漸的寒熱侵身，起初還是勉強支持，力疾就道，忽然背上奇痛得很，才閱一宵，便突起一個惡瘡。途次既無良醫，增亦不願求生，但思回見家人，與他永訣。所以臥在車中，催趲速行。將到彭城，背疽越痛越大，不堪收拾，增亦昏迷不醒。尚有幾個從人，見他死在目前，不得不暫

第二十七回
縱反間范增致斃　甘替死紀信被焚

停旅舍。過了兩日,增大叫一聲,背疽暴裂,流血不止,竟爾身亡,壽終七十一歲。時已為漢王三年四月中了。**急點年月。**

從吏見范增已死,買棺斂屍,運回居鄛,埋葬郭東。後人因他忠事項王,被敵構陷,死得可憐,乃為他立祠致祭,流傳不絕。並稱縣廷中井為亞父井,留作紀念。九泉有知,也好從此告慰了。**還算是身後幸事。**

且說項王聞范增道死,反覺傷感,又未免起了悔心。自思范增事我數年,當無歹意,安知非漢王設計,害我股肱,今與劉季誓不兩立,定當踏平此城,方足洩恨。**曉得遲了。**乃又召入鍾離昧等,好言撫慰,且囑他用力攻城,立功候賞等語。鍾離昧等倒也感奮,拚死進攻,四面圍撲,晨夕不休。

滎陽城內的將士,連日抵禦,害得筋疲力盡,困憊得很,再加糧道斷絕,貯食將罄,眼見得危急萬分,朝不保暮。漢王亦焦灼異常,陳平、張良,雖然智術過人,到此亦沒有良法,只好向眾將面前,用了各種激勵的話頭,鼓動眾志。果然有一位替死將軍,慷慨過人,情願粉骨碎身,仰報知遇。這人為誰?乃是漢將紀信。當下入見漢王,請屏左右,悄悄相告道:「大王困守孤城,已有數月,現在敵勢甚盛,城內兵少糧空,定難久守,為大王計,不如脫圍他去,方得自全。但敵軍四面圍著,毫無隙路,須要設法誑敵,把臣軀代作大王,只說是出城投降,好教敵軍無備,然後大王可以乘間出圍,不致危險了。」漢王道:「如將軍言,我雖得出重圍,將軍豈不冒險嗎?」紀信又道:「大王若不用臣言,城破以後,玉石俱焚,臣雖死亦有何益。今只死了一臣,不但大王脫禍,就是許多將士,亦得全生,是一臣可抵千萬人性命,也算是值得了!」漢王尚遲疑未決,**恐也是做作出來。**紀信奮然道:「大王不忍臣死,臣終不能獨生,不如就此先死罷。」說著意拔劍在手,遽欲自刎。慌得漢王連忙下座,把他阻住,且向

他垂涕道：「將軍忠誠貫日，古今無二，但願天心默佑，共得保全，更為萬幸。」紀信乃收劍答說道：「臣死也得所了。」漢王更召入陳平，與語紀信替死等情。陳平道：「紀將軍果肯替死，尚有何說！但也須添設一計，方保無虞。」漢王問有何策？平與漢王附耳數語，漢王自然稱妙。便由陳平寫了降書，囑使幹吏出城，齎書往謁項王。

項王展書閱畢，便問漢使道：「汝主何時出降？」漢使道：「今夜便當出降了。」項王大喜，發放漢使，叫他復告漢王，不得誤約。否則明日屠城，漢使唯唯而去。項王便令鍾離昧等，領兵伺候，一俟漢王出來，就好將他拿下祭刀。鍾離昧等振起精神，眼巴巴的待著。

時至黃昏，尚未見城中動靜。轉眼間已是夜半，方見東門大啟，放出多人，前後並無火炬，望將過去，好似穿著軍裝，滿身甲冑。大眾恐他詐降，忙將兵器高舉，向前攔阻。但聽得嬌聲高叫道：「我等婦女，無食無衣，只好趁著開門時候，出外求生，還望將軍們放開走路，賞我一線生機，將來當福壽雙全，公侯萬代！」**想都是陳平教他。**楚兵仔細一瞧，果然是婦人女子，老少不同，有的是雞皮白髮，有的是蟬鬢朱顏，隻身上都披著敝甲，扭扭捏捏，好看得很，禁不住驚異起來。又問他出城逃生，如何有這種異裝？婦女統答說道：「我等沒有衣穿，不得已將守兵棄甲，取來禦寒，幸請勿怪！」楚兵聽說，雖然釋去疑團，總不免少見多怪，暗暗稱奇。大眾分立兩旁，讓開走路，看他過去，且個個睜著饞眼，見有姿色的嬌娃，恨不將她摟抱過來，圖些快樂。更奇怪的是這種婦女，陸續不絕，過了一班，又是一班，連連絡絡，魚貫而出，一時傳為奇觀。**卻是楚軍的眼福。**甚至西、南、北三方的楚兵，亦都趨至東門，來看熱鬧。楚將也道是東門大啟，漢王總要出降，不必顧著營寨，但教趨候東門左右，不使漢王走脫，就好算得盡職，所以兵士到來，將吏等亦皆踵至。那漢王就

第二十七回
縱反間范增致斃　甘替死紀信被焚

潛開西門,帶著陳平、張良,及夏侯嬰、樊噲等,溜了出去,但留御史大夫周苛,裨將樅公,與前魏王豹同守滎陽,保住城池。

　　楚兵毫無所聞,專在東門叢集,尚見紛紛婦女出來,好多時才得走完,約莫有二三千人。天色已將黎明了,城中始有兵隊繼出,還執著旌旗羽葆,徐徐行動。又走了好一歇,**無非推延時刻,好使漢王遠颺**。方來了一乘龍車,當中端坐一位王者,黃屋左纛,前遮後擁,面目模糊難辨。楚將楚兵,總道是漢王來降,都替項王喜歡,高呼萬歲,喧聲如雷。待至龍車推近楚營,並不見漢王下車,大眾不免驚疑,入報項王。項王親自出營,張開那重瞳炬目,審視車中,那車內仍無動靜,不由的大怒道:「劉邦莫非醉死,見我親出,尚端坐如木偶麼?」說著,便喝令左右,用著火炬,環照車中。但見坐著這位人物,衣服雖似漢王模樣,面貌卻與漢王不同,因厲聲叱問道:「汝是何人,敢來冒充漢王?」車中人才應聲出答道:「我乃大漢將軍紀信。」說了一語,又復停住。**一語已足千秋**。項王越覺咆哮,大罵不止。紀信反呵呵笑說道:「項羽匹夫,仔細聽著!我王豈肯降汝?今已早出滎陽,往招各路兵馬,來與汝決一雌雄,料汝總要失敗,必為我王所擒,汝若知己,不若趕緊退去,尚得免死。」項王氣極,麾令軍士齊集火炬,燒毀來車。軍士應命,環車縱火,烈焰飛騰,車中麾蓋,統皆燃著。紀信在車中大呼道:「逆賊項羽,敢弒義帝,復要焚殺忠臣,我死且留名,看汝死後何如?」說至此,身上已經被火,仍然忍痛端坐,任他延燒,霎時間皮焦骨爛,全車成灰,一道忠魂,已往九霄雲外去了。

　　項王急欲入城,不料城門已閉,城上又滿列守卒,整備矢石,抵禦楚軍。項王督兵再攻,城中兵糧雖少,卻靠著周苛、樅公兩人,誓死固守,振作士氣,連番放箭擲石,不使楚軍近城。楚軍攻撲數次,終被擊退。周苛更與樅公商議道:「我等奉了王命,留守此城。城存與存,城亡與亡,

倉中尚有積粟數十石，總有旬日可以支持，但恐魏豹居心反覆，或被楚兵勾通，作了內應，那時防不勝防，難免失手，不如把他殺死，除絕內患。就使我王將來，責我擅殺，我等也好據實答覆，萬一我王不肯赦宥，我也寧可完城坐罪，比那亡城死敵，好得多了！」樅公也是一個忠臣，當即贊成，唯說是欲誅魏豹，須要乘他不備，從速下手。周苛遂想出一法，託言會議軍情，召豹入商。豹未曾預料，坦然趨至，周苛、樅公，迎他入座。才說數語，就被周苛拔出佩劍，砍將過去。豹不及閃避，立致受傷，還想負痛逃走，又由樅公取劍一揮，劈倒地上，了結性命。**該死久矣**。豹母已死，豹妾薄氏又由漢王帶去，無人出來領屍。周苛索性陳屍軍中，聲言豹有異心，因此加誅，如有怯戰通敵等情，當與豹一同科罪。軍吏等統皆咋舌，不敢少懈。嗣是拚死拒敵，戮力同心，竟得將一座危城，兀自守住。周苛見眾心已固，方將豹屍收殮埋葬，自與樅公分陴固守。

項王怎肯捨去？還想併力破城。會有偵騎走報，漢王向關中徵兵，馳出武關，竟向宛洛出發。說得項王驚愕失常，奮袂起座道：「劉邦詭計甚多，我中他詐降計，被他走脫，今復移兵南下，莫非又去攻我彭城？我應急往攔截為是。」隨即傳令將士，撤圍南行。

究竟漢王何故轉出武關，說來也有原因。漢王用陳平密計，東放婦女出城，誤人耳目，西向成皋馳去，不見楚兵追擊，幸得安抵成皋。旋聞紀信被焚，且悲且恨，遂向關中招集兵馬，再擬出救滎陽，替信報仇。可巧有一轅生，入白漢王道：「大王不必再往滎陽，但教出兵武關，南向宛洛，項王必慮大王復襲彭城，移兵攔阻，滎陽自可解圍，成皋亦不致吃緊。大王遇著楚兵，更當堅壁勿戰，與他相持數月，一可使滎陽、成皋，暫時休息，二可待韓信、張耳，平定東北，前來會師，然後大王再還滎陽，合軍與戰，我逸彼勞，我盈彼竭，還怕不能破楚嗎！」漢王道：「汝言頗有至

第二十七回
縱反間范增致斃　甘替死紀信被焚

理，我當依議便了。」於是出師武關。到了宛城，果聞項王引兵前來，連忙命軍士豎柵掘濠，立定營壘，待至楚軍逼近，已經預備妥當，好同他堅持過去。小子有詩詠道：

到底行軍在運籌，尚謀尚力總難侔。
深溝高壘堅持日，不怕雄兵不逗遛？

欲知項王曾否進攻，容待下回分解。

陳平致死范增，稱為六出奇計之二，請捐金以間項王，一也，進草具以待楚使，二也。吾謂此計亦屬平常，項王雖愚，度亦不至遽為所欺，或者范增應該畢命，遂致項王動疑，迫令道死耳。夫范增事項數年，於項王之殘暴不仁，未聞諫止，而且老猶戀棧，可去不去，安知非天之假手陳平，使之用謀斃增乎？鄭人之立祠致祭，實為無名，死而有知，恐亦愧享廟食矣！彼紀信之甘代漢王，捨身赴難，脫漢王於圍城之中，而自致焚死，此為漢室之第一忠臣。及漢已定國，功臣多半封侯，而獨不聞有追恤紀信之典，漢王其真寡恩哉！范增有祠，而紀信無祠，此古今仁人智士，所以有不平之嘆也。

第二十八回
入內帳潛奪將軍印　救全城幸得舍人兒

　　卻說項王移兵至宛，見漢兵固壘守著，好幾次前往挑戰，並不見漢兵迎敵。要想攻打進去，又為壕柵所阻，不能衝入。項王正暴躁得很，忽接得探馬急報，乃是魏相國彭越，渡過睢水，大破下邳駐紮的楚軍，殺死楚將薛公，氣勢甚盛。項王大憤道：「可恨彭越，這般撒野，我且去擊斃了他，再來擒捉劉邦。」說著，又拔營東去，往擊彭越。越自受漢王命，為魏相國，**見二十二回**。略定梁地十餘城。至漢王敗走睢水，楚兵漫山遍野，爭逐漢軍，越亦保守不住，北走河上。項王進攻滎陽，又由越往來遊弋，截楚糧道，那時項王已恨越不置，此次越又陣斬楚將，叫項羽如何不憤？倍道東行，一遇越兵，便與豺虎相似，兜頭亂噬。越抵敵不住，又只得退渡睢水，仍然向北奔去。項王追趕不及，復擬往攻漢王，因即探聽漢王行蹤。時漢王已由宛城轉入成皋，與英布合兵駐守。**英布往扼成皋，見二十六回中**。項王接到確音，便引兵西進，順道先攻滎陽。

　　滎陽城內，仍由周苛、樅公住著，兩人原赤膽忠心，為漢守土，但總道項王已去，一時不致驟來，所以防備少疏，與民休息。那知楚兵大至，乘銳攻打，比前次還要凶狠。周苛、樅公，連忙登城拒敵，已是不及。楚兵四面齊上，竟將滎陽城攻破，並把周苛、樅公，一併擒住。項王也即入

第二十八回
入內帳潛奪將軍印　救全城幸得舍人兒

城，先召周苛至前，溫顏與語道：「汝能堅守孤城，至今才破，不可謂非將材，可惜汝誤投漢王，終為我軍所擒，若肯向我降順，我當授汝上將，封邑三萬戶，汝可願否？」周苛睜目怒叱道：「汝不去降漢，反要勸我降汝，真是怪極！汝豈是漢王敵手麼？」項王怒起，厲聲大罵道：「不中抬舉的東西！我若將汝一刀兩段，還太便宜，左右快與我取過鼎鑊來！」左右聞命，即將鼎鑊取入，由項王命烹周苛。苛毫無懼色，任他褫剝衣服，擲入鼎鑊，眼見是水火既濟，熔成一鍋人肉羹了。**造語新穎**。苛既烹死，樅公也被推入。項王令他顧視鼎鑊，樅公道：「我與周苛同守滎陽，苛遭烹死，我亦何忍獨生！情願受死，聽憑大王處置便了！」項王聽他說得有理，總算不使就烹，但令推出斬首，刀光一閃，魂離軀殼，隨那漢御史大夫周苛，同返太虛，這也不消細說。**已極褒揚**。

項王遂進逼成皋，警信傳入成皋城內，漢王不免驚心。暗思滎陽已失，成皋恐亦難守，哪裡還有第二個紀信，再來替死？因此帶同夏侯嬰，潛開北門，預先出走。及至諸將得知，漢王已經去遠，彼此不願再留，遂陸續出城追去。英布獨力難支，索性也棄城北走，成皋遂被項王奪去。項王聞漢王早出，料知不及追趕，就在成皋駐下，休養兵鋒，徐圖進取。獨漢王馳出成皋，北向修武，擬往依韓信、張耳等軍。原來韓信本想伐齊，只因趙地未平，乃與張耳四處剿撫，駐紮修武縣中。漢王已曾聞報，所以星夜趲程，渡河至小修武，宿了一宵，到了翌晨，清早即起，與夏侯嬰出了驛舍，徑入韓信、張耳營中。

營兵方起，出視漢王，尚是睡眼朦朧，且見漢王未著王服，不知他從何處差來，當下略問來歷，不遽放入。漢王詐稱漢使，奉命來此，有急事要報元帥。營兵聞有王命，當然不便再阻，但言元帥尚未起來，請入營待報。漢王也不與多說，搶步趨入內帳，當有中軍護衛，認識漢王，慌忙向

前行禮。漢王向他擺手，不令聲張，唯使引往韓信臥室。信還在夢中，一些兒沒有知曉。漢王卻靜悄悄的走至榻旁，見案上擺著將印兵符，當即取在手中，出升外帳，命軍吏傳召諸將。諸將尚疑是韓信點兵，統來參謁，及走近案前，舉頭仰望，並不是韓元帥，卻是一位漢大王，大家統皆驚愕。但也不便細問，只好依禮下拜。漢王待他拜罷，逕自發令，把諸將改換職守，一一遣出。

韓信、張耳，至此方得人喚醒，整衣進見，伏地請罪道：「臣等不知大王駕到，有失遠迎，罪該萬死！」**韓信號為國士，何竟有此失著。**漢王微笑道：「這也沒有什麼死罪，不過軍營裡應該如何嚴備，方免不測，況天已大明，亦須早起，奈何高臥未醒，連將印兵符等要件，俱未顧著！倘若敵人猝至，如何抵禦，或有刺客詐稱漢使，混入營中，恐將軍首級，亦難自保，這豈不是危險萬分麼？」韓張二人聽著，禁不住滿面羞慚，無詞可對。漢王又問韓信道：「我本煩將軍攻齊，一得齊地，即來會師攻楚。今將軍留此不往，意欲何為？」韓信乃答說道：「趙地尚未平定，若即移兵東向，保不住趙人蠢動，復為我患。就使有張耳駐守，恐兵分力薄，未足支持，況臣率士卒數萬，轉戰趙魏，勢已過勞，驟然東出，齊阻我前，趙扼我後，腹背受敵，兵不堪戰，豈非危道！故臣擬略定趙地，寬假時日，既可少紓兵力，復可免蹈危機，近正部署粗定，意欲伐齊，適值大王駕到，得以面陳。大王且屯兵此地，伺便攻覆成皋，臣即當引兵東去，得仗大王威力，一鼓平齊，便好乘勝西向，與大王會師擊楚了。」漢王方和顏道：「此計甚善。將軍等可起來聽令。」兩人拜謝而起。漢王命張耳帶著本部，速回趙都鎮守，使韓信募集趙地丁壯，東往攻齊。所有修武駐紮的營兵，盡行截留，歸漢王自己統帶，再出擊楚。韓、張兩人，不敢有違，只好就此辭行，分頭辦事去了。

第二十八回
入內帳潛奪將軍印　救全城幸得舍人兒

韓、張既去，漢王坐擁修武大營，得了許多人馬，復見成皋諸將，陸續奔集，聲勢復振。因擬再出擊楚，忽從外面遞入軍書，報稱項王從成皋發兵，向西進行。漢王忙遣得力將士，前往鞏縣，堵住楚兵西進，一面與眾商議道：「項王今欲西往，無非是窺我關中。關中乃我根本重地，萬不可失，我意願將成皋東境，一律棄去，索性還保鞏洛，嚴拒楚軍，免得關中搖動，諸君以為何如？」酈食其急忙應聲道：「臣意以為不可！臣聞君以民為本，民以食為天，敖倉儲粟甚多，素稱足食，今楚兵既拔滎陽，不知進據敖倉，這正是天意助漢，不欲絕我民命呢。願大王速即進兵，收復滎陽，據敖倉粟，塞成皋險，控太行山，距蜚狐口，守白馬津，因勢利便，阻遏敵人，敵恐後路中斷，必不敢輕向關中，關中自可無虞，何必往守鞏洛呢？」漢王乃決計復出敖倉，路經小修武，誓眾進戰。

郎中鄭忠，卻獻了一條絕糧的計策，謂不如斷楚糧餉，使他乏食自亂，然後進擊未遲。漢王乃令部將盧綰、劉賈，率領步卒二萬，騎士數百，渡過白馬津，潛入楚地，會同彭越，截楚糧草。越知楚兵輜重，屯積燕西，遂與盧、劉二將，議定計策，貪夜往劫。楚兵未曾防備，被彭越等暗暗過去，放起一把火來，燒得滿地皆紅，一片嗶嗶剝剝的聲音，驚起楚兵睡夢，慌忙起身出望，已是煙焰逼人。再加彭越、盧綰、劉賈三將，三面殺入，鬧得一塌糊塗，楚兵除被殺外，四散竄去，霎時間逃得精光。所有輜重糧草，盡行棄下，一半被焚，一半搬散。彭越更乘勢奪還梁地，共取睢陽、外黃等十七城。**得失原是無常。**

項王尚在成皋，未得西軍捷報，正在愁煩，不防燕西糧餉，又被彭越等焚掠一空，惱得項王火星透頂，復要親擊彭越。因召大司馬曹咎進囑道：「彭越又劫我軍糧，可恨已極！且聞他大擾梁地，猖獗異常，看來非我親自往徵，不能掃平此賊！今留將軍等守住成皋，切勿出戰，但當阻住

漢王，使他不得東來，便是有功。我料此番擊越，大約十五日內，就可平定梁地，再來與將軍相會。將軍須要謹記我言，毋違毋誤！」**項王此言，卻也精細，可惜任用非人。**曹咎唯唯聽命，項王尚恐曹咎誤事，復留司馬欣助守，然後引兵自去。

彭越不怕別人，但怕項王自至，怎奈冤家碰著對頭，偏又聞得項王親來，越只好入外黃城，督兵拒守。外黃在梁地西偏，項王從成皋過來，第一重便是外黃城。他已怒氣勃勃，目無全敵，一見外黃城關得甚緊，上面有守兵等列著，越覺忍無可忍，立率將士攻城。**寫出項王暴躁，反襯舍人小兒。**接連攻了數日，城中很是危急，彭越自知難守，等到夜靜更深的時候，開了北門，引兵衝出，得了一條走路，飛馬馳去。楚兵不及追趕，仍然留住城下。城內已無主帥，如何保守！因即開門投降。

項王揮動三軍，魚貫入城，既至署中，當即查點百姓，凡年在十五以上，悉令前往城東，聽候號令。看官道是何故？他因百姓投順彭越，幫他守城，好幾日才得攻下，情跡可恨，意欲將十五歲以上的男子，一體坑死，方足洩憤。這號令傳示民間，人人曉得項王殘暴，定是前去送死，你也慌，我也怕，激成一片悲號聲，震響全城。就中有一個髫齡童子，髮僅及肩，獨能顧全萬家，挺身出來，竟往楚軍中求見項王。楚兵瞧著，怪他年幼，不免問及履歷。小兒說道：「我父曾為縣令舍人，我年一十三歲，今有要事，前來稟報大王，敢煩從速通報。」楚兵見他口齒伶俐，愈覺稱奇，遂替他入報項王。項王聞有小兒求見，倒也詫異，便令兵士引入。小兒從容入內，見了項王，行過了拜跪禮，起立一旁。項王見他面白唇紅，眉清目秀，已帶著三分憐愛，便柔聲問道：「看汝小小年紀，也敢來見我麼？」小兒道：「大王為民父母，小臣就是大王的赤子，赤子愛慕父母，常思瞻依膝下，難道父母不許謁見麼？」**開口便能動人。**項王本來喜諛，

第二十八回
入內帳潛奪將軍印　救全城幸得舍人兒

更兼小兒所言，入情入理，便欣然問道：「汝既來此，定有意見，可即說明。」小兒道：「外黃百姓，久仰大王威德，只因彭越逞強，驟來攻城，城中無兵無餉，只有一班窮苦百姓，不能抵敵，沒奈何向他暫降。百姓本意，仍日望大兵來援，脫離苦厄，今幸大王駕臨，逐去彭越，使百姓重見天日，感戴何如？乃大王軍中，忽有一種訛傳，想把十五歲以上的丁口，統皆坑死，小臣以為大王德同堯舜，威過湯武，斷不忍將一班赤子，屠戮淨盡。況屠戮以後，與大王不但無益，反且有損。所以小臣斗膽進來，請大王頒下明令，慰諭大眾，免得人人危疑。」**好一番說詞，恐酈生等尚恐勿如。**項王道：「汝說彭越劫制人民，也還有理，但我已引兵到此，為何尚助越拒我？我所以情不甘休。且我要坑死人民，就使無益，何致有損！汝能說出理由，我便下令安民；否則連汝都要坑死了！」小兒並不慌忙，反正容答說道：「彭越入據城中，部兵甚多，聞得大王親征，但恐百姓作為內應，就將四面城門，各派親兵把守。百姓手無寸鐵，無從斬關出迎，只好由他守著，唯心中總想設法驅越，所有越令，均不承認。越見人心未附，所以夤夜北遁。若百姓甘心助逆，還要拚死堅守，等到全城死亡，方得由大王入城，最速亦須經過五日十日，今彭越一去，立即開城迎駕，可見百姓並不助越，實是效順大王。大王不察民情，反欲坑死壯丁，大眾原是沒法違抗，不得不俯首就死，但外黃以東，尚有十數城，聽說大王坑死百姓，何人再敢效順？降亦死，不降亦死，何如始終抗命，尚有一線希望。試想彭越從漢，必且向漢乞師，來敵大王，大王處處受敵，縱使處處得勝，也要費盡心力，照此看來，便是無益有損了。」**說得明明白白，不怕項王不依。**項王一想，這個小兒，卻是語語不錯，況與曹咎期約半月，便回成皋，今已過了數日，倘或前途十餘城，果如小兒所言，統皆固守，多費心力，倒也罷了；倘或誤過時日，成皋被漢兵奪去，關係甚大，如何

使得？因面囑小兒道：「我就依汝，赦免全城百姓罷。」小兒正要拜辭，項王又令左右取過白銀數兩，賞賜小兒，小兒領謝而出。

項王即傳出軍令，收回前命，所有全城百姓，一體免罪，部兵不准侵擾。這令一下，百姓變哭為笑，易憂為喜。起初還道由項王大發慈悲，相率稱頌，後來知是舍人兒為民請命，才得倖免，於是感念項王的情意，統移到舍人兒身上。一介黃童，竟得保全千萬蒼生，真是從古以來，得未曾有了。**可惜史家不留姓名。**項王復引兵出外黃城，向東出發，沿途所過郡縣，統畏楚軍聲威，不敢與抗。且聞外黃人民，毫不遭害，樂得望風投誠。彭越已向谷城奔去，把前時略定十七城的功勞，化為烏有。項王得唾手取來，行至睢陽，差不多要半個月了。

時已秋盡冬來，照著秦時舊制，又要過年。項王就在睢陽暫住，待將佐慶賀元旦，方才啟行。轉眼間已是元旦，即漢王四年。項王就在行轅中，升帳受賀。將佐等統肅隊趨入，行過了禮，即由項王賜宴，內外列座，開懷暢飲，興會淋漓。忽有急足從成皋馳來，報稱城已失守，大司馬曹咎陣亡。項王大驚道：「我叫曹咎謹守成皋，奈何被漢兵奪去？」報子說道：「曹咎違命出戰，被漢兵截住汜水，不能退回，因致自盡。」項王又頓足道：「司馬欣呢？」報子又說道：「司馬欣也殉難了。」項王忙即起座，命左右撤去酒餚，立刻傳集三軍，西赴成皋。小子有詩嘆道：

聖王耀德不勞兵，得國何從仗力征。
試問烏騅奔命後，到頭曾否告成功！

究竟成皋如何歸漢，下回再當敘明。

自漢王起兵以來，所有軍謀，似皆出諸他人之口，幾若漢王無所用心，不過好受人言，虛懷若谷而已。然觀他馳入趙營，潛奪兵符，並不由

第二十八回
入內帳潛奪將軍印　救全城幸得舍人兒

旁人之授計,乃知漢王未嘗無謀,且謀出韓信諸人之上,此張子房之所以稱為天授也。但韓信號為名將,而防禁乃疏闊若此,豈古所謂節制之兵者?張耳更無論已。彼十三歲之外黃兒,竟能說動暴主,救出萬人生命,智不可及,仁亦有餘。昔項王坑秦降卒二十萬人,未有能進阻之者,使當時有如外黃兒之善諫,寧有不足動項王之心乎?故項王若能得人,非不足與為善,惜乎其部下將佐,均不逮一黃口小兒,范增以人傑稱,對外黃兒且有愧色,遑問其他!無惑乎項王之終亡也。

第二十九回
貪功得禍酈生就烹　數罪陳言漢王中箭

　　卻說楚大司馬曹咎,與塞王司馬欣,統是項王故人,始終倚任。**咎與欣嘗有德項梁,事見十二回**。項王且封咎為海春侯,叫他堅守成皋,原是特別重委,再派司馬欣為助,總道是萬穩萬當,可無他虞。曹咎也依命守著,不欲輕動。偏漢兵屢來挑戰,一連數日,未見曹咎出兵,倒也索然無味,還報漢王。漢王與張良、陳平等人,商就一計,用了激怒的方法,使兵士往誘曹咎。一面派遣各將,埋伏汜水左右,專等曹咎出擊,好教他入網受擒。布置已定,遂由兵士再逼城下,百般辱罵,語語不堪入耳。城中守兵,都聽得懊惱異常,爭向曹咎請戰。曹咎素性剛暴,也欲開城廝殺,獨司馬欣諫阻道:「項王臨行,曾有要言囑託足下,但守毋戰,今漢兵前來挑動,明明是一條誘敵計,請足下萬勿氣忿,靜候項王到來,與他會戰,不怕不勝。」曹咎聽了,只得勉強忍耐,飭令兵士靜守,不准出戰。漢兵罵了一日,不見城中動靜,方才退出。越日天曉,又到城下喊鬧,人數越多,罵聲越高,甚至四面八方,環集痛詈。到了日已亭午,未免疲倦,就解衣坐著,取出懷中乾糧,飽食一頓,又復精神勃發,仍然叫罵不絕。直到暮色淒涼,乃復收隊回營。至第三四日間,漢兵且各持白布幡,寫著曹咎姓名,下繪豬狗畜生等類,描摹醜態,眾口中仍然一派譏嘲。曹咎登城俯望,不由的怒氣填胸,且見漢兵或立或坐,或臥或舞,手中用著

第二十九回
貪功得禍酈生就烹　數罪陳言漢王中箭

兵械，亂戳土石，齊聲喧呼，當做剁解曹咎一般。**若非誘敵，寧作此態。**咎實不能再耐，便一聲號令，召集兵馬，殺出城來。**紅曲鱔上鉤了。**司馬欣不及攔阻，也只好跟了曹咎，一同出城。

漢兵不及整甲，連衣盔旗幟等類，一齊拋棄，都紛紛向北逃走。咎與欣從後追趕，但見漢兵到了汜水，陸續躍下，鳧水遁去。咎憤憤道：「我軍也能鳧水，難道怕汝賊軍不成！」遂催動人馬，趨至水濱，不管前後左右，有無埋伏，就督兵渡將過去。才渡一半，便有兩岸漢兵，搖旗吶喊，踴躍前來。左岸統將為樊噲，右岸統將為靳歙，各持長槍大戟，來殺楚兵。楚兵行伍已亂，不能抵敵，咎在水中，欣尚在岸上，兩人又無從相顧，慌張的了不得。欣心中埋怨曹咎，想收集岸上人馬，自返成皋，偏漢兵已經殺到，無從脫身，只好拚命敵住。那曹咎進退兩難，還想渡到對岸，冒死一戰，誰知對岸又來了許多兵馬，隱隱擁著麾蓋，竟是漢王帶領眾將，親來接應。咎料難再渡，不得已招兵渡回，忽聽得鼓聲一響，箭似飛蝗般射來。楚兵泅在水中，不能昂頭，多半淹斃。咎亦身中數箭，受傷甚重，慌忙登岸，又被漢兵截住，沒奈何拔出佩刀，自刎而亡。司馬欣左衝右突，好多時不能脫身，手下殘兵，只有數十騎隨著，眼見得死在目前，不如自盡，索性也舉槍自刺，斷喉畢命。

漢王見前軍大勝，便令停止放箭，安渡汜水，會同樊噲、靳歙兩軍，直入成皋。成皋已無守將，百姓都開城迎接，由漢王慰諭一番，盡命安居復業，百姓大悅。還有項王遺下的金銀財寶，一古腦兒歸入漢王。漢王取出數成，分賞將士，將士亦喜出望外，歡躍異常。休息三日，漢王命向敖倉運粟，接濟軍糧。待糧已運至，復引兵出屯廣武，據險設營，阻住項王回軍，一面探聽齊地，專望齊地得平，便可調回韓信，共同禦楚。

小子敘到此處，更要補敘數語，方能前後貫通。原來韓信奉漢王命，

往招趙地兵丁，東出擊齊，免不得費時需日。漢王部下的酈食其，志在邀功，獨請命漢王，自願招降齊王，省得勞兵。漢王乃遣令赴齊。是時齊王為誰？就是田橫兄子田廣，**即田榮子**。由田橫擁立起來，橫為齊相，佐廣守齊。齊經過城陽一役，嚴兵設戍，力拒楚兵。**城陽事見二十三回。**項王為了彭城失守，南歸敗漢，嗣後專與漢王戰爭，無暇顧齊。就是留攻城陽的楚將，也因齊地難下，次第調歸，所以齊地已有年餘，不遭兵革。**回顧前文，筆不滲漏。**至韓信募兵擊齊，頗有風聲傳入齊都。齊都便是臨淄城。齊王廣與齊相橫，由城陽還都故土，一聞韓信將要來攻，亟遣族人田解，與部將華無傷等，帶同重兵，出戍歷下。可巧酈食其馳至，求見齊王，齊王廣便即召入，兩下相見，酈生就進說道：「方今楚漢相爭，連年未解，大王可料得將來結果，究應歸屬何人？」齊王道：「這事怎能預料？」酈生道：「將來定當歸漢。」齊王道：「先生從何處看來？」酈生道：「漢楚二王，同受義帝差遣，分道攻秦。當時楚強漢弱，何人不知，乃漢王得先入咸陽，是明明為天意所歸，不假兵力。偏項王違天負約，徒靠著一時強暴，迫令漢王移入漢中，又將義帝遷弒郴地，海內人心，無不痛恨。自從漢王仗義興師，出定三秦，即為義帝縞素髮喪，傳檄討賊，名正言順，天下向風。所過城邑，但教降順，悉仍舊封，所得財貨，不願私取，盡給士卒，與天下共享樂利，所以豪傑賢才，俱願為用。項王背約不信，弒主不忠，勒惜爵賞，專用私親，人民背畔，賢才交怨，怎能不敗！怎能不亡！照此看來，便可見天下歸漢，無庸疑議了。況且漢王起兵蜀漢，所向皆克，三秦既定，復涉西河，破北魏，出井陘，誅成安君，勢如破竹，若單靠人力，那有這般神速！今又據敖倉，塞成皋，守白馬津，杜太行坂，距蜚狐口，地利人和，無往不勝，楚兵不久必破。各地諸侯王，已皆服漢，唯齊國尚未歸附，大王誠知幾助順，向漢輸款，齊國尚可保全，否則

第二十九回
貪功得禍酈生就烹　數罪陳言漢王中箭

　　大兵將至，危亡就在眼前了！」齊王廣乃答說道：「寡人依言歸漢，漢兵便可不來麼？」酈生道：「僕此來並非私行，乃由漢王顧惜齊民，不忍塗炭，特遣僕先來探問。如果大王誠心歸漢，免動兵戈，漢王自然心喜，便當止住韓信，不復進兵。盡請大王放心！」**酈生此時可謂躊躇滿志，那知後來偏不如此。**

　　田橫在旁接入道：「這也須由先生修書，先與韓信接洽，方免他慮。」酈生毫不推辭，就索了書箋，寫明情跡，請韓信不必進兵，即差從人齎書，偕同齊使，往報韓信。信正招足趙兵，東至平原，接著酈生書信，展閱一週，即對著來使道：「酈大夫既說下齊國，還有何求？我當旋師南下便了。」隨即寫了覆書，交付來使，遣還齊國。酈生接到覆函，立白齊國君相。齊王廣與齊相橫，互閱來書，當然勿疑，且有齊使作證，更加相信。遂傳令歷下各軍，一律解嚴，並款留酈生數日，晝夜縱飲，不問外情。酈生本高陽酒徒，見了這杯中物，也是戀戀不捨，今日不行，明日復不行，一連數日，仍然不行，遂致一條老性命，要從此送脫了。**酒能誤人，一至於此。**

　　自韓信發回齊使，便擬移軍南下，與漢王會同擊楚，忽有一人出阻道：「不可！不可！」韓信瞧著，乃是謀士蒯徹，**徹係燕人，已見前文**。就啟問道：「齊已降順，我自應改道南行，有什麼不可呢？」蒯徹道：「將軍奉命擊齊，費了若干心機，才得東指。今漢王獨使酈生先往，說下齊國，究竟可恃與否，尚難料定。況漢王並未頒下明令，止住將軍，將軍豈可徒憑酈生一書，倉猝旋師呢？還有一說，酈生是個儒生，憑三寸舌，立下齊國七十餘城，將軍帶甲數萬，轉戰年餘，才得平趙國五十餘城，試想為將數年，反不敵一豎儒的功勞，豈不是可愧可恨麼？為將軍計，不如乘齊無備，長驅直入，掃平齊境，方得將所有功績，歸屬將軍了。」韓信聞言，

意亦少動，沉吟了好一歇，才向蒯徹道：「酈生尚在齊國，我若乘虛襲齊，齊必將酈生殺斃，是我反害死酈生，這事恐難使得！」**韓信尚有良心**。蒯徹微笑道：「將軍不負酈生，酈生已早負將軍了。若使非酈生想奪功勞，搖惑漢王，漢王原遣將軍攻齊，為什麼又遣酈生呢？」**辯士之口，誠屬可畏**。韓信勃然起座，即刻點齊人馬，渡過平原，突向歷下殺入。齊將田解、華無傷，已接齊王解嚴的命令，毫不戒備，驟然遇著漢兵，嚇得莫名其妙，紛紛四潰。韓信麾兵追擊，斬田解，擒華無傷，一路順風，竟至臨淄城下。

　　齊王廣聞報大驚，急召酈生詰責道：「我誤信汝言，撤除邊防，總道韓信不再進攻，誰知汝懷著鬼胎，佯勸我歸漢撤兵，暗中卻使韓信前來，乘我不備，覆我邦家，汝真行得好計，看汝今日尚有何說？」酈生也覺著忙，便答語道：「韓信不道，背約進攻，非但賣友，實是欺君！願大王遣一使臣，同僕出責韓信，信必無言可答，不得不引兵退去了。」齊王尚未及答，齊相田橫冷笑道：「先生想藉此脫罪麼？我前日已經受欺，今可不必哄我了。」酈生道：「足下既疑僕至此，僕就死在此地，不復出城。但也須修書往詰，看韓信如何答覆，就死未遲！」廣與橫齊聲道：「韓信如果退兵，不必說了，否則請就試鼎鑊，莫怪我君臣無情！」酈生應著，匆匆寫好書信，派人出城，遞與韓信。信拆書一閱，著墨無多，備極悽惻，也不禁激動天良，半晌答不出話來。偏蒯徹又來進言道：「將軍屢臨大敵，不動聲色，如何為一酈生，反沾沾似兒女子態，不能遽決？一人性命，顧他什麼？畢世大功，豈可輕棄？請將軍勿再遲疑。」**想是前生積有冤孽，故必欲害死酈生**。韓通道：「逼死酈生，還是小事，抗違王命，豈非大罪！」蒯徹道：「將軍原奉命伐齊，得平齊地，正是為王盡力，有功無罪。若使今日退兵，使酈生得歸報漢王，從中讒間，恐真要構成大罪了！」韓信本

第二十九回
貪功得禍酈生就烹　數罪陳言漢王中箭

來貪功，又恐得罪，遂聽了蒯徹言語，拒回來使，且與語道：「我是奉命伐齊，未聞諭止，就使齊君臣果然許降，安知非一條緩兵計策，今日降漢，不久復叛？我既引兵到此，志在一勞永逸，煩為我轉告酈大夫，彼此為國效死，不能多事瞻顧了。」

來使只好返報。齊王聞著，便令左右取過油鼎，要烹酈生。酈生道：「我為韓信所賣，自願就烹，但大王國家，亦必就滅，韓信將來，也難免誅夷，果報不爽，恨我不得親見哩！」**為下文韓信夷族張本。**說罷，就用衣裹首，投入油鼎，須臾畢命。**也是貪功所致。**齊君臣登城拒守，不到數日，竟被韓信攻破。齊王廣開了東門，當先出走，留住田橫斷後。田橫帶領齊兵，再與漢軍奮鬥數合，終致敗卻，落荒遁去。君臣先後離散，廣奔高密，橫走博陽，韓信馳入齊都，安民已畢，復擬引兵東出，追擊齊王。齊王廣得知風聲，很是惶急，不得已派使西出，奉表項王，向他求救。

項王自梁地還兵，使鍾離昧為先鋒，馳回滎陽。漢王聞楚軍到來，急命諸將出阻，諸將躍馬馳去，隨兵約有好幾萬名。行至滎陽城東，已與鍾離昧相遇，彼此無暇問答，就一齊圍裹攏來，把鍾離昧困在垓心。鍾離昧兵少難支，惶急得很。可巧項王從後驅至，一聲吶喊，殺入圍中。漢兵慌忙退回，已喪亡了數百人，項王救出鍾離昧，進逼廣武，與漢王夾澗屯軍。廣武本是山名，東連滎澤，西接汜水，形勢險阻，山中有一斷澗劃開，分峙兩峰。漢王就西邊築壘，依澗自固。項王即就東邊築壘，與漢相拒。彼此不便進攻，各自駐守。唯漢由敖倉運粟，源源接濟，連日不絕，楚兵卻沒有這般穀倉，漸漸的糧食減少，不便久持。項王已是加憂，再經齊使馳至軍前，乞發救兵，更令項王心下躊躇。想了多時，還是發兵相救，尚好牽制韓信，免得他來會漢王。乃使大將龍且，副將周蘭，領兵二十萬東往援齊。一面向漢王索戰，漢王只是不出。

項王想出一法,命將漢王父太公,置諸俎上,推至澗旁,自在後面押住,厲聲大呼道:「劉邦聽著!汝若不肯出降,我便烹食汝父!」這數語響震山谷,漢兵無不聞知,即向漢王通報。漢王大驚道:「這……這卻如何是好!」張良在旁進說道:「大王不必著急!項王因我軍不出,特設此計,來誘大王。請大王複詞決絕,免墮詭謀!」漢王道:「倘使我父果然被烹,我將如何為子?如何為人?」張良道:「現在楚軍裡面,除項王外,要算項伯最有權力。項伯與大王已結姻親,定當諫阻,不致他虞。」漢王乃使人傳語道:「我與項羽同事義帝,約為兄弟,我翁就是汝翁,必欲烹汝翁,請分我一杯羹!」項王聽到此語,怒不可遏,就顧令左右,將太公移置俎下,付諸鼎烹。**險哉太公**。旁邊閃出一人道:「天下事尚未可知,還望勿為已甚,況欲爭天下,往往不顧家族,今殺一人父,有何益處?多惹他人仇恨罷了。」項王乃命將太公牽回,照前軟禁。這救護太公的楚人,就是項伯,果如張良所料。

項王又遣吏致語道:「天下洶洶,連歲不寧,無非為了我輩兩人,相持不下。今願與漢王親戰數合,一決雌雄,我若不勝,卷甲即退,何苦長此戰爭,勞疲兵民呢!」漢王笑謝來使道:「我願鬥智,不願鬥力。」楚使回報項王,項王一躍上馬,跑出營門,挑選壯士數十騎,令作先驅,馳向澗旁挑戰。漢營中有一弁目樓煩,素善騎射,由漢王派他出壘,夾澗放箭。颼颼的響了數聲,射倒了好幾個壯士。驀見澗東來了一匹烏騅馬,乘著一位披甲持戟的大王,眼似銅鈴,鬚似鐵帚,一種凶悍情狀,令人生怖,再加一聲叱咤,震響山谷,好似天空中霹靂一般,嚇得樓煩雙手俱顫,不能再射,還有兩腳亦站立不住,倒退數步,索性回頭就跑,走入營中。見了漢王,心中尚是亂跳,口齒幾說不清楚。漢王著人探視敵蹤,乃是項王尚在澗旁,專呼漢王答話。

第二十九回
貪功得禍酈生就烹　數罪陳言漢王中箭

漢王聞報，雖然有些驚心，但又不便始終示弱，因也整隊趨出，與項王夾澗對談。項王又叱語道：「劉邦，汝敢與我親鬥三合否？」**專恃蠻力，實屬無謂**。漢王道：「項羽休得逞強，汝身負十大罪，尚敢向我饒舌麼？汝背義帝舊約，王我蜀漢，罪一；擅殺卿子冠軍，目無主上，罪二；奉命救趙，不聞還報，強迫諸侯入關，罪三；燒秦宮室，發掘始皇墳墓，劫取財寶，罪四；子嬰已降，汝尚把他殺死，罪五；詐坑秦降卒二十萬人，累屍新安，罪六；部下愛將，分封善地，卻將各國故主，或徙或逐，罪七；出逐義帝，自都彭城，又把韓梁故地，多半占據，罪八；義帝嘗為汝主，竟使人扮作強盜，行弒江南，罪九；為政不平，主約不信，神人共憤，天地不容，罪十。我為天下起義，連合諸侯，共誅殘賊，當使刑餘罪人擊汝，難道我配與汝打仗麼？」**泗上亭長，居然自高位置了**。

項王氣極，並不答言，但用戟向後一揮，便有無數弓弩手，趕將上來。一陣亂射，放出許多箭鏃，躍過斷澗，防不勝防。漢王正想回馬，那胸中已中了一箭，疼痛的了不得，險些兒墮落馬下。幸虧旁列將士，上前救護，把馬牽轉，馳入營門。漢王痛不可忍，屈身伏鞍，暗暗叫苦。將佐等統皆問安，漢王佯用手捫足道：「賊……賊箭中我足趾了！」左右忙扶漢王下馬，擁至榻前安臥。當即傳召醫官，取出箭鏃，敷了瘡藥。還幸瘡痕未深，不致傷命。小子有詩詠道：

一矢相遺已及胸，託詞中趾示從容。
聰明畢竟由天授，通變才能卻敵鋒。

漢王中箭回營，項王始轉怒為喜，只因絕澗難越，不便進攻，也即收兵退歸。欲知後事，且看下回自知。

酈生之被烹，韓信實使之，而韓信將來之受誅，亦即由酈生之烹死，

暗伏禍根。酈生之說齊，固奉漢王之命而往，既得招降齊國，不辱使命，乃偏為韓信所賣，卒致焚身，漢王聞之，寧有不隱恨韓信？不過楚尚未平，恃信為輔，因含忍而未發耳。況漢王之生平，本能忍人所不能忍，乃父已置諸敵俎，猶有分我杯羹之言，對父且如此，況他人乎！至若項王索戰，夾澗與語，歷數項王十罪，雖事有可徵，並無虛構，然項王罪惡之大，莫過於弒義帝，漢王置此罪於八九之間，獨以背約為罪首，重私輕公，易先為後，其心已可概見矣。彼智如韓信，獨不能察漢王之隱，猶沾沾於平齊之功績，聽蒯徹而害酈生，此所以終遭誅戮也。

第二十九回
貪功得禍酈生就烹　數罪陳言漢王中箭

第三十回
斬龍且出奇制勝　劃鴻溝接眷修和

　　卻說項王歸營以後，專探聽漢營動靜，擬俟漢王身死，乘隙進攻。漢營裡面的張良，早已料著，即入內帳看視漢王。漢王箭創未癒，還可勉強支持，良因勸漢王力疾起床，巡行軍中，借鎮人心。漢王乃掙扎起來，裹好胸前，由左右扶他上車，向各壘巡視一周。將士等正在疑慮，忽見漢王乘車巡查，形容如故，方皆放下愁懷，安心守著。漢王巡行既遍，自覺餘痛難禁，索性吩咐左右，不回原帳，竟馳返成皋，權時養病去了。**這也是漢王急智。**項王得著探報，據稱漢王未死，仍在軍中巡行，又不禁暗暗嘆惜，大費躊躇。自思進不得進，退不得退，長此屯留過去，恐糧盡兵疲，後難為繼。正在委決不下，驀地裡傳到警耗，乃是大將龍且，戰敗身亡。項王大驚失色道：「韓信有這般厲害麼？他傷我大將龍且，必要乘勝前來，與劉邦合兵攻我，韓信韓信，奈何奈何！」**句法似通非通，益覺形容得妙。**說罷，復著人探明虛實，再作計較。究竟韓信如何得勝？龍且如何被殺？待小子演述出來。

　　龍且領著大兵，倍道東進，行入齊地，即遣急足馳報齊王，叫他前來會師。齊王廣聞楚軍大至，當然心喜，急忙收集散兵，出高密城，往迎楚軍。兩下至濰水東岸，湊巧相遇，彼此晤談以後，一同就地安營。韓信正

第三十回
斬龍且出奇制勝　劃鴻溝接眷修和

要向高密進兵，聞得龍且兵到，也知他是個勁敵，因復遣人報知漢王，調集曹參、灌嬰兩軍，方才出發，到了濰水西岸，遙見對河遍扎軍營，氣勢甚盛，乃召語曹、灌兩將道：「龍且係有名悍將，只可智取，不可力敵，我當用計擒他便了。」曹、灌兩將，自然同聲應令。韓信命退軍三里，擇險立寨，按兵不出。楚將龍且，還疑是韓信怯戰，便欲渡河進擊。旁有屬吏獻議道：「韓信引兵遠來，定必向我奮鬥，驟與接仗，恐不可當，齊兵已經敗衂，萬難再恃，且兵皆土著，顧念室家，容易逃散，我軍雖與異趨，免不得被他牽動，他若四潰，我亦難支。最好是堅壁自守，勿與交鋒，一面使齊王派遣使臣，招輯亡城。各城守吏，聞知齊王無恙，楚兵又大舉來援，定然還向齊王，不肯從漢。漢兵去國二千里，客居齊地，無城可因，無糧可食，怎能長久相持？旬月以後，就可不戰自破了。」龍且搖首道：「韓信鄙夫，有何能力？我曾聞他少年貧賤，衣食不周，甚至寄食漂母，受辱胯下。這般無用的人物，怕他什麼！況我奉項王命，前來救齊，若不與韓信接仗，就使他糧盡乞降，也沒有什麼戰功，今誠一戰得勝，威震齊國，齊王必委國聽從，平分土地，一半給我，豈不是名成利就麼？」**全是妄想**。副將周蘭，也恐龍且輕戰有失，上前進諫道：「將軍不可輕視韓信。信助漢王定三秦，滅趙降燕，今復破齊，聞他足智多謀，機謀莫測，還望將軍三思後行。」龍且笑說道：「韓信所遇，統是庸將，故得僥倖成功，若與我相敵，管教他首級不保了。」**慢說慢說，且管著自己頭顱**。當下差一弁目，渡過濰水，投遞戰書。韓信即就原書後面，批了「來日決戰」四字，當即遣回。

楚使既去，信命軍士趕辦布囊萬餘，當夜候用，不得有違。**又要作怪**。原來營中隨帶布囊，本來不少，多半是盛貯乾糧，此次軍士得了將令，但將乾糧取出，便可移用，因此不到半日，已經辦齊。延至黃昏，由

信召入部將傅寬，授與密計道：「汝可領著部曲，各帶布囊，潛往濰水上流，就在水邊取了泥沙，貯入囊中，擇視河面淺狹的地方，把囊沉積，阻住流水。待至明日交戰時，楚軍渡河，我軍傳發號炮，豎起紅旗，可速命兵士撈起沙囊，仍使流水放下，至要至囑！」傅寬遵令，率兵自去。**此處授計用明寫法，但非看到後文，尚未知此計之妙**。信又召集眾將道：「汝等明日交戰，須看紅旗為號，紅旗豎起，急宜併力擊敵，擒斬龍且、周蘭，便在此舉，今可靜養一宵，明日當立大功了。」眾將聞言，俱各歸帳安息。信但令巡兵守夜，自己亦即就寢，詰旦起來，命大眾飽餐一頓，傳令出營。信自往挑戰，帶同裨將數名，徑渡濰水，所有曹參、灌嬰等軍，統叫他留住西岸，分站兩旁。濰水本來深廣，不能徒涉，此時由傅寬壅住上流，水勢陡淺，但教褰衣過去，便可渡登對岸。韓信到了岸東，擺成陣勢，正值龍且驅眾過來，信便出陣大呼道：「龍且快來受死！」龍且聽了，躍馬出營，大聲叱道：「韓信，汝原是楚臣，為何叛楚降漢？今日天兵到此，還不下馬受縛，更待何時？」信笑答道：「項羽背約弒主，大逆不道，汝乃甘心從逆，自取滅亡，今日便是汝的死期了。」龍且大怒，舉刀直取韓信，信退入陣中，當有眾將殺出，敵住龍且。龍且抖擻精神，與眾力戰，約有一二十合，未分勝負，副將周蘭，也來助陣，漢將等漸漸退卻。韓信拍馬就走，仍向濰水奔回。眾將見信馳還，也即退下，隨信同奔。龍且大笑道：「我原說韓信無能，不堪一戰呢。」說著，遂當先力趕，周蘭等從後追上，行近濰水，那漢兵卻渡過河西去了。龍且趕得起勁，還管什麼水勢深淺，也即躍馬西渡。唯周蘭瞧著水涸，不免動疑，見龍且已經渡河，急欲向前諫阻，因此緊緊隨著，也望河西過去。無如龍且跑得甚快，轉眼間已達彼岸，周蘭不便折回，只好縱馬過河，部眾統皆落後，跟著龍且、周蘭，不過二三千騎，餘兵或渡至中流，或尚在東岸。猛聽得一

第三十回
斬龍且出奇制勝　劃鴻溝接眷修和

聲炮響，震動波流，水勢忽然增漲，高了好幾尺，既而澎湃洶湧，好似曲江中的大潮，突如其來，不可推測，河中楚兵，無從立足，多被漂去。只東岸未渡的人馬，尚在觀望，未曾遇險。還有龍且、周蘭，及騎兵二三千名，已登西岸，一時免做溺死鬼。**還是溺死，省得飲刀**。那時漢兵中已豎起紅旗，曹參、灌嬰，兩旁殺來，韓信亦領諸將殺回。三路人馬，夾擊龍且、周蘭，任你龍且如何驍勇，周蘭如何精細，至此俱陷入羅網，擺脫不出。並且寡不敵眾，單靠著二三千名騎兵，濟得什麼戰事？結果是龍且被斬，周蘭受擒，二三千騎楚兵，掃得乾乾淨淨，不留一人。東岸的楚兵，遙見龍且等統已戰歿，不寒自慄，立即駭散。齊王廣似驚弓鳥，漏網魚，哪裡還堪再嚇，便即棄寨逃回。行至高密，因見後面塵頭大起，料有漢兵趕來，且隨身兵士，多已逃散，自知高密難守，不如走往城陽，於是飛馬再奔。將到城陽相近，漢兵已經趕到，七手八腳，把他拖落馬下，捆綁了去，解至韓信軍前。韓信責他擅烹酈生，太覺殘忍，便令推出斬首。**總算為酈生抵命**。

　　復使灌嬰往攻博陽，曹參進略膠東。博陽為田橫所守，聞得田廣已死，自為齊王，出駐嬴下，截住灌嬰。嬰麾兵奮擊，殺得田橫勢窮力竭，止帶了數十騎，遁往梁地，投依彭越去了。尚有橫族田吸，與橫分路逃生，奔至千乘，被灌嬰一馬追及，戮死了事。此外已無齊兵，遂梟了首級，還營報功。適值曹參也持了一個首級，奏凱歸來，問明底細，乃是膠東守將田既，為參所殺，蕩平膠東，回來繳令。兩將併入大營，報明韓信，信登簿錄功，並將齊地所得財帛，分賞將士，不必細述。

　　唯韓信既平齊地，便想做個齊王，遂繕了一封文書，使人至漢王前告捷，且要求齊王封印。漢王在成皋養病，已經告痊，復至櫟陽察視城守，勾留四日，仍馳抵廣武軍前。可巧韓信差來的軍弁，也到廣武，遂將書

信呈上。漢王展閱未終，不禁大怒道：「我困守此地，日夜望他來助，他不來助我，還要想做齊王麼？」張良、陳平在側，慌忙走近漢王，輕躡足趾。漢王究竟心靈，停住罵聲，即將原書持示兩人。書中大意，說是齊人多偽，反覆無常，且南境近楚，難免復叛，請暫許臣為假王，方期鎮定等語。兩人看罷，附耳語漢王道：「漢方不利，怎能禁止韓信為王？今不若使他王齊，為我守著，可作聲援。否則恐變生不測了。」**幸有此說**。漢王因復佯叱道：「大丈夫得平定諸侯，不妨就做真王，為何還要稱假呢！」**轉風得快**。隨即遣回來使，叫韓信守侯冊封，來使自去。漢王便遣張良齎印赴齊，立韓信為齊王。信得印甚喜，厚待張良。良又述漢王意見，勸信發兵攻楚，信亦滿口應承。良叨了一席盛宴，飲罷即歸。

信擇吉稱王，大閱兵馬，準備擊楚，忽有楚使武涉，前來求見。韓信暗想，我與楚為仇敵，為何遣使到此？想必來做說客，我自有主意，何妨相見。因即顧令左右，引入武涉。武涉係盱眙人，饒有口才，素居項王幕下。項王探得齊地確信，果被韓信破滅，當然驚心，所以派遣武涉，往說韓信，為離間計。涉一見信面，便下拜稱賀，信起座答禮，且微笑道：「君來賀我做甚！無非為了項王，來作說客，盡請道來！」涉乃申說道：「天下苦秦已久，故楚漢戮力擊秦，今秦已早亡，分土割地，各自為王，正應休息士卒，與民更始，乃漢王復興兵東來，侵入地，奪入土，脅制諸侯，與楚相爭，可見他貪得無厭，志在併吞。足下明智過人，難道尚未能預察麼？且漢王前日，嘗入項王掌握中，項王不忍加誅，使王蜀漢，也算是情義兩盡。偏漢王不念舊誼，復擊項王，機詐如此，尚好親信麼？足下自以為得親漢王，替他盡力，涉恐足下他日，亦必遭反噬，為彼所擒了！試想足下得有今日，實由項王尚存，漢王不能不籠絡足下。足下眼前處境，還是進退裕如的時候，左投漢王，漢勝，右投項王，楚勝，漢勝必危及足

第三十回
斬龍且出奇制勝　劃鴻溝接眷修和

下，楚勝當不致自危。項王與足下本有故交，時常繫念，必不相負！若足下尚不肯深信，最好是與楚連和，三分天下，鼎足稱王，楚漢兩國，都不敢與足下為難，這乃是萬全良策了。」**為韓信計，卻是此策最善**。韓信笑答道：「我前事項王，官不過郎中，位不過執戟，言不聽，計不用，所以背楚歸漢。漢王授我上將軍印，付我數萬兵士，解衣衣我，推食食我，我若負德，必至不祥。我已誓死從漢了！幸為我復謝項王。」武涉見他志決，只好辭歸。

　　信送出武涉，有一人隨他進去，由信回頭一顧，乃是蒯徹，因即邀令入座。徹開口道：「僕近已學習相術了，相君面不過封侯，相君背乃貴不勝言。」信聽得甚奇，料他必有微意，復引徹至密室，屏人與談。徹又說道：「秦亡以後，楚漢分爭，不顧人民，專務角逐。項王起兵彭城，轉戰逐北，直下滎陽，威震遠近，今乃久困京索，連年不得再進。漢王率數十萬眾，據有鞏洛，憑藉山河，一日數戰，無尺寸功，反致屢敗，這乃所謂智勇俱困呢。僕料現今大勢，非有賢聖，莫能息爭。足下乘時崛起，介居楚漢，為漢即漢勝，為楚即楚勝，楚漢兩主的性命，懸在足下手中，誠能聽僕鄙計，莫若兩不相助，三分鼎峙，靜待時機。其實如足下大才，據強齊，並燕趙，得時西向，為民請命，何人不服？何國不從？將來宰割天下，分封諸侯，諸侯俱懷德畏威，相率朝齊，豈不是霸王盛業麼？僕聞天與不取，反致受咎，時至不行，反致受殃，願足下深思熟慮，毋忽鄙言！」韓通道：「漢王待我甚厚，怎可向利背義呢？」徹又道：「從前常山王張耳，與成安君陳餘，約為刎頸交，後來為了張黶、陳澤的嫌疑，竟成仇敵，泜水一戰，陳餘授首。足下自思與漢王交情，能如張、陳二人否？所處嫌疑，止如黶、澤一事否？乃猶欲自全忠信，見好漢王，豈非大誤！越大夫文種，存亡越，霸勾踐，立功成名，尚且被戮，獸死狗烹，已成至

論，足下的忠信，想亦不過如大夫種罷了。且僕聞勇略震主，往往自危，功蓋天下，往往不賞，今足下已蹈此轍，歸漢漢必懼，歸楚楚不信，足下將持此何歸呢？」**語雖近是，但蒯徹與漢無仇，何故唆人叛主。**韓信不免動疑，因即語徹道：「先生且休，待我細思，更定進止。」徹乃辭退。過了數日，杳無動靜，乃復入見韓信，請他決機去疑，慎勿失時。信終不忍背漢，又自恃功高，總道漢王不致變卦，決將蒯徹謝絕。徹恐久居被禍，假作瘋癲，竟向別處作巫去了。信聞徹他去，也不著人挽留，唯心下忐忑不定，且將兵馬停住，再聽漢王消息。**既已拒徹，應即發兵擊楚，偏又停住不進，真是何意。**

漢王固守廣武，又是數旬，日望韓信到來，信終不至。乃立英布為淮南王，使他再赴九江，截楚後路。一面貽書彭越，仍侵入梁地，斷楚糧道。布置已定，尚恐項王糧盡欲回，又取出太公，挾制多端，或乘怒將太公殺死，更覺可危。當下與張良陳平，商議救父的方法。兩人齊聲道：「項王乏糧，必將退歸，此時正好與他講和，救回太公、呂后了。」漢王道：「項王情性暴戾，一語不合，便至動怒，欲要遣使議和，必須選擇妥人，方可無虞。」言未畢，有一人應聲閃出道：「臣願往。」漢王一瞧，乃是洛陽人侯公，從軍有年，素長應對，因即准如所請，囑令小心從事。侯公遂馳赴楚營，求謁項王。

項王得武涉歸報，甚是愁煩，又見糧食將盡，越覺愁上加愁，忽聞漢營中遣到使臣，乃仗劍高坐，傳令入見。侯公徐徐步入，見了項王，毫無懼色，從容向前，行過了禮。項王瞋目與語道：「汝主既不出戰，又不退去，今差汝到來，有何話說？」侯公道：「大王還是欲戰呢？還是欲退呢？」項王道：「我願一戰！」侯公道：「戰是危機，勝負難料；況相持已久，兵力皆疲，臣今為罷兵息爭而來，故敢進見大王。」項王不覺脫口道：「據

第三十回
斬龍且出奇制勝　劃鴻溝接眷修和

汝來意，是欲與我講和麼？」侯公道：「漢王並不欲與大王爭鋒，大王如為保國安民起見，易戰為和，敢不從命。」項王意已稍平，把劍放下，問及議和約款。侯公道：「使臣奉漢王命，卻有二議：一是楚漢兩國，劃定疆界，彼此相安，不再侵犯。二請釋還漢王父太公，及妻室呂氏，使他骨肉團圓，久感聖德。」項王掀髯獰笑道：「汝主又來欺我麼？他想保全骨肉，故令汝詭詞請和。」侯公道：「大王知漢王東出的意思否？人情無不念父母，顧妻子，漢王西居蜀漢，離家甚遠，免不得懷念在心，前次潛至彭城，無非欲搬取家眷，嗣聞為大王所拘，急不暇擇，遂至與大王為敵，累戰不休。今大王無意言和，原是不必說了，既商和議，何不將兩人釋還，不但使漢王從此感德，誓不東行，就是天下諸侯，亦且爭慕大王，無不歌頌。試想大王不殺人父，就是明孝，不汙人妻，就是明義，已經拘住，又復放歸，所以明仁，三德俱備，聲名洋溢，如恐漢王負約，是曲在漢王，直在大王。古人有言：師直為壯，曲為老。大王直道而行，天下無敵，何論一漢王呢！」

　　項王最喜奉承，聽了侯公一番言語，深愜心懷，遂復召入項伯，與侯公商議國界。項伯本是袒漢，樂得賣個人情，兩下議決，就滎陽東南二十里外的鴻溝，劃分界限，溝東屬楚，溝西屬漢。當由項王遣使，與侯公同報漢王，訂定約章，各無異言。所有迎還太公、呂后的重差，仍然要勞煩侯公。侯公再偕楚使同行，至楚營請求如約，項王毫不遲疑，便放出太公、呂后，及從吏審食其，使與侯公同歸。漢王聞知，當然出營迎接，父子夫婦，復得相見，正是悲喜交集，慶賀同聲。漢王嘉侯公功，封他為平國君，是為漢四年九月間事。越日，即聞項王拔營東歸，漢王亦欲西返，傳令將士整頓歸裝，忽有兩人進諫道：「大王不欲統一天下麼？奈何歸休！」這一語有分教：

壇坫方才休玉帛，疆場又復啟兵戈。

欲知兩人為誰，待至下回報明。

兵法有言：驕兵必敗。龍且未勝先驕，即非韓信之善謀，亦無不敗之理。項王以二十萬眾，委諸龍且，何用人之不明歟？然項王同一有勇無謀之暴主，而龍且即為有勇無謀之莽將，同氣相求，故有是失。龍且死而項王亦將敗亡，此徒勇之所以無益也。武涉之說韓信，各為其主，原不足怪。蒯徹並非楚臣，何為唆信叛漢，使之君臣相猜，他時鐘室之禍，非徹致之而誰致之乎？若漢之遣使請和，得歸太公、呂后，雖由侯生之善言，實出一時之徼倖。假使項王不允，加刃太公，則漢王雖得天下，終不免為無父之罪人而已。貪天幸以圖功，君子所勿取焉。

第三十回
斬龍且出奇制勝　劃鴻溝接眷修和

第三十一回
大將奇謀鏖兵垓下　美人慘別走死江濱

　　卻說漢王欲西還關中，有兩人進來諫阻，兩人為誰？就是張良、陳平。漢王道：「我與楚立約修和，彼已東歸，我尚留此做甚。」良平齊聲道：「臣等請大王議和，無非為了太公、呂后二人。今太公、呂后，已得歸來，正好與他交戰，況天下大勢，我已得了大半，四方諸侯，又多歸附，彼項王兵疲食盡，眾叛親離，乃是天意亡楚的時候，若聽他東歸，不去追擊，豈不是養虎遺患麼？」**專知趨利，如信義何！**漢王深信二人，遂複變計，再擬向東進攻。只因孟冬已屆，照了前秦舊制，又要過年，乃就營中備了酒席，宴飲大小三軍，自與呂后陪著太公，在內帳奉觴稱壽，暢飲盡歡。太公、呂后，從未經過這種樂事，此次父子完聚，夫婦團圓，白髮紅顏，相偕醉月，金樽玉斝，合宴連宵，真個是苦盡甘回，不勝欣慰了。**恐此時呂后心中，尚恨審食其不得在座。**元旦這一日，就是漢王五年，**大書特書，是為漢王滅楚稱帝之歲。**漢王先向太公祝釐，然後升座外帳，受了文武百官的謁賀。禮已粗畢，即與張良、陳平，商議軍事，決定分路遣使，往約齊王韓信，及魏相國彭越，發兵攻楚，中道會師，當下派員去訖。

　　過了一日，又差車騎數百人，送太公、呂后入關。漢王遂親率大隊，

第三十一回
大將奇謀鏖兵垓下　美人慘別走死江濱

　　向東出發，沿路不復耽延，一直馳至固陵。前驅早有偵騎派出，探得楚兵相去不遠，回報漢王。漢王乃擇險安營，專待韓、彭兩軍到來，便好合擊楚軍。偏韓、彭兩軍，杳無音信，那項王已得了消息，恨漢負約，竟驅動兵馬，驟向漢營殺來。漢王恐楚兵踹營，反覺不妙，不如督兵出戰，較為得勢，乃麾眾出營，與楚接仗。兩下相遇，漢兵尚未成列，項王已拍動烏騅，挺戟當先，專向漢軍中堅，鼓勇衝入，尋殺漢王。漢將見項王到來，慌忙攔阻，怎禁得項王一股怒氣，把手中戟飛舞起來，任憑漢軍中有許多勇將，沒有個是他敵手，有幾個命中帶晦，不是被他刺死，就是被他戳傷，於是漢將俱紛紛倒退。漢王見不可支，還是拍馬奔回，避開危險。主帥一動，全軍皆散，項王樂得大殺一陣，把漢兵驅回營中，然後收兵自去。漢王狼狽還營，檢點兵士，喪失了好幾千名，將佐亦傷亡了好幾十名，不由的垂頭喪氣，悶坐帳中。可巧張良進來，因即顧問道：「韓彭、失約，我軍又遭敗挫，如何是好！」張良道：「楚兵雖勝，儘可勿慮，只是韓、彭不至，卻是可憂。臣料韓、彭二人，必由大王未與分地，所以觀望不前。」漢王道：「我封韓信為齊王，拜彭越為魏相國，怎得說是沒有分地？」良答道：「齊王信雖得受封，並非大王本意，信亦當然不安，彭越曾略定梁地，大王命他往佐魏豹，所以移兵，今魏豹已死，越亦望封王，乃大王未嘗加封，不免觖望。今若取睢陽北境，直至穀城，封與彭越，再由陳以東，直至東海，封與韓信，信家在楚，嘗想取得鄉土，大王今日慨允，兩人明日便來了。」**窺透兩人志願。**

　　漢王不得已依議，再遣使人飛報韓、彭，許加封地，果然兩人滿望，即日發兵。還有淮南王英布，與漢將劉賈，進兵九江，招降守將楚大司馬周殷，一些兒不勞兵革，反得了九江許多人馬，會同英布、劉賈，接應漢王。三路大兵，陸續趨集，漢王自然放膽行軍。項王聞漢兵大至，兵食又

盡，巴不得急回彭城，所以固陵雖獲勝仗，仍然不願久留，引軍再退。路上恐漢兵追襲，用了步步為營的兵法，依次退去。好容易到了垓下，遙聽得後面一帶，鼓聲馬聲吶喊聲，非常震響。當下登高西望，見漢兵踴躍追來，差不多與螞蟻相似，不禁仰天嘆道：「好多漢兵，我悔前日不殺劉邦，養成他這番氣焰哩！」話雖如此，還仗著自己勇力，並手下將士，尚有十萬名左右，倒也不甚著忙。遂就垓下紮營，準備對敵。漢王已會齊三路兵馬，共至垓下，人數不下三十餘萬，複用韓信為大將，排程諸軍。韓信素知項王驍勇，無人敢當，特將各軍分作十隊，各派統將帶領，分頭埋伏，迴環接應，請漢王守住大營，自率三萬人挑戰。

　　項王單靠勇力，不尚兵謀，一聞敵兵逼營，立即怒馬突出，迎敵漢軍。楚兵亦一齊出寨，隨著項王，奮勇向前。兩軍相接，交戰了好幾合，項王橫戟一揮，部眾統不管生死，專望漢軍中殺入。韓信且戰且走，誘引項王入網。項王平日，所向無敵，全不把韓信放在眼中，就使有人諫阻項王，叫他不可輕追，他亦不甘罷休，定要殺奔前去。約莫追了好幾里，已入漢軍伏中，**一味莽撞，總要遭禍**。韓信便鳴放號炮，喚起伏兵。先有兩路殺出，與項王交戰一次，項王全不退怯，鏖鬥了好多時，衝開漢軍，還要追趕韓信。但聽第二次炮聲復發，又有兩路伏兵殺出，截住項王，再加廝殺，好多時又被衝破。項王殺得性起，仍舊有進無退，接連是炮聲迭響，伏兵迭起。項王殺開一重，又復一重，殺到第七八重時候，部眾已零落了，將弁多傷亡了，項王也自覺力疲，漸漸的退卻下來。那知韓信放完號炮，十面埋伏，一齊發出，都向項王馬前，圍裹攏來。所有楚兵，好似雞犬一樣，紛紛四竄，但靠項王一枝畫戟，究竟擋不住百般兵器。項王悔己無及，只得令鍾離昧、季布等斷後，自己當先開路，猛喝一聲，已足嚇退漢兵，再加長戟縱橫，一經觸著，無不立斃，因此漢兵左右避開，讓出

第三十一回
大將奇謀鏖兵垓下　美人慘別走死江濱

一條血路，得使項王走脫，馳回垓下大營。

自從項王起兵以來，向未經過這般挫辱，此次已該數盡，偏碰著漢元帥韓信，用著十面埋伏的計策，殺敗項王，把楚營十萬銳卒，擊斃了三四成，趕走了三四成，只剩得兩三萬殘兵，跟回營中，叫項王如何不惱，如何不憂！他有一個寵姬虞氏，秀外慧中，知書識字，雖遇項王出兵打仗，也嘗乘車隨行，形影不離。**名姬陪著悍王，似覺不甚相配。**此番也在營間，守候項王歸來。項王戰敗入營，當由虞姬迎著，見他形容委頓，神色倉皇，也覺驚異得很。待至項王坐定，喘息稍平，才問及戰爭情狀。項王唏噓道：「敗了！敗了！」虞姬勸慰道：「勝負乃兵家常事，願大王不必憂勞。」項王道：「怪不得汝等婦女，未識利害，連我也不曾遇此惡戰哩。」虞姬本已囑咐行廚，整備酒餚，想為項王接風。此時因項王敗還，更欲替他解悶，便即令廚役搬出，陳列席間，請項王上坐小飲。項王已無心飲酒，但為了寵姬情意，未便遽卻，乃向席間坐下，使虞姬旁坐相陪。才飲了三五杯，就有帳外軍弁趨入，報稱漢兵圍營。項王道：「汝去傳諭將士，小心堅守，不可輕動，待我明日再決一戰罷！」軍弁應聲退出。

時已天晚，項王復與虞姬並飲數觥，燈紅酒綠，眉黛鬢青，平時對此情景，何等愜意，偏是夕反成慘劇，越飲越愁，越愁越倦，頓時睡眼模糊，斂肱欲寐。還是虞姬知情識意，請項王安臥榻中，休養精神。項王才就榻睡下，虞姬坐守榻旁，一寸芳心，好似小鹿兒亂撞，甚覺不寧。耳近又聽得悽風颯颯，駕慄嗚嗚，俄而車馳馬驟，俄而鬼哭神號，種種聲浪，增人煩悶。旋復有一片歌音，遞響進來，如怨如慕，如泣如訴，一聲高，一聲低，一聲長，一聲短，彷彿九皋鶴唳、四野鴻哀。虞姬是個解人，禁不住悲懷戚戚，淚皆熒熒，**從虞姬一邊敘入楚歌，尤覺悽切。**回顧項王，卻是鼻息如雷，不聞不知，急得虞姬有口難言，淒其欲絕。究竟這歌聲從

何而來？乃是漢營中張子房，編出一曲楚歌，教軍士至楚營旁，四面唱和，無句不哀，無字不慘，激動一班楚兵，懷念鄉關，陸續散去。就是鍾離眛、季布等人，隨從項王好幾年，也忽然變卦，背地走了。甚至項王季父項伯，亦悄悄的往投張良，求庇終身。**樹未倒而猢猻先散**。單剩項王親兵八百騎，守住營門，未曾離叛。正想入報項王，卻值項王酒意已消，猛然醒寤。起聞楚歌，不禁驚疑，出帳細聽，那歌聲是從漢營傳出，越加詫異道：「漢已盡得楚地麼？為何漢營中有許多楚人呢？」說著，便見軍弁稟報，謂將士皆已逃散，只有八百人尚存。項王大駭道：「有這等急變嗎？」當即返身入帳，見虞姬站立一旁，已變成一個淚人兒，也不由的泣下數行。旁顧席上殘餚，尚未撤去，壺中酒亦頗沉重，乃再令廚人燙熱，喚過虞姬，再與共飲。飲盡數觥，便信口作歌道：

力拔山兮氣蓋世！時不利兮騅不逝！騅不逝兮可奈何！虞兮虞兮奈若何！

項王生平的愛幸，第一是烏騅馬，第二是虞美人，此番被圍垓下，已知死在目前，唯心中實不忍割捨美人駿馬，因此悲歌慷慨，嗚咽唏噓！虞姬在旁聽著，已知項王歌意，也即口占一詩道：

漢兵已略地，四面楚歌聲。大王意氣盡，賤妾何聊生！

虞姬吟罷，潸潸淚下，項王亦陪了許多眼淚。就是左右侍臣，統皆情不自禁，悲泣失聲。驀聽得營中更鼓，已擊五下，乃顧語虞姬道：「天將明了，我當冒死出圍，卿將奈何！」虞姬道：「妾蒙大王厚恩，追隨至今，今亦當隨去，生死相依；倘得歸葬故土，死也甘心！」項王道：「如卿弱質，怎能出圍？卿可自尋生路，我當與卿長別了。」虞姬突然起立，豎起雙眉，喘聲對項王道：「賤妾生隨大王，死亦隨大王，願大王前途保重！」

第三十一回
大將奇謀鏖兵垓下　美人慘別走死江濱

　　說至此，就從項王腰間，拔出佩劍，向頸一橫，頓時血濺珠喉，香銷殘壘。**閱書至此，雖鐵石心腸，亦當下淚。**

　　項王還欲相救，已是不及，遂撫屍大哭一場，命左右掘地成坑，將屍埋葬。至今安徽省定遠縣南六十里，留有香塚，傳為佳話。文人墨客，且因虞姬貞節可嘉，譜入詞曲，竟把虞美人三字，作為曲名，美人千古，足慰芳魂。**比後來人覺何如？**唯項王已看虞姬葬訖，勉強收淚，出乘烏騅，趁著天色未明的時候，帶了八百騎親兵，啣枚疾走，偷過楚營，向南遁去。及漢兵得知，急報韓信，已是雞聲報曉，晨光熹微了。韓信聞項王潰圍，急令將軍灌嬰，率領五千兵馬，往追項王。項王也防漢兵追來，匆匆至淮水濱，覓船東渡，部騎又散去大半，只剩了一二百人。行至陰陵，見路有兩歧，不知何道得往彭城，未免躊躇。適有老農在田間作工，因向他訪問行徑，老農卻有些認識項王，素來恨他暴虐，竟用手西指道：「向這邊去！」項王信是真話，策馬西奔，約跑了好幾里，撲面寒風，很是凜冽，前途流水潺潺，隨風震響，仔細瞧著，乃是一個大湖，擋住去路。至此方知受欺，慌忙折回，再到原處，重向東行。為了這番盤旋，遂被漢將灌嬰追及，一陣衝擊，又喪失了百餘騎。還是項王坐下的烏騅，跑走甚快，當先馳脫。後面陸續跟上，寥寥無幾，到了東城，經項王回頭檢視，只有二十八騎，尚算隨著。那四面的金鼓聲，吶喊聲，仍然不住，漸漸相逼。項王自知難脫，引騎至一山前，走登崗上，擺成圓陣，慨然顧騎士道：「我自起兵到今，條已八年，大小七十餘戰，所擋必靡，所擊必破，未嘗一次敗北，因得霸有天下。今日乃被困此間，想是天意已欲亡我，並非我不能與戰呢。我已自決一死，願為諸君再決一戰，定要三戰三勝，為諸君突圍，斬將搴旗，使諸君知我善戰，今實天意亡我，與我無干，免得向我歸罪了！」**善戰必亡，奈何至死不悟。**

道言甫畢，漢兵已四面趲集，把山圍住。項王乃分二十八騎為四隊，與漢兵相向。東首有一漢將，不知死活，驅兵登崗，想來活捉項王。項王語騎士道：「君等看我刺殺此將！」說著縱轡欲走，又回頭顧語道：「諸君可四面馳下，至東山下取齊，再作三處駐紮罷。」於是奮聲大呼，挺戟馳下，一遇漢將，便猛力戳去。漢將不及躲避，陡被刺落，骨轆轆滾下山去，霎時畢命。漢兵見了，統皆逃還，項王便縱馬下山。山下的漢將，仗著人多勢旺，團團圍繞，竟至數匝，都被項王殺退。漢騎將楊喜，上前追趕，由項王回頭一喝，人馬辟易，倒退了一兩里。就是項王部下的二十八騎，亦皆馳集，先與項王打個照面，然後三處分馳。漢兵又從後趲來，未知項王所在，也分兵三路，追圍項王。項王左手持戟，右手仗劍，或劈或刺，斬一漢都尉，剁斃漢兵數十百人，仍得殺透重圍，再救出兩處部騎，重聚一處，檢點數目，只少了兩個騎兵。便笑向部騎道：「我的戰仗如何？」部騎皆拜伏道：「如大王言！」統計項王自山上殺下，一連九戰，漢兵遇著項王，無不潰散，故後人稱是山為九頭山，亦號四潰山。

　　項王既得脫圍，走至烏江，卻值烏江亭長，泊船岸旁，請項王渡江過去。且敦促道：「江東雖小，地方千里，尚足自王，現唯臣有一船，願大王急渡！」項王聽了，笑對亭長道：**用兩笑字，比哭尤慘。**「天已亡我，我何必再渡！且籍與江東子弟八千人，渡江西行，今無一生還，就使江東父老，見我生憐，再肯王我，我有何面目相見哩？」說著，後面塵頭又起，料知漢兵復到，亭長又出言催促，項王喟然道：「我知公為忠厚長者，厚情可感，我無以為報，唯坐下的烏騅馬，隨我五年，日行千里，臨陣無敵，今我不忍殺此馬，特地賜公，見馬猶如見我呢。」一面說，一面跳下馬來，令部卒牽付亭長，又命部騎皆下馬步行，各持短刀，轉身待著漢兵。漢兵一齊趲至，項王又鼓勇再戰，亂削亂劈，連斃漢兵數百人，自

第三十一回
大將奇謀鏖兵垓下　美人慘別走死江濱

身亦受了十餘創。驀見有數騎將馳至，認得一人是呂馬童，淒聲與語道：「汝不是我舊友嗎？」呂馬童不敢正視，但向項王望了一面，便旁顧僚將王翳道：「這位就是項王。」項王又說道：「我聞漢王懸有賞格，得我首級，賜千金，封邑萬戶，我今日就賣情與汝罷！」說畢，便用劍自刎，年終三十一歲。小子記得前人詠項王詩，曾有二絕，特錄述如下云：

　　爭帝圖王勢已傾，八千兵散楚歌聲。
　　烏江不是無船渡，恥向東吳再起兵。
　　不修仁政枉談兵，天道如何尚力爭？
　　隔岸故鄉歸不得，十年空負拔山名。

項王已死，所餘二十六騎，亦皆逃亡。欲知項王屍首如何，待至下回續表。

韓信之十面埋伏計，史策未詳，但相傳已久，度非無因。況當時漢兵競集，為特一無二之大舉，人數不下三十萬，分作十隊，綽有餘裕，非行此計以困項王，則項王之勇悍，無人敢敵，幾何而不蹈固陵之覆轍也。虞姬之別，烏江之刎，最為項氏慘史，經著書人依次寫來，尤覺得情節蒼涼，令人悲咽。且虞姬守貞，何如呂后、戚姬之穢辱？慨然決死，何如韓信、彭越之誅夷？美人英雄，名播千秋，泉下有知，其亦足以自慰乎？唯觀於項王之坑降卒，殺子嬰，弒義帝，種種不道，死有餘辜。彼自以為非戰之罪，罪固不在戰，而在殘暴也。彼殺人多矣，能無及此乎！天亡天亡，夫復誰尤！

第三十二回
即帝位漢主稱尊　就驛舍田橫自剄

　　卻說項王自刎以後，漢將爭奪項王屍骸，甚至自相殘殺，死了好幾十人，結果是王翳得了頭顱，呂馬童與楊喜、呂勝、楊武等四將，各得一體，持向漢王前報功。漢王命將五體湊合，果然相符，遂即分封五人，命呂馬童為中水侯，王翳為杜衍侯，楊喜為赤泉侯，楊武為吳防侯，呂勝為涅陽侯。楚地望風請降，獨魯城堅守不下，漢王大怒，引兵攻魯，恨不得立刻入城，一體屠戮，蕩成平地。不意到了城下，覺有一種弦誦的聲音，悠揚入耳，因不禁轉念道：「魯國素知禮義，今為主守節，不得為非，我不如設法招撫為是。」**只一轉念，便是興王氣象**。乃將項王首級，令將士挑在竿上，舉示城上守兵，且傳諭降者免死，於是魯城吏民，開門迎降。先是楚懷王嘗封項羽為魯公，至是魯最後降，漢王因命用魯公禮，收葬項王屍身，就在谷城西隅，告窆築墳，親為發喪。並命文吏繕成一篇祭文，無非說是前同兄弟，本非仇讎，拘太公不殺，虜呂后不犯，三年留養，尤見盛情，死後有知，應視此觴等語。及臨祭讀文，漢王亦不禁悲泣，淚下潸潸。**恐非真情**。將士等都為動容，祭畢乃還。**呂馬童為項王故人，到此亦知感否？**今河南省河陽縣有項羽墓，就是項羽自刎的地方，便係今日的烏江浦，在安徽省和縣東北，留有祠宇，號為西楚霸王廟，這且不必細述。

第三十二回
即帝位漢主稱尊　就驛舍田橫自剄

　　漢王命赦項氏宗親，一律免罪，且聞項伯已在張良營中，特別召見，封為射陽侯，賜姓劉氏。**賣主求榮，項伯不能無慚。**還有項襄、項佗等，亦皆封侯賜姓，如項伯例。**結婚一節，史中未曾提及，想由漢王賴去。**各路諸侯，都附勢輸誠，奉書稱賀。唯臨江王共敖子尉，嗣爵為王，尚記念項王舊恩，不肯從漢。經漢王派遣劉賈等人，率兵往討，才閱旬日，便將共尉擒歸，江陵亦平。**臨江王都江陵，見前文。**

　　漢王還至定陶，與張良、陳平二人，密議多時，即趨入韓信營中。信亟起相迎，奉王就座，但聽得漢王面諭道：「將軍屢建大功，得平強項，寡人當始終不忘。今應休兵息民，不復勞師，將軍可繳還軍符，仍就原鎮便了！」此時信無詞可拒，只好把印信取出，交還漢王。漢王得了印信，便即持去。俄而又傳出一令，說是楚地已定，義帝無後，齊王信生長楚中，習楚風俗，可改封楚王，鎮定淮北，定都下邳。魏相國越，勤撫魏民，屢破楚軍，今即將魏地加封，號稱梁王，就都定陶云云。彭越是加授封爵，當然心喜，便至漢王前拜謝，受印而去。唯韓信易齊為楚，明知漢王記著前嫌，不願再令王齊，但自思衣錦還鄉，也足顯揚故土，計不如遵著命令，就此榮歸為是。乃亦繳出齊王印，改領楚王印起行。

　　到了下邳，即差人尋訪漂母，及受辱胯下的惡少年。漂母先至，信下座慰問，特賜千金，漂母拜謝去訖。**可謂一登龍門，飯價百倍。**既而惡少年到來，面無人色，俯伏請罪。信笑說道：「我豈小丈夫所為，睚眥必報？汝可不必恐懼，我且授汝為中尉官。」少年叩首道：「小人愚蠢，曾誤犯尊威，今蒙赦罪不誅，恩同再造，怎敢再邀封賞？」信又說道：「我願授汝為官，汝何必多辭！」少年乃再拜稱謝，起身退出。信顧語左右道：「這也是個壯士，他辱我時，我豈不能拚死與爭？但死得無名，所以忍耐至此，得有今日。」左右都服信大度，交口稱賢。信復與梁王彭越，淮南王英布，

韓王信，故衡山王吳芮，趙王張敖，**是年張耳病歿，子敖嗣爵。**燕王臧荼等，聯名上疏，尊漢王為皇帝。疏中略云：

先時秦為無道，天下誅之。大王先得秦王，定關中，於天下功最多；存亡定危，救敗繼絕，以安萬民，功盛德厚。又加惠於諸侯王，有功者使得立社稷。地分已定，而位號比擬，無上下之分，是大王功德之著，於後世不宜。謹昧死再拜上皇帝尊號，伏乞準行！

漢王得疏，召集群臣，與語道：「寡人聞古來帝號，只有賢王可當此稱，虛名無實，殊不足取。今諸侯王乃推高寡人，寡人乏德，如何敢當此尊號？」群臣都齊聲道：「大王起自細微，誅不義，立有功，平定海內，功臣皆得裂土分封，可見大王本無私意。今大王德加四海，諸侯王不足與比，實至名歸，應居帝位，天下幸甚！」漢王還要推讓，再由內外臣僚，合詞申請，乃命太尉盧綰及博士叔孫通等擇吉定儀，就在汜水南面，郊天祭地，即漢帝位。文武百官，一齊朝賀，頒詔大赦，追尊先妣劉媼為昭靈夫人，立王後呂氏為皇后，王太子盈為皇太子。接連有諭旨二道，分封長沙、閩粵二王，文云：

故衡山王吳芮，與子二人，兄子一人，從百粵之兵，以佐諸侯，誅暴秦，有大功，為衡山王。項羽侵奪之，降為番君，今其以長沙、豫章、象郡、桂林、南海諸郡，立番君芮為長沙王，欽哉唯命！吳芮傳國最久，故特錄此詔。

故粵王無諸，**越勾踐後，姓騶氏。**世奉越祀，秦侵奪其地，使其社稷，不得血食。諸侯伐秦，無諸身率閩中兵，以佐滅秦。項羽廢而勿立，今以為閩粵王，王閩中地，勿使失職，以酬王庸。**此詔並錄，為後文閩越不靖張本。**

是時諸侯王受地分封，共計八國，就是楚、韓、淮、南、梁、趙、燕

第三十二回
即帝位漢主稱尊　就驛舍田橫自剄

及長沙、閩粵二王。此外仍為郡縣，各置守吏，如秦制相同。漢王命諸侯王皆罷兵歸國，所有部下士卒，除量能授職外，亦俱遣令還家，本身免輸戶賦。一面啟蹕入洛，即以洛陽為國都。特派大臣赴櫟陽奉迎太公、呂后及太子盈，又遣使至沛邑故里，召入次兄劉仲，從子劉信，並同父異母的少弟劉交。**想是太公繼室所生。**還有微時外婦曹氏，暨定陶人戚氏父女，亦乘便接入。曹女生子名肥，戚女生子名如意，當然挈同至都。**曹氏見第十一回，戚氏見第二十四回。**父子兄弟，妻妾子姪，陸續到齊，歡聚皇宮，沒一個不喜出望外，額手稱慶，漢帝亦樂不勝言。看官聽說！漢帝後來廟號叫做高皇帝，並因他為漢朝始祖，就稱為漢高祖，史家統是這般紀述，小子此後敘錄，也沿例呼為漢高祖了。**特筆提清。**

　　高祖既平定海內，籌畫政治，卻也忙亂了好幾月。由春及夏，諸事粗有頭緒，方得少閒，因就洛陽南宮，大開筵宴，遍召群臣入內，一同會飲。酒行數巡，高祖乃對眾宣言道：「列侯諸將，佐朕得有天下，今日一堂宴會，君臣同聚，最好是直言問答，不必忌諱。朕卻有一問，朕何故得有天下？項氏何故致失天下？」當有兩人起座，同聲答道：「陛下平日待人，未免侮慢，不及項羽的寬仁。但陛下使人攻城略地，每得一城，即作為封賞，能與天下共利，所以人人效命，得有天下。項羽妒賢忌能，多疑好猜，戰勝不賞功，得地不分利，人心懈體，乃失天下，這便是得失的辨別呢。」高祖聽了，瞧著兩人，乃是高起王陵，便笑說道：「公等知一不知二，據我想來，得失原因，須從用人上立說。試想運籌帷幄，決勝千里，我不如子房；鎮國家，撫百姓，運餉至軍，源源不絕，我不如蕭何；統百萬兵士，戰必勝，攻必取，我不如韓信。這三人係當今豪傑，我能委心任用，故得天下。項羽只有一范增，尚不能用，怪不得為我所滅了！」群臣聞言，各下座拜伏，稱為至言。高祖大悅，又令大眾歸座，續飲多時，興

盡始散。

　　過了數日，有人入報高祖，說是故齊王田橫，避匿海島，有徒黨五百餘人，一同居住。高祖不免加憂，即派朝臣，齎了詔書，前往招安。橫自被灌嬰擊敗，投奔彭越，**見第三十回**。留居月餘，聞越起兵從漢，自恐被禍，因潛身奔赴東海，尋得一個島嶼，作為栖棲。他本來疏財好士，廣結豪俠，此次投奔海島，有同時隨行的，有聞風趨集的，因此人數得五百有餘。及漢使到了島中，交付詔書，由橫閱畢，便向漢使說道：「我前時曾烹酈食其，今雖蒙天子赦罪，召令入都，但聞食其弟酈商，方為上將，怎肯不為兄報仇？因此不敢奉詔。」漢使聽說，當即告辭，還都覆命。高祖道：「這有何妨？橫亦不免多慮。」因召入衛尉酈商，當面囑咐道：「齊王田橫，將要來朝，汝不得懷著兄仇，私下陷害！如若有違，罪當夷族。」酈商心雖不服，但未敢辯駁，只好應聲退出。高祖再遣原使召橫，叫他不必憂懼，且令傳諭道：「田橫來，大可封王，小亦封侯，倘再違詔不至，朕將發兵加誅，毋貽後悔！」這數語傳入橫耳，橫不得已隨使動身，徒黨五百餘人，俱請相從。橫與語道：「我非不願與諸君同行，唯人數過多，反招疑忌，不如留居此地，聽候消息。我若入都受封，自當來召諸君。」大眾乃止。橫但與門客二人，同了漢使，航海登岸，乘馹赴都。行至屍鄉驛，距洛陽約三十里，橫顧語漢使道：「人臣入朝天子，應該沐浴表誠，此處幸有驛舍，可許我就館洗沐否？」漢使不料他有別意，當然應諾，遂入驛小憩，聽令沐浴。

　　橫既得避開漢使，密喚二客近前，喟然與語道：「橫與漢王皆南面稱孤，本不相屬，今漢王得為天子，橫乃降為亡虜，要去北面朝謁漢帝，豈不可恥！況我曾烹殺人兄，乃欲與伊弟並肩事主，就使他震懾主威，不敢害我，我難道就好無愧麼？漢帝必欲召我，無非欲見我一面，汝可割下我

第三十二回
即帝位漢主稱尊　就驛舍田橫自剄

首，速詣洛陽，此去不過三十里，形容尚可相認，不致腐敗。我已國破家亡，死也罷了！」二客大驚，方欲勸阻，那知橫已拔劍在手，刎頸喪生。**總之是不肯降漢**。漢使坐在外面，並未聞知，及聽到二客哭聲，慌忙趨過一看，見二客撫著橫屍，正在悲慟。當下問明原委，由二客泣述橫言。漢使也覺沒法，只好將橫首割下，令二客捧著，帶同入都，報知高祖。高祖即傳令二客入見，二客捧呈橫首，高祖約略一瞧，面目如生，尚餘英氣，不由的嘆息道：「我知道了！田橫等兄弟三人，起自布衣，相繼稱王，好算是當今賢士。今乃慷慨就死，不肯屈節，可惜可惜！」說罷也為流涕。

二客尚跪在座前，高祖命他起來，各授都尉。二客雖然稱謝，卻沒有什麼喜容，怏怏退出。高祖又遣發士卒二千人，為橫築墓，並令收殮橫屍，將首縫上，即用王禮安葬，送窆墓中。二客送至葬處，大哭一場，就在墓旁挖穿二穴，拔劍自刺，僕入穴中。當有人再行報聞，高祖越加驚嘆，復遣有司馳詣墓所，出屍棺殮，妥為營葬。

待葬畢報命，高祖道：「田橫自殺，二客同殉，卻是一種異事。但聞得海島中，尚有五百多人，若統似二客忠賢，為橫效死，豈不是一大隱患麼？」乃復遣使馳赴海島，詐稱田橫已受封爵，特來相招。**漢高但知使詐，無怪田橫等寧死不降**。島中五百餘人，信為真言，一齊起行，同至洛陽。既入漢都，才知橫及二客死耗，免不得涕淚交橫，遂共至田橫墓前，且拜且哭，並湊成一曲〈薤露歌〉，聊當哀詞。歌哭以後，統皆自殺。至今河南省偃師縣西十五里，尚存田橫墓。就是〈薤露歌〉，亦流傳千古。「薤露」二字的意義，謂人生如薤上露，容易晞滅。後世常稱是歌為〈挽逝歌〉，這且擱過不提。

且說漢使既與五百人同來，本擬引他入朝，偏五百人自去謁墓，同時殉主，不得不據實入奏。高祖且驚且喜，仍令吏役一律掩埋。繼思田橫門

客，尚且如此忠義，那項王手下的遺將，保不住暗中號召，與我反對，仔細記憶，想到季布、鍾離眛二人，嗣復回思睢水戰敗時，季布追趕甚急，險些兒遭他毒手，現在要將他緝獲，醢為肉醬，方足洩恨。因再懸賞千金，購拿季布，如有藏匿不報，罪及三族。這道命令申行出去，那一個不思得賞，那一個還敢窩留。究竟季布遁往何處？原來是在濮陽周家。周家與季布交好多年，所以將布收留。旋聞漢廷懸賞緝拿，並有罪及三族的厲禁，也不覺慌急起來。當下想出一法，令布薙去頭髮，套環入頸，偽充髡鉗刑犯，引至魯朱家處，賣做奴僕。**髡鉗為奴，是秦朝遺制，漢仍之。**朱家是個著名大俠，向與周氏相識，明知他不是販奴，特欲保全此人，有意轉託。若非依言收買，怎好算得濟困扶危？於是將季布看了一番，問明身價，立即交付，送出周氏，然後再盤問季布數語。季布閱人已多，見他英姿豪爽，與眾不同，已料是一位義士，可以求救，因也吞吞吐吐，說了一篇悲婉的籲詞。朱家不待說明，便知除季布外，別無他人，因即買置田舍，使布經營，自己扮做商人模樣，徑往洛陽，替布設法去了。小子有詩讚道：

挺身入洛救人危，智勇深沉世獨推。
游俠傳中膺首席，大名留與後生知。

欲知朱家如何救布，待看下回便知。

韓信身為大將，能挫項王於垓下，而不能防一漢高。前在修武，被奪軍符，至定陶駐軍，復由漢高馳入軍營，片語相傳，立取帥印，何其易也！且易齊為楚，倉猝改封，而韓信不能不去。此由漢高能用善謀，操縱有方，故信無從反抗耳。及汜水稱尊，信實為勸進之領袖，前此懷疑而不來，後此獻媚而不恤，自相矛盾，皆入漢祖之術中，漢祖其真雄主哉！獨

第三十二回
即帝位漢主稱尊　就驛舍田橫自剄

田橫自居海島，不肯事漢，應詔起行，所以保眾，入驛自剄，所以全名，至若二客同殉，五百人亦並捐軀，其平日信義之相孚，更可知矣。大丈夫雖忠不烈，視死如歸，若田橫諸人，其庶幾乎！

第三十三回
勸移都婁敬獻議　偽出遊韓信受擒

　　卻說朱家欲救季布，親到洛陽，暗想滿朝公卿，只滕公夏侯嬰一人，頗有義氣，尚可進言，乃即踵門求見。夏侯嬰素聞朱家大名，忙即延入，彼此晤談，卻是情投意合，相得甚歡。遂將他留住幕下，每日與飲，對酌談心。朱家暢論時事，娓娓動人，說得夏侯嬰非常佩服，越加敬重。乃乘間進言道：「僕聞朝廷飭拿季布，究竟季布犯何大罪，須要這般嚴厲呢？」夏侯嬰道：「布前時幫著項羽，屢困主上，所以主上必欲捕誅。」朱家道：「公視季布為何如人？」夏侯嬰道：「我聞他素性忠直，倒也是一個賢士。」朱家又道：「人臣各為其主，方算盡忠。季布前為楚將，應該為項氏效力，今項氏雖滅，遺臣尚多，難道可一一捕戮麼？況主上新得天下，便欲報復私仇，轉覺不能容人了。季布無地容身，必將遠走，若非北向奔胡，便是南向投粵，自驅壯士，反資敵國，這正從前伍子胥去楚投吳，乞師入郢，落得倒行逆施，要去鞭那平王的遺墓呢！公為朝廷心腹，何不從容進說，為國盡言？」夏侯嬰微笑道：「君既有此美意，我亦無不效勞。」**明人不用細說**。朱家甚喜，乃向夏侯嬰告別，回至家中，靜候消息。果然不到數旬，便有朝命頒下，赦免季布，叫他入朝見駕。朱家方與季布說明，季布當然拜謝，別了朱家，至洛陽先見滕公。滕公夏侯嬰，具述朱家好意，且已代為疏通等情，布稱謝後，即隨嬰入朝，屈膝殿前，頓首請罪。不及田

第三十三回
勸移都婁敬獻議　偽出遊韓信受擒

橫客多矣。高祖不復加責，但向布說道：「汝既知罪前來，朕不多較，可授官郎中。」布謝恩而退。當時一班朝臣，已由夏侯嬰說明原委，都說季布能摧剛為柔，朱家能救人到底，兩難相併，不愧英雄，其實季布貪生怕死，未足稱道，唯朱家救活季布，並不求報，且終身不與布相見，這真叫做豪俠過人呢。**褒貶得當。**

　　且說布既得官，有一個季布母弟，聞知此信，也即趕至洛陽，來求富貴。看官道是何人？原來就是楚將丁公。**見前文。**布係楚人，丁公係薛人，**《楚漢春秋》云：丁公薛人，名固，或云齊丁公伋支裔，故號丁公。**兩人本不相關，只因布父早死，布母再醮，乃生丁公，籍貫姓氏，雖然不同，究竟是一母所生，故稱為季布母弟。他曾在彭城西偏，縱放高祖，早擬入都求見，因恐高祖不念舊情，以怨報德，所以且前且卻，未敢遽至。及聞季布遇赦，並得受官，自思布為漢仇，尚且如此，若自己入謁，貴顯無疑，乃匆匆馳入洛都，詣闕伺候。殿前衛士，也知他與主有恩，格外敬禮，待至高祖臨朝，便即通報。高祖口中，雖囑令傳見，心中卻已暗暗籌畫。及見丁公趨入，俯伏稱臣，便勃然變色，喝令左右衛士，把丁公捆綁起來。丁公連稱無罪，並不見睬。衛士等亦暗暗稱奇，只因皇帝有命，不敢違慢，只得將丁公兩手反縛，牢牢縛定。丁公哭語道：「陛下不記得彭城故事麼？」高祖拍案怒叱道：「我正為了這事，將汝加罪，當時汝為楚將，奈何縱敵忘忠？」丁公至此，才自知悔，閉目就死，不復多言。**求福得禍，可為熱中者鑑。**高祖又令衛士牽出殿門，徇示軍中，且使人傳諭道：「丁公為項王臣，不肯盡忠；使項王失天下，就是此人！」傳諭既遍，復從殿內發出詔旨，立斬丁公。可憐丁公一場高興，反把性命送脫，徒落得身首兩分。刑官事畢覆命，高祖且申說道：「朕斬丁公，足為後世教忠，免致效尤！」這是漢高祖的狡詞，他正因諸將爭功，無法處置，故決斬丁

公,藉以警眾。否則項伯來降,何故得封列侯?

　　正議論間,忽由虞將軍入殿,報稱隴西戍卒婁敬求見。高祖方有意求才,不問貴賤,**已貴者恐反招嫌**。且有虞將軍帶引,料他必有特識,因即許令進謁。虞將軍出來召敬,敬褐衣草履,從容趨入。見了高祖,行過了君臣禮,當由高祖命他起立,見敬衣服不華,形貌獨秀,便與語道:「汝既遠來,不免飢餒,現正要午膳了,汝且去就食,再來見朕。」說罷,便令左右引敬就餐。待敬食畢進見,乃問他來意,敬因說道:「陛下定都洛陽,想正欲比隆周室麼?」高祖點頭稱是。敬又道:「陛下取得天下,與周室不同。周自后稷封邰,積德累仁數百年,至武王伐紂,乃有天下。成王嗣位,周公為相,特營雒邑,無非因地處中州,四方諸侯,納貢述職,道里相均,故有此舉。但有德可王,無德易亡。周公欲令後王嗣德,不尚險阻,非不法良意美,只是隆盛時代,群侯四夷,原是賓服,傳到後世,王室衰微,天下莫朝。雖由後王德薄,究竟也是形勢過弱,致有此弊。今陛下起自豐沛,卷蜀漢,定三秦,與項羽轉戰滎陽成皋間,大戰七十次,小戰四十次,累得天下人民,肝腦塗地,哭聲未絕,瘡痍滿目,乃欲比隆周室,臣卻不敢依聲附和,徒事獻諛。陛下試回憶關中,何等險固,負山帶河,四面可守,就使倉猝遇變,百萬人都可立辦,所以秦地素稱天府,號為雄國。為陛下計,莫如移都關中,萬一山東有亂,秦地總可無虞,這所謂扼吭拊背,才可操縱自如哩。」這一席話,惹得高祖心下狐疑,未能遽決,因命婁敬暫退,另召群臣會議。群臣多係山東人氏,不願再入關中,睽違鄉里,當即紛紛爭議,說是周都洛陽,傳國至數百年,秦都關中,二世即亡,洛陽東有成皋,西有崤黽,背河向洛,險亦足恃,何必定都關中?

　　高祖聽著眾論,越弄得沒有把握,想了多時,還是去召那足智多謀的

第三十三回
勸移都婁敬獻議　偽出遊韓信受擒

　　張子房，商量可否，方能定奪。原來張良佐漢成功，志願已足，遂學導引吐納諸術，不甚食穀，並且杜門不出，謝絕交遊。嘗自語道：「我家累世相韓，韓為秦滅，故不惜重金，替韓復仇。今暴秦已亡，漢室崛興，我但靠著三寸舌，為帝王師，自問也應知足，願從此不問世事，得從赤松子遊，方足了我一生！」**此乃張子房設詞，看者莫被瞞過**。話雖如此，高祖怎肯聽他謝職？不過許令休養，有事仍要入朝。此時為了都城問題，便即遣人宣召。張良不便怠慢，只好應命入見。高祖遂將婁敬所陳，及群臣議論，具述一遍，命良折中裁決，良答道：「洛陽雖有險阻，但中區狹小，不過數百里平原，田地又甚瘠薄，四面受敵，究非用武的地方。若關中左有崤函，右有隴蜀，三面據險，一面東臨諸侯，諸侯安定，可由河渭運漕，西給京師；諸侯有變，順流而下，徵發不煩，運輸亦便，昔人所謂金城千里，誠非虛言！婁敬所說，不為無見，請陛下決議施行。」高祖接入道：「子房以為可行，朕就依議便了。」當下擇日移都，命有司整備行裝，不得遲延。百官雖然不願，也只得遵旨辦理。忙碌了好幾天，期限已屆，即排齊儀仗，擺好法駕，請高祖登程。高祖奉著太公及后妃、太子等出宮就輦，向西出發，文武百官，統皆隨行。

　　好容易到了櫟陽，丞相蕭何，當然接駕。高祖與談遷都事宜，蕭何道：「秦關雄固，形勢最佳，唯自項羽入關以後，咸陽宮統被毀去，就使剩下幾間屋宇，也是殘缺不完，陛下只好暫住櫟陽，俟臣往修宮室，從速竣工，方好遷居呢。」高祖乃就櫟陽住下，使蕭何西入咸陽，監修宮闕，何領命自去。

　　忽有一個警報，從北方傳到，乃是燕王臧荼，公然造起反來。**是諸侯中第一個造反**。高祖大怒道：「臧荼本無大功，我因他見機投降，仍使王燕，他不知感恩，反敢叛我。我當親征便了！」於是部署人馬，剋日備

齊，星夜趲程，突入燕境。臧荼方議出兵，不料漢軍已至，且由高祖督兵親來，正是迅雷不及掩耳，急得腳忙手亂，魄散魂馳。燕地居民，又皆厭亂思治，不服臧荼，臧荼沒法，只得冒險一戰，脅同部兵，出了薊城，迎敵漢軍。兩下裡戰不數合，燕兵已皆潰散，臧荼也只好逃回。高祖麾兵大進，把薊城四面圍住。城中兵民懈體，單靠著臧荼父子兩人，如何濟事？勉強支持了三五天，即被漢兵攻入。臧荼不及逃走，竟為所擒，唯荼子臧衍，開了北門，微服走脫，投奔匈奴去了。**為下文誘叛盧綰伏案**。高祖既得擒住臧荼，把他梟了首級，懸示燕民，燕民自然降順，燕地遂平。

　　高祖因欲另立燕王，詔命將相列侯，公選一人，暗中卻密囑心腹遍告大眾，叫他保薦太尉盧綰。綰與高祖同里，向屬世交，又與高祖同日誕生，少同學，長同遊，很見親愛。高祖起兵，綰即相從，後來受官太尉，出入高祖臥室，不必避嫌，一切衣食賞賜，格外從優，就是蕭何、曹參等人，都不能及。但綰才不過平庸，連歲從軍，也沒有多少功績，只與劉賈往攻江陵，總算把共尉擒回，稍著戰功。**事見前回**。此次高祖出討臧荼，綰亦隨著，有了兩番微勞，高祖遂欲假公濟私，想將綰抬舉上去，封他為王。唯表面上不得不令大眾推舉，暗地裡卻又不得不代為疏通，方好玉成此事。**好算一番苦心，那知他後來變卦**。大眾明知盧綰不配封王，無如主上偏愛盧綰，樂得將順了事，遂一齊復旨，只說太尉盧綰，隨從征戰，所向有功，應請立為燕王。高祖遂留盧綰守燕，加了燕王的封冊，自率大兵西歸。

　　誰知一波才平，一波又起，降將穎川侯利幾，又覆逆命。因復移師東征，直抵穎川。利幾本是楚臣，為陳縣令，項羽敗亡，乃舉城降漢，受封穎川侯。穎川係一座小城，如何擋得住大兵？也是利幾命運該絕，忽生叛志，遂致漢兵一到，城即陷落。好好一個吃飯傢伙，隨著刀鋒，向地上滾

第三十三回
勸移都婁敬獻議　偽出遊韓信受擒

　　了一轉，寂靜無聲了。**妙語解頤**。

　　未幾已是漢朝第六年，高祖還至洛陽，元旦受賀，宴集群臣，不勞細表。閒暇無事，想起項氏遺臣，尚有一個鍾離眜，至今未獲，卻是可憂。乃復申令通緝，務獲到案。未幾有人通風報信，謂鍾離眜避居下邳，由楚王韓信收留。高祖聞言，不覺失色。他本恐韓信為亂，屢次加防，此次又添了一個鍾離眜，居信幕下，怎得不驚？乃亟派使齎詔曉諭韓信，令拿送鍾離眜入都。眜與信同為楚人，素來相識，此時窮蹙無歸，確是投依韓信。信顧念舊情，權令居住，及接到高祖詔書，仍不忍將眜獻出，只託言眜未到此，當飭吏查緝云云。使臣如言返報，高祖似信未信，總難放懷，因此潛派幹吏，馳向下邳附近，探察虛實。適值韓信出巡，車馬喧闐，前後護衛，不下三五千人，聲勢很是威赫。偵吏遂援為話柄，密奏高祖，說信已有叛意。

　　高祖忙召集諸將，詢問對信方法，諸將各摩拳擦掌，躍然有聲，齊向高祖進言道：「豎子造反，但教天兵一至，便可就擒！」**莽夫嫚語**。高祖默然不答，諸將轉覺掃興，陸續退出。可巧陳平進見，高祖便向他問計。陳平料知韓信未反，只未便替信辯護，但答稱事在緩圖，不宜欲速。高祖著急道：「這事如何從緩？汝總要為朕設法呢！」陳平道：「諸將所說如何？」高祖道：「都要我發兵往討。」陳平接口道：「陛下如何曉得韓信謀反？」高祖道：「已有人密書奏報，謀反屬實。」平又道：「除有人上書外，有無別人知信反狀？」高祖道：「這卻未曾聞得，想尚沒人知曉。」平又道：「信可曉得有人奏報否？」高祖又答言未知。平復問道：「陛下現有的士卒，能否勝過楚兵？」高祖搖首道：「不能！」平又道：「陛下如欲用兵，必須遣將，今諸將中有能及韓信否？」高祖又連稱不及。平接說道：「兵不能勝楚，將又不及信，若突然起兵往擊，激成戰事，恐信不反亦反了。臣以為

陛下此舉，未必萬全。」高祖皺眉道：「這卻如何是好？」平躊躇多時，才進陳一策道：「古時天子巡狩，必大會諸侯。臣聞南方有雲夢澤，向稱形勝，陛下但云出遊雲夢，遍召諸侯，會集陳地。陳與楚西境相接，韓信既為楚王，且聞陛下無事出遊，定然前來謁見，趁他謁見的時候，只需一二武夫，便好將信拿下，這豈不是唾手可得麼？」**相傳陳平此策，為六出奇計之一，計非不奇，可惜尚詐！**高祖大喜道：「妙計！妙計！」當下遣使四出，先向各國傳詔，謂將南遊雲夢，令諸侯會集陳地，諸侯王怎知有詐？一律應命。

　　唯韓信得了使命，不免動疑，他被高祖兩奪兵符，已曉得高祖多詐，格外留心。**既知預防，何必收留鍾離昧，又何必陳兵出巡。**此次駕遊雲夢，令諸侯會集陳地，更覺得莫名其妙。唯陳楚地界毗連，應該先去迎謁，但又恐有不測情事，意外惹禍，因此遲疑莫決。將佐等見他納悶，意欲代為解憂，因貿然進言道：「大王並無過失，足招主忌，唯收留鍾離昧一人，不免違命，今若斬昧首級，持謁主上，主上必喜，還有何憂！」信聽了此言，很覺有理，便延入鍾離昧，模模糊糊的說了數語。昧聽他言中寓意，且面目上含有怒容，不似從前相待，因即出言探試道：「公莫非慮昧在此，得罪漢帝麼？」信略略點首，昧又道：「漢所以不來攻楚，還恐昧與公相連，同心抗拒；若執昧獻漢，昧今日死，公亦明日亡了！」一面說，一面瞧著信面，仍然如故。乃起座罵通道：「公係反覆小人，我不合誤投至此！」說著，即拔劍自殺。信見昧已刎死，樂得割下首級，帶了從騎數人，徑至陳地，謁候高祖。

　　高祖既派出使臣，不待返報，便自洛陽啟行，直抵陳地。韓信已守候多時，一見御蹕前來，便伏謁道旁，呈上鍾離昧首級。但聽高祖厲聲道：「快與我拿下韓信！」話未說完，已有武士走近信旁，把信反綁起來。信

第三十三回
勸移都婁敬獻議　偽出遊韓信受擒

不禁驚嘆道：「果如人言，狡兔死，走狗烹，高鳥盡，良弓藏，敵國破，謀臣亡，天下已定，我固當烹。」高祖聽著，瞋目語通道：「有人告汝謀反，所以拘汝。」信也不多辯，任他縛置後車。高祖已得逞計，還要會集什麼諸侯，遂復頒詔四方，託詞韓信謀叛，無暇往遊雲夢，各諸侯王不必來會。此詔一傳，即帶著韓信，仍由原路馳回洛陽。小子曾記得古詩云：

築壇拜將成何濟？破楚封王事已虛。
堪嘆韓侯知識淺，何如范蠡五湖居。

究竟韓信如何發落，容待下回說明。

都洛陽，原不如都關中，婁敬之說是矣。然必謂關中險固，可無後憂，則又何解於嬴秦之亡？然則有國家者，仍在尚德，德足服人，天下自治，徒恃險阻無益也。高祖釋季布而斬丁公，後世以勸忠稱之，實則未然。夫以直報怨，以德報德，乃聖人不偏之至論。季布可赦也，赦之不失為直，丁公可賞也，執而殺之，背德實甚！如謂丁公事楚不忠，罪無可逭，則項伯早在應誅之列，一封一誅，何其背謬若此！要之漢高為當時雄主，一生舉措，專喜詭譎，出人意外，釋季布而斬丁公，正其所以示人不測也。厥後偽遊雲夢，誘擒韓信，雖由陳平之進策，實自高祖之好猜。信未嘗反，而誣之以反，即斬丁公之譎謀耳。雄主寡恩，其信然乎！

第三十四回
序侯封優待蕭丞相　定朝儀功出叔孫通

　　卻說高祖誘執韓信，還至洛陽，乃大赦天下，頒發詔書。大夫田肯進賀道：「陛下得了韓信，又治秦中，秦地帶河阻山，地勢雄踞，東臨諸侯，譬如高屋建瓴，由上向下，沛然莫御，所以秦得百二，二萬人可當諸侯百萬人。還有齊地，瀕居海濱，東有琅琊、即墨的富饒，南有泰山的保障，西有濁河**即黃河**。的制限，北有渤海的利益，地方二千里，也是天然生就的雄封，所以齊得十二，二萬人可當諸侯十萬人。這乃所謂東西兩秦呢。陛下自都秦中，更須注重齊地，若非親子親弟，不宜使為齊王，還望陛下審慎後行！」高祖恍然有悟道：「汝言甚善，朕當依從。」田肯乃退，群臣在旁聽著，總道高祖即日下令，封子弟為齊王。不意齊王的封詔，並未頒下，那赦免韓信的諭旨，卻傳遞出來。大眾才知田肯所言，不是徒請分封子弟，並且寓有救免韓信的意思。韓信第一次功勞，是定三秦，第二次功勞，就是平齊，田肯不便明說，卻先將韓信提出，再把齊秦形勝，略說一遍，叫高祖自去細思。高祖卻也乖覺，便隨口稱善，且思韓信功多過少，究未曾明露反狀，若把他下獄論刑，必滋眾議。因此決意赦免，但降封韓信為淮陰侯。**敘出田肯、高祖兩人的微意，心細似髮。**

　　信既遇赦，不得不入朝謝恩。及退回寓邸，時常怏怏不樂，託疾不

第三十四回
序侯封優待蕭丞相　定朝儀功出叔孫通

朝。高祖已奪他權位，料無能為，因也不再計較。唯功臣尚未封賞，諸將多半爭功，聚訟不休，高祖不得不選出數人，封為列侯，約略如下：

蕭何封酇侯，曹參封平陽侯，周勃封絳侯，樊噲封舞陽侯，酈商封曲周侯，夏侯嬰封汝陰侯，灌嬰封潁陰侯，傅寬封陽陵侯，靳歙封建武侯，王吸封清陽侯，薛歐封廣嚴侯，陳嬰封堂邑侯，周緤封信武侯，呂澤封周呂侯，呂釋之封建成侯，孔熙封蓼侯，陳賀封費侯，陳豨封陽夏侯，任敖封曲阿侯，周昌封汾陰侯，即周苛從弟。王陵封安國侯，審食其封闢陽侯。

還有張良、陳平，久參帷幄，功在贊襄，高祖特將張良召入，使自擇齊地三萬戶。良答說道：「臣在下邳避難，聞陛下起兵，乃至留邑相會，這是天意舉臣授陛下。陛下聽用臣謀，幸得有功，今但賜封留邑，臣願已足，怎敢當三萬戶呢？」高祖乃封良為留侯，良拜謝而退。嗣又召入陳平，因陳平為戶牖鄉人，就封他為戶牖侯。平拜讓道：「這不是臣的功勞，請陛下另封他人。」高祖道：「我用先生計畫，戰勝攻取，為何不得言功？」平答說道：「臣若非魏無知，怎得進事陛下？」高祖嘉嘆道：「汝可謂不忘本了！」乃傳見無知，特賜千金，且令平仍然受封。平與無知一同謝恩，然後退出。**良、平兩人，畢竟聰明。**

一班有功戰將，看到張良、陳平，俱得封侯，心下已有些不服，暗想兩人有謀無勇，也受榮封，真是萬幸！但賞雖溢功，總還說得過去。獨有蕭何安居關中，毫無殊績，反將他封為酇侯，食邑獨多，究竟什麼理由？因即約同進見，齊向高祖質問道：「臣等披堅執銳，親臨戰陣，多至百餘戰，少亦數十戰，九死一生，才得邀受恩賜。今蕭何並無汗馬功勞，徒弄文墨，安坐論議，如何賞賜獨隆，出臣等上？臣等不解，還請陛下明示！」高祖道：「諸君亦知田獵否？追殺獸兔，靠著獵狗，發縱指示，靠

著獵夫。諸君攻城克敵，卻與獵狗相似，徒然取得幾隻走獸罷了。蕭何能發縱指示，使獵狗逐取獸兔，這正可比得獵夫。據此看來，諸君不過功狗，蕭何卻是功人！況且蕭何舉族相隨，多至數十人，試問諸君從我，能有數十人麼？我所以重賞蕭何，願諸君勿疑！」諸將才不敢再言，唯心中總還未愜。後來排置列侯位次，高祖又欲舉何為首，諸將慌忙進言道：「平陽侯曹參，攻城略地，功勞最多，宜就首位。」高祖不覺沉吟，正想設詞諭答，湊巧有一謁者官名。鄂千秋，出班發議道：「平陽侯曹參，雖有攻城略地的功勞，究不過是一時的戰績，回憶主上與楚相爭，先後共歷五年，喪師失眾，屢致敗北，虧得蕭何居守關中，遣兵補缺，輸糧濟困，才得轉危為安，這乃是功傳萬世，比眾不同。臣意以為少一曹參，漢尚無患，失一蕭何，漢必無成，奈何欲將一時戰績，掩蓋萬世豐功！今當以蕭何為第一，次屬曹參。」高祖喜顧左右道：「如鄂君言，才算公平。因即命蕭何列第一位，特賜他劍履上殿，入朝不趨。一面又褒獎千秋，謂進賢應受上賞，加封千秋為安平侯。」**迎合上意，究竟取巧**。諸將拗不過高祖，紛紛趨退。高祖返入內殿，又想起從前時事，由泗上赴咸陽，別人各送錢三百，唯蕭何送錢五百，贐儀獨厚，現在我為天子，應該特別酬報，遂又加賞何食邑二千戶，並封何父母兄弟十餘人。**二百錢得換食邑二千戶，真好一種大交易。**

　　諸將雖不免私議，但究竟與何無仇，倒也含忍過去。唯韓信曾做過大帥，所有許多戰將，統皆隸屬麾下，不意世事變遷，升降無定，前時部將，多得封侯，自己亦不過一個侯爵，反要與他稱兄道弟，真正冤苦得很。一日悶坐無聊，乃乘著輕車，出外消遣。一路行來，經過舞陽侯樊噲宅門，本意是不願進去，偏被樊噲聞知，連忙出來迎接，執禮甚恭，仍如前時在軍時候，向信跪拜，自稱臣僕。且語信道：「大王乃肯下臨臣家，

第三十四回
序侯封優待蕭丞相　定朝儀功出叔孫通

真是榮幸極了！」韓信至此，自覺難以為情，不得不下車答禮，入門小坐，略談片刻，便即辭出。噲恭送出門，俟信登車，方才返入。信不禁失笑道：「我乃與噲等為伍麼？」說著，匆匆還邸。嗣是更深居簡出，免得撞見眾將，多惹愁煩。**何不掛冠歸休？這且慢表。**

且說高祖既封賞功臣，復記起田肯計議，要將子弟分封出去，鎮撫四方。將軍劉賈，係是高祖從兄，隨戰有功，應該首先加封。次兄仲與少弟交，更是同父所生，亦應畀他封土，列為屏藩。乃分楚地為二國，劃淮為界，淮東號為荊地，就封賈為荊王；淮西仍楚舊稱，便封交為楚王。代地自陳餘受戮，久無王封，因將仲封為代王。齊有七十三縣，比荊、楚、代地方闊大，特將庶長子肥，封為齊王，即用曹參為齊相，佐肥同去。**分明是存著私見。**於是同姓諸王，共得四國。唯從子信不得分封，留居櫟陽。後來太公說及，還疑是高祖失記，高祖憤然說道：「兒並非忘懷，只因信母度量狹小，不願分羹，兒所以尚有餘恨呢。」**事見第十一回。阿嫂原是器小，阿叔亦非真大度。**太公默然無言。高祖見父意未愜，乃封信為羹頡侯。**號為羹頡，始終不肯釋嫌。**看官試想，高祖對著姪兒，還是這般計較，不肯遽封。他如從徵諸將，豈止二三十人，前此蕭何等得了侯封，無非因他親舊關係，多年莫逆，所以特加封賞。此外未曾邀封，尚不勝數。大眾多半向隅，免不得互生嗟怨，隱有違言。

一日高祖在洛陽南宮，徘徊瞻顧，偶從複道上望將出去，見有一簇人聚集水濱，沿著沙灘，接連坐著，身上統是武官打扮，交頭接耳，不知商量何事。一時無從索解，只好再去宣召張良，代為解決。待至張良到來，便與良述及情形。良毫不籌思，隨口答道：「這乃是相聚謀反呢！」**一鳴驚人。**高祖愕然道：「為何謀反？」良解說道：「陛下起自布衣，與諸將共取天下，今所封皆故人親愛，所誅皆平生私怨，怎得不令人疑畏呢！疑畏一

生，必多顧慮，恐今日未得受封，他日反致受戮，彼此患得患失，所以急不暇擇，相聚謀反了。」高祖大驚道：「事且奈何？」良半晌才道：「陛下平日，對著諸將，何人最為憎嫌？」高祖道：「我所最恨的就是雍齒。我起兵時，曾叫他留守豐邑，他無故降魏，由魏走趙，由趙降張耳。張耳遣令助我攻楚，我因天下未平，轉戰需人，不得已將他收錄。及楚為我滅，又不便無故加誅，只得勉強容忍，想來實是可恨呢！」**雍齒數年行跡，正好藉口敘過。**良急說道：「速封此人為侯，方可無虞。」高祖唯良是從，就使不願封他，也只好權從辦理。越宿在南宮置酒，宴會群臣，面加獎勵。及宴畢散席，竟傳出詔命，封雍齒為什邡侯。雍齒更喜出望外，疾趨入謝，就是未得封侯的將吏，亦皆喜躍道：「雍齒且得封侯，我輩還有何慮呢？」**不出張良所料。**嗣是相安無事，不復生心。高祖聞著，自然喜慰。

　　轉眼間已是夏令，高祖居洛多日，憶念家眷，因啟蹕回至櫟陽，省視太公。太公是個鄉間出身，見了高祖，無非依著家常情事。高祖守著子道，每朝乃父，必再拜問安，且酌定五日一朝，未嘗失約，總算是孝思維則的意思。獨有一侍從太公的家令，見高祖即位已久，如何太公尚無尊號，急切又不便明言，乃想出一法，進向太公說道：「皇帝雖是太公的兒子，究竟是個人主；太公雖是皇帝的父親，究竟是個人臣，奈何令人主拜人臣呢！」太公聞所未聞，乃驚問家令，須用何種禮儀，家令教他擁篲迎門，才算合禮。太公便即記著，待至高祖入朝，急忙持篲出迎，且前且卻。高祖大為詫異，慌忙下車，扶住太公。太公道：「皇帝乃是人主，天下共仰，為何為我一人，自亂天下法度呢。」高祖猛然省悟，心知有失，因將太公扶入，婉言盤問。太公樸實誠懇，就把家令所言，詳述一遍。高祖也不多說，辭別回宮，即命左右取出黃金五百斤，叫他賞給太公家令。一面使詞臣擬詔，尊太公為太上皇，訂定私朝禮儀。於是太公得坐享尊

第三十四回
序侯封優待蕭丞相　定朝儀功出叔孫通

榮，不必擁篲迎門了。**高祖稱帝踰年，尊母忘父，全是不學無術，何張良等亦未聞入請？可見良等不過霸佐，未足稱為帝佐。**

但太公生平，喜樸不喜華，愛動不愛靜，從前鄉里逍遙，無拘無束，倒還清閒自在，偏做了太上皇，受了許多束縛，反比不得居鄉時候，可以隨便遊行，因此常提及故鄉，有意東歸。**鄉村風味原比皇都為勝，可惜俗子凡夫，未能解此！**高祖略有所聞，且見太公多慮少樂，也已瞧透三分，乃使巧匠吳寬，馳往豐邑，把故鄉的田園屋宇，繪成圖樣，攜入洛陽，就擇櫟陽附近的驪邑地方，照樣建築。竹籬茅舍，容易告成。復由豐邑召入許多父老，及婦孺若干人，散居是地，乃請太上皇暇時往遊，與父老等列坐談心，不拘禮節，太上皇才得言笑自如，易愁為樂。這也未始非曲體親心，才有此舉呢。**不沒孝思。**高祖又名驪邑為新豐，垂為紀念。事且慢表。

且說高祖既安頓了太上皇，復想到一班功臣，舉止粗豪，全然沒有禮法。起初是嫉秦苛禁，改從簡易，不料刪繁就簡，反生許多弊端。有功諸將，任意行動，往往入宮宴會，喧語一堂，此誇彼競，張大己功，甚至醉後起舞，大呼大叫，拔劍擊柱，鬧得不成樣子。似此野蠻舉動，若再不加禁止，朝廷將變作吵鬧場，如何是好！可巧有個薛人叔孫通，是秦朝博士出身，輾轉歸漢，仍為博士，號稷嗣君。平時素務揣摩，能伺人主喜怒，遂乘間入見道：「儒生難與進取，可與守成，現在天下已定，朝儀不可不肅，臣願往魯徵集儒生，及臣所有的弟子，並至都中，講習朝儀。」高祖道：「朝儀要改定，但恐禮繁難行。」叔孫通道：「臣聞五帝不同樂，三王不同禮，務在因時制宜，方可合用。今請略採古禮，與前秦儀制，折中酌定，想不至繁縟難行了。」高祖道：「汝且去試辦，總教容易舉行，便好定奪。」

通受命而出，當即啟行至魯，招集了二三十個儒生，囑使隨行入都，共定朝儀。各儒生樂得攀援，情願相隨，獨有兩生不肯同行，且當面嘲笑道：「公前事秦，繼事楚，後復事漢，歷事數主，想都是曲意奉承，才得這般寵貴。今天下粗定，死未盡葬，傷未盡復，乃欲遽興禮樂，談何容易！古來聖帝明王，必先積德百年，然後禮樂可興，公不過藉此獻諛罷了。我兩人豈肯學公，請公速行，毋得汙我！」**可謂庸中佼佼**。叔孫通被他一嘲，強顏為笑道：「汝兩人不知世務，真是鄙儒。」乃隨他自便，但與願行諸儒生，返回原路。又從薛地招呼弟子百餘人，同至櫟陽，先將朝儀大略，公同商定，逐條開明。嗣且實地練習，往就郊外曠地，揀一寬敞場所，與眾演禮。唯因朝儀本旨，是在朝上舉行，理應由侍臣到場，親自學習，方免錯誤，乃奏聞高祖，請撥選左右文吏若干名，至演禮場觀習儀文。高祖當然依言，即派文吏數十人，隨通前去。大眾到了郊外，已有人在場鋪設，豎著許多竹竿，當做位置的標準，又用綿線搓成繩索，橫縛竹竿上面，就彼接此，分劃地位，再把剪下的茅草，捆縛成束，一束一束的植立起來，或在上面，或在下面，作為尊卑高下的次序。這個名目，可叫做綿蕞習儀。布置已定，然後使侍臣儒生弟子等，權充文武百官，及衛士禁兵，依著草定的儀注，逐條演習，應趨即趨，應立即立，應進即進，應退即退，周旋有序，動作有規，好容易習了月餘，方覺演熟。當由叔孫通入朝，請高祖親出一觀，高祖便即往視，但見諸人演習的禮儀，無非是尊君抑臣，上寬下嚴，**兩語括盡**。便欣然語通道：「我能為此，儘可照行。」語罷回宮，又頒詔群臣，令各赴演禮場觀禮，準於次年歲首舉行。

　　未幾已秋盡冬來，例當改歲。**仍沿秦制**。巧值蕭何馳奏到來，報稱長樂宮告成。長樂宮就是秦朝的興樂宮，蕭何監工修築，已經告竣。高祖正好湊便，遂至長樂宮過年。未幾為漢朝七年元旦，各國諸侯王與大小文武

第三十四回
序侯封優待蕭丞相　定朝儀功出叔孫通

百官，均詣新宮朝賀。天色微明，便有謁者**官名見前**。待著，見了諸侯群臣，當即依次引入，序立東西兩階。殿中早陳列儀仗，非常森嚴。衛官張旗，郎中執戟，左右分站，夾陛對楹。大行**官名**。肅立殿旁，計有九人，職司傳命，迎送賓客。待至高祖乘輦出來，衛官郎中，交聲傳警，糾飭百官。高祖徐徐下輦，南面升坐，方由大行傳撥出來，令諸侯王丞相列侯以下，逐班進見。諸侯王丞相列侯等，趨蹌入殿，一一拜賀。高祖不過略略欠身，便算答禮，大行復傳語平身，大眾才敢起身趨退，仍歸位次站立。於是分排筵宴，稱為法酒。高祖就案宴飲，餘人分席侍宴，旁立御史數人，注意監察，眾皆屈身俯首，莫敢失儀，並且不敢擅飲，須按著尊卑次第，捧觴上壽，然後方得各飲數巵。酒至九巡，謁者便進請罷席，偶有因醉忘情，略略欠伸，便被御史引去，不准再坐，因此盈廷肅靜，與前時宴會狀態，大不相同。及大眾謝宴散歸，高祖亦退入內廷，不由的大喜道：「我今日方知皇帝的尊貴了！」正是：

拔劍酣歌成往事，肅班就序睹新儀。

高祖既大喜過望，當然要重賞叔孫通。欲知通得何賞賜，且待下回再詳。

功人、功狗之喻，不為無見，但必譬諸將為狗馬，亦未免擬於不倫。子輿氏謂君之視臣如犬馬，則臣視君如國人，高祖未能知比，徒以犬馬視功臣，無惑乎沙中偶語，臣下不安，反側者且四起也。況封同姓而忌異姓，全出私情，尊生母而忘生父，幾虧子道，繩以修齊治平之大法，有愧多矣，何足與語王者之禮樂乎？叔孫通揣摩求合，欲起朝儀，徒以綿蕞從事，貽譏後世；而高祖反喜出望外，嘆為皇帝之貴，及今始知。誇外觀而失真意，烏足制治？此魯兩生之所以不肯從行，而名節獨高千古也。

第三十五回
謀弒父射死單于　求脫圍賂遺番后

　　卻說叔孫通規定朝儀，適合上意，遂由高祖特別加賞，進官奉常，**官名**。賜金五百斤。通入朝謝恩，且乘機進言道：「諸儒生及臣弟子，隨臣已久，共起朝儀，願陛下俯念微勞，各賜一官。」高祖因皆授官為郎。通受金趨出，見了諸生，便悉數分給，不入私囊。諸弟子俱喜悅道：「叔孫先生，真是聖人，可謂確知世務了！」原來叔孫通前時歸漢，素聞高祖不喜儒生，特改著短衣，進見高祖，果得高祖歡心，命為博士，加號稷嗣君。他有弟子百餘人，也想因師求進，屢託保薦，通卻一個不舉，反將鄉曲武夫，薦用數人，甚至盜賊亦為先容。諸弟子統皆私議道：「我等從師數年，未蒙引進，卻去抬舉一班下流人物，真是何意？」叔孫通得聞此語，乃召語弟子道：「漢王方親冒矢石，爭取天下，試問諸生能相從戰鬥否？我所以但舉壯士，不舉汝等，汝等且安心待著，他日有機可乘，自當引用，難道我真忘記麼？」諸弟子才皆無語，耐心守候。待至朝儀訂定，並皆為官，然後感謝師恩，方知師言不謬，互相稱頌。**有其師，必有其弟，都是一班熱衷客。**這且擱過不提。

　　且說長城北面的匈奴國，前被秦將蒙恬逐走，遠徙朔方。**見前文。**至秦已衰滅，海內大亂，無暇顧及塞外，匈奴復逐漸南下，乘隙窺邊。他本

第三十五回
謀弒父射死單于　求脫圍賂遺番后

號國王為單于、王后為閼氏。**音煙支。**此時單于頭曼，亦頗勇悍，長子名叫冒頓，**音墨特。**悍過乃父，得為太子。後來頭曼續立閼氏，復生一男，母子均為頭曼所愛。頭曼欲廢去冒頓，改立少子，乃使冒頓出質月氏，冒頓不得不行。月氏居匈奴西偏，有戰士十餘萬人，國勢稱強。頭曼陽與修和，陰欲進攻，且好使他殺死冒頓，免留後患。因此冒頓西去，隨即率兵繼進，往擊月氏。月氏聞頭曼來攻，當然動怒，便思執殺冒頓。冒頓卻先已防著，暗中偷得一馬，眥夜逃歸。頭曼見了冒頓，不禁驚訝，問明底細，卻也服他智勇，使為騎將，統率萬人，與月氏戰了一仗，未分勝負，便由頭曼傳令，收兵東還。

冒頓回入國中，自知乃父此行，並非欲戰勝月氏，實是陷害自己，好教月氏殺斃，歸立少弟。現在自己幸得逃回，若非先發制人，仍然不能免害。乃日夕躊躇，想出一條馭眾的方法，先將群人收服，方可任所欲為。主意已定，遂造出一種骨箭，上面穿孔，使他發射有聲，號為鳴鏑，留作自用。唯傳語部眾道：「汝等看我鳴鏑所射，便當一齊射箭，不得有違，違者立斬！」部眾雖未知冒頓用意，只好一齊應令。冒頓恐他陽奉陰違，常率部眾射獵，鳴鏑一發，萬矢齊攢，稍有遲延，立斃刀下。部眾統皆知畏，不敢少慢。冒頓還以為不足盡恃，竟將好馬牽出，自用鳴鏑射馬，左右亦皆競射，方見冒頓喜笑顏開，遍加獎勵。嗣復看見愛妻，也用鳴鏑射去，部眾不能無疑，只因前命難違，不得不射。有幾個多心人還道是冒頓病狂，未便動手，那知被冒頓察出，竟把他一刀殺死。從此部眾再不敢違，無論什麼人物，但教鳴鏑一響，無不接連放箭。頭曼有好馬一匹，放在野外，冒頓竟用鳴鏑射去，大眾聞聲急射，箭集馬身差不多與刺蝟相似，冒頓大悅。復請頭曼出獵，自己隨著馬後，又把鳴鏑注射頭曼，部眾也即同射。可憐一位匈奴國王，無緣無故，竟死於亂箭之下！**雖由頭曼自**

取，然胡人之不知君父，可見一斑。冒頓趁勢返入內帳，見了後母少弟，一刀一個，均皆劈死。且去尋殺頭曼親臣，復剁落了好幾個頭顱，冒頓遂自立為單于。國人都怕他強悍，無復異言。

唯東方有東胡國，向來挾眾稱強，聞得冒頓弒父自立，卻要前來尋釁。先遣部目到了匈奴，求千里馬。冒頓召問群臣，群臣齊聲道：「我國只有一匹千里馬，乃是先王傳下，怎得輕畀東胡？」冒頓搖首道：「我與東胡為鄰，不能為了一馬，有失鄰誼，何妨送給了他。」說著，即令左右牽出千里馬，交與來使帶去。不到數旬，又來了一個東胡使人，遞上國書，說是要將冒頓的寵姬，送與東胡王為妾。冒頓看罷，傳示左右，左右統發怒道：「東胡國王，這般無禮，連中國的閼氏，都想要求，還當了得！請大單于殺了來使，再議進兵。」冒頓又搖首道：「他既喜歡我的閼氏，我就給與了他，也是不妨。否則，重一女子，失一鄰國，反要被人恥笑了！」**全是驕兵之計，可惜戴了一頂綠頭巾。**當下把愛姬召出，也交原使帶回。又過了好幾月，東胡又遣使至匈奴來索兩國交界的空地，冒頓仍然召問群臣。群臣或言可與，或言不可與，偏冒頓勃然起座道：「土地乃國家根本，怎得與人？」一面說，一面喝使左右，把東胡來使，及說過可與的大臣，一齊綁出，全體誅戮。待左右獻上首級，便披了戎服，一躍上馬，宣諭全國兵士，立刻啟行，往攻東胡，後出即斬。匈奴國人，原是出入無常，隨地遷徙，一聞主命，立刻可出。當即浩浩蕩蕩，殺奔東胡。

東胡國王得了匈奴的美人良馬，日間馳騁，夜間偎抱，非常快樂。總道冒頓畏他勢焰，不敢相侵，所以逐日淫佚，毫不設備。驚聞冒頓帶兵入境，慌得不知所措，倉猝召兵，出來迎敵。那冒頓已經深入，並且連戰連敗，無路可奔，竟被冒頓驅兵圍住，殺斃了事。所有王庭番帳，搗毀淨盡，東胡人畜，統為所掠，簡直是破滅無遺了。**未知匈奴閼氏是否由冒頓**

第三十五回
謀弒父射死單于　求脫圍賂遺番後

帶歸。冒頓飽載而歸，威焰益張。復西逐月氏，南破樓煩白羊，乘勝席捲，把蒙恬略定的散地，悉數奪還。兵鋒直達燕代兩郊。

直至漢已滅楚，方議整頓邊防，特使韓王信移鎮太原，控御匈奴。韓王信引兵北徙，既已蒞鎮，又表請移都馬邑，實行防邊。高祖本因信有材勇，特地調遣，及接到信表，那有不允的道理？信遂由太原轉徙馬邑，繕城掘塹。甫得竣工，匈奴兵已蜂擁前來，竟將馬邑城圍住。信登城俯視，約有一二十萬胡騎，自思彼眾我寡，如何抵敵？只好飛章入關，乞請援師。無如東西相距，不下千里，就使高祖立刻發兵，也不能朝發夕至。那冒頓卻麾眾猛撲，甚是厲害。信恐城池被陷，不得已一再遣使，至冒頓營求和。和議雖未告成，風聲卻已四達，漢兵正奉遣往援，行至中途，得著韓王求和消息，一時不敢遽進，忙著人報聞高祖。高祖不免起疑，亟派吏馳至馬邑，責問韓王，為何不待命令，擅向匈奴求和？韓王信吃了一驚，自恐得罪被誅，索性把馬邑城獻與匈奴，願為匈奴臣屬。**何無志氣乃爾！** 冒頓收降韓王信，令為嚮導，南逾勾注山，直攻太原。

警報與雪片相似，飛入關中，高祖遂下詔親征，冒寒出師。**時為七年，冬十月中。** 猛將如雲，謀臣如雨，馬步兵共三十二萬人，陸續前進。前驅行至銅鞮，適與韓王信兵相值，一場驅殺，把信趕走，信將王喜，遲走一步，做了漢將的刀頭血。信奔還馬邑，與部將曼邱臣、王黃等，商議救急方法。兩人本係趙臣，謂宜訪立趙裔，籠絡人心。信已無可奈何，只得聽了兩人的計議，往尋趙氏子孫。可巧得了一個趙利，便即擁戴起來。**好好的國王不願再為，反去擁戴他人，真是呆鳥**。一面報達冒頓，且請出兵援應。冒頓在上谷聞報，便令左右賢王，引兵會信。左右賢王的稱號，乃是單于以下最大的官爵，彷彿與中國親王相似。兩賢王帶著鐵騎萬人，與信合兵，氣勢復盛，再向太原進攻。到了晉陽，偏又撞著漢兵，兩下

交戰，覆被漢兵殺敗，仍然奔回。漢兵追至離石，得了許多牲畜，方才還軍。

會值天氣嚴寒，雨雪連宵，漢兵不慣耐冷，都凍得皮開肉裂，手縮足僵，甚至指頭都墮落數枚，不勝困苦。高祖卻至晉陽住下，聞得前鋒屢捷，還想進兵，不過一時未敢冒險，先遣偵騎四出，往探虛實，然後再進。及得偵騎返報，統說冒頓部下，多是老弱殘兵，不足深慮，如或往攻，定可得勝。高祖乃親率大隊，出發晉陽。臨行時又命奉春君劉敬，再往探視，務得確音。這劉敬原姓婁，就是前時請都關中的戍卒，高祖因他議論可採，授官郎中，賜姓劉氏，號奉春君。**回應三十三回**。此時奉了使命，當然前往。高祖麾兵繼進，沿途遇著匈奴兵馬，但教吶喊一聲，便把他嚇得亂竄，不敢爭鋒，因此一路順風，越過了勾注山，直抵廣武。卻值劉敬回來覆命，高祖忙問道：「汝去探察匈奴情形，必有所見，想是不妨進擊哩。」劉敬道：「臣以為不宜輕進。」高祖作色道：「為何不宜輕進？」敬答道：「兩國相爭，理應耀武揚威，各誇兵力，乃臣往探匈奴人馬，統是老弱瘦損，毫無精神，若使冒頓部下，不過如此，怎能橫行北塞？臣料他從中有詐，佯示羸弱，暗伏精銳，引誘我軍深入，為掩擊計，願陛下慎重進行，毋墮詭謀！」**確是有識**。高祖正乘勝長驅，興致勃勃，不意敬前來攔阻，撓動軍心，一經懊惱，便即開口大罵道：「齊虜！**敬本齊人**。汝本靠著一張嘴，三寸舌，得了一個官職，今乃造言惑眾，阻我軍鋒，敢當何罪？」說著，即令左右拿下劉敬，械繫廣武獄中，待至回來發落。**粗莽已極**。自率人馬再進，騎兵居先，步兵居後，仍然暢行無阻，一往直前。

高祖急欲徼功，且命太僕夏侯嬰，添駕快馬，迅速趲程。騎兵還及隨行，步兵追趕不上，多半剩落。好容易到了平城，驚聽得一聲胡哨，塵頭四起，匈奴兵控騎大至，環集如蟻。高祖急命眾將對敵，戰了多時，一些

第三十五回
謀弒父射死單于　　求脫圍賂遺番後

兒不佔便宜。匈奴單于冒頓，復率大眾殺到，兵馬越多，氣勢越盛。漢兵已跑得力乏，再加一場大戰，越覺疲勞，如何支撐得住，便紛紛的倒退下來。高祖見不可支，忙向東北角上的大山，引兵退入，扼住山口，迭石為堡，併力抵禦。匈奴兵進撲數次，還虧兵厚壁堅，才得保守。冒頓卻下令停攻，但將部眾分作四支，環繞四周，把山圍住。是山名為白登山，冒頓早已伏兵山谷，專待高祖到來，好教他陷入網羅。偏偏高祖中計，走入山中，冒頓乃率兵兜圍，使他進退無路，內外不通，便好一網打盡，不留噍類。這正是冒頓先後安排的絕計！**狡哉戎首。**高祖困在山上，無法脫身，眼巴巴的望著後軍，又不見到，沒奈何鼓勵將士，下山衝突，偏又被胡騎殺退。高祖還是痛罵步兵，說他逗留不前，那知匈奴兵馬，共有四十萬眾，除圍住白登山外，尚有許多閒兵，分扎要路，截住漢兵援應。漢兵雖徒步馳至，眼見是胡兵遍地，如何得入？遂致高祖孤軍被圍，無法擺脫。高祖逐日俯視，四面八方，都是胡騎駐著，西方盡白馬，東方盡青馬，北方盡黑馬，南方盡赤馬，端的是色容並壯，威武絕倫。**冒頓不讀詩書，何亦知按方定色？**

　　接連過了三五日，想不出脫圍方法，並且寒氣逼人，糧食復盡，又凍又餓，實在熬受不起。當時張良未曾隨行，軍中謀士，要算陳平最有智計。高祖與他商議數次，他亦沒有救急良方，但勸高祖暫時忍苦，徐圖善策。轉眼間已是第六日了，高祖越覺愁煩，自思陳平多智，尚無計議，看來是要困死白登，悔不聽劉敬所言，輕惹此禍！正惶急間，陳平已想了一法，密報高祖，高祖忙令照行，平即自去辦理，派了一個有膽有識的使臣，齎著金珠及畫圖一幅，乘霧下山，投入番營。天下無難事，唯有銀錢好，一路賄囑進去，只說要獨見閼氏，乞為通報。原來冒頓新得一個閼氏，很是愛寵，時常帶在身旁，朝夕不離。此次駐營山下，屢與閼氏並馬

出入,指揮兵士,適被陳平瞧見,遂從他身上用計,使人往試。果然番營裡面,閼氏的權力,不亞冒頓,平時舉動,自有心腹人供役,不必盡與冒頓說明,但教閼氏差遣,便好照行。因此漢使買通番卒,得入內帳。可巧冒頓酒醉,鼾睡胡床,閼氏聞有漢使到來,不知為著何事,就悄悄的走出帳外,屏走左右,召見漢使。漢使獻上金珠,只說由漢帝奉贈,並取出畫圖一幅,請閼氏轉達單于。她原是女流,見了光閃閃的黃金,亮晃晃的珍珠,怎得不目眩心迷?一經到手,便即收下。唯展覽畫圖,只繪著一個美人兒,面目齊整得很,便不禁起了妒意,含嗔啟問道:「這幅美人圖,有何用處?」漢使答道:「漢帝為單于所圍,極願罷兵修好,所以把金珠奉送閼氏,求閼氏代為乞請,尚恐單于不允,願將國中第一美人,獻於單于。唯美人不在軍中,故先把圖形呈上,今已遣快足去取美人,不日可到,就好送來,諸請閼氏轉達便了。」閼氏道:「這卻不必,儘可帶回。」漢使道:「漢帝也捨不得這個美人,並恐獻於單于,有奪閼氏恩愛,唯事出無奈,只好這樣辦法。若閼氏能設法解救,還有何說!當然不獻入美人,情願在閼氏前,再多送金珠呢。」閼氏道:「我知道了!煩汝返報漢帝,盡請放心。」**已入彀中**。說著,即將圖畫交還漢使。漢使稱謝,受圖自歸。

　　閼氏返入內帳,坐了片刻,暗想漢帝若不出圖,又要來獻美人,事不宜遲,應從速進言為是。當下起身近榻,巧值冒頓翻身醒來,閼氏遂進說道:「單于睡得真熟,現在軍中得了消息,說是漢朝盡起大兵,前來救主,明日便要到來了。」冒頓道:「有這等事麼?」閼氏道:「兩主不應相困,今漢帝被困此山,漢人怎肯甘休?自然拚命來救。就使單于能殺敗漢人,取得漢地,也恐水土不服,未能久居;倘或有失,便不得共享安樂了。」說到此句,就嗚咽不能成聲。**是婦女慣技,但亦由作者體會出來**。冒頓道:「據汝意見,應該如何?」閼氏道:「漢帝被困六七日,軍中並不驚擾,

第三十五回
謀弒父射死單于　求脫圍賂遺番後

想是神靈相助，雖危亦安，單于何必違天行事？不如放他出圍，免生戰禍。」冒頓道：「汝言亦是有理，我明日相機行事便了。」於是閼氏放下愁懷，到晚與冒頓共寢，免不得再申前言，憑你如何凶悍的冒頓單于，也不得不謹依閫教了。小子有詩詠道：

狡夷殘忍本無親，床第如何溺美人。
片語密陳甘縱敵，牝雞畢竟戒司晨。

究竟冒頓是否撤圍，待至下回再表。

冒頓之謀狡矣哉！懷恨乃父，作鳴鏑以令大眾，射善馬，射愛妻，旋即射父。忍心害理，不顧骨肉，此乃由沙漠之地，戾氣所鍾，故有是悖逆之臣子耳。至若計滅東胡，誘困漢祖，又若深諳兵法，為孫吳之流亞。彼固目不知書，胡為而狡謀迭出也？高祖之被困白登，失之於驕，若非陳平之多謀，幾致陷沒。驕兵必敗，理有固然。然冒頓能出奇制勝，而卒不免為婦人女子所愚，百鍊鋼化作繞指柔。甚矣，婦口之可畏也！

第三十六回
宴深宮奉觴祝父壽　繫詔獄拚死白王冤

　　卻說冒頓聽了妻言，已經心動，又因韓王信及趙利等亦未到來，疑他與漢通謀，乃即於次日早起，傳令出去，把圍兵撤開一角，縱放漢兵。高祖自接得使臣復報，一夜不睡，專在山岡上面，眼巴巴的瞧著胡馬。待至天色大明，才見山下有一角隙地，平空騰出，料知冒頓已聽從閼氏，此時不走，尚待何時？乃即指麾大眾，立刻下山。陳平忙說道：「且慢，山下雖有走路，但也不可不防，須令弓弩手夾護陛下，張弓搭箭，各用雙鏃，視敵進止，方可下山。」又顧語太僕夏侯嬰道：「寧緩毋速，速即有禍！」夏侯嬰聽著，遂為高祖御車，徐徐下阪。兩旁由弓弩手擁護，夾行而下，到了山麓，匈奴兵雖然望見，卻也未嘗攔阻，漢兵亦不發一箭，慢慢兒的過去，後面漢兵已陸續出圍，幸皆走脫。到了平城附近，才得與步兵會合，一齊入城。冒頓見高祖從容不迫，始終防有他謀，不復追擊，收兵自去。高祖經過七日的苦楚，僥倖逃生，當然不願再擊匈奴，也即引兵南還。行經廣武，亟赦劉敬出獄，向敬面謝道：「我不用公言，致中虜計，險些兒不得相見！前次偵騎，不審虛實，妄言誤我，我已把他盡誅了！」乃加封敬為關內侯，食邑二千戶，號為建信侯。**善能悔過，方不愧為英主。**又加封夏侯嬰食邑千戶，再南行至曲逆縣，見城池高峻，屋宇連綿，不由的讚嘆道：「壯哉此縣！我遍行天下，唯有洛陽與此城，最算形

第三十六回
宴深宮奉觴祝父壽　繫詔獄拚死白王冤

勝哩。」乃召過陳平，說他解圍有功，便將全縣采地，悉數酬庸，且改封戶牖侯為曲逆侯。總計陳平，隨徵有年，屢獻智謀，一是捐金行反間計，二是用惡劣菜蔬進食楚使，三是夜出婦女，解滎陽圍，四是潛躡帝足，請封韓信，五是偽遊雲夢，六是救出白登，這便叫做六出奇計。高祖轉戰四方，幕中謀士，張良以外，要推陳平。此外都聲望平常，想是不過如此了。話休敘煩。

且說高祖至曲逆縣，略略休息，仍復啟行，路過趙國。趙王張敖，出郊迎接，執禮甚恭。他與高祖誼屬君臣，情兼翁婿。就是呂后所生一女，許字張敖，雖尚未曾下嫁，卻已定有口約。因此敖格外殷勤，小心伺候。**史中但言張敖執子婿禮，未及公主下嫁事，但觀後來婁敬所言，請以長公主嫁單于，則其未嫁可知。**誰知高祖瞧他不起，箕踞嫚罵，發了一番老脾氣，便即動身自去。**為下文貫高謀叛伏筆。**行到洛陽，方才住下，忽見劉仲狼狽回來，說是匈奴移兵寇代，抵敵不住，只好奔回。**劉仲封代事，見三十四回。**高祖發怒道：「汝只配株守田園，怪不得見敵就逃，連封土都不管了。」劉仲碰了一鼻子灰，俯首退出。高祖本欲將他加罪，因念手足相關，不忍重懲，因從寬發落，降仲為合陽侯。另封少子如意為代王，**如意為戚姬所出，見三十二回。**得蒙高祖寵愛，故年僅八歲，便得王封，嗣恐如意年幼，未能就國，特命陽夏侯陳豨為代相，先往鎮守。陳豨也領命就任去了。

唯高祖接得蕭何奏報，咸陽宮闕，大致告就，請御駕親往巡視，高祖乃由洛陽至櫟陽，復由櫟陽至咸陽。蕭何當然接駕，匯入遊覽。最大的叫做未央宮，周圍約有二三十里，東北兩方，關門最廣，殿宇規模，亦多高敞。前殿尤為壯麗。還有武庫太倉，分造殿旁，也是崇閎輪奐，氣象巍峨。高祖巡視未周，便勃然動怒道：「天下洶洶，勞苦已甚，成敗尚未可

知，汝修治宮室，怎得這般奢侈哩！」何不慌不忙，正容答說道：「臣正因天下未定，不得不增高宮室，借壯觀瞻。試想天子以四海為家，若使規模狹隘，如何示威！且恐後世子孫，仍要改造，反多費一番工役，還不如一勞永逸，較為得宜！」說到宜字，見高祖改怒為喜，和顏與語道：「汝說亦是，我又不免錯怪了。」看官聽說！前時修築的長樂宮，不過踵事增華，沒甚煩費。若未央宮乃是新造，由蕭何煞費經營，兩載始成，雖不及秦代的阿房宮，卻也十得二三，不過占地較少，待役較寬，自然不致聚怨，激成民變。蕭何與高祖結識多年，豈不知高祖性情，也是好誇，所以開拓宏規，務從藻飾，高祖責他過奢，實是佯嗔佯怒，欲令蕭何代為解釋，才免貽譏。一主一臣，心心相印，瞞不過明人炬眼，唯庸耳俗目，還道是高祖儉約哩。**勘透一層。讀史得間。**高祖又命未央宮四圍，添築城垣，作為京邑，號稱長安。當即帶同文武官吏，至櫟陽搬取家眷，徙入未央宮，從此皇居已定，不再遷移了。

但高祖生性好動，不樂安居，過了月餘，又往洛陽。一住半年，又要改歲。至八年元月，聞得韓王信黨羽，出沒邊疆，遂復引兵出擊。到了東垣，寇已退去，乃南歸過趙，至柏人縣中寄宿。地方官早設行幄，供張頗盛。高祖已經趨入，忽覺得心下不安，急問左右道：「此縣何名？」左右答是柏人縣，高祖愕然道：「柏與迫聲音相近，莫非要被迫不成？我不便在此留宿，快快走罷？」**命不該死，故有此舉。**左右聞言，仍出整法駕，待著高祖上車，一擁而去。看官試閱下文，才知高祖得免毒手，幸虧有此一走呢。**作者故弄狡獪，不肯遽說。**

高祖還至洛陽，又覆住下。光陰易過，轉瞬年殘，淮南王英布，梁王彭越，趙王張敖，楚王劉交，陸續至洛，朝賀正朔。高祖欲還都省親，乃命四王扈蹕同行。及抵長安，已屆歲暮。未幾便是九年元旦，高祖在未央

第三十六回
宴深宮奉觴祝父壽　繫詔獄抁死白王冤

宮中，奉太上皇登御前殿，自率王侯將相等人，一同謁賀。拜跪禮畢，大開筵宴，高祖陪著太上皇正座飲酒，兩旁分宴群臣，按班坐下。餚核既陳，籩豆維楚，高祖即捧觴起座，為太上皇祝壽。太上皇笑容可掬，接飲一觴，王侯將相，依次起立，各向太上皇恭奉壽酒。太上皇隨便取飲，約莫喝了好幾杯，酒酣興至，越覺開顏，高祖便戲說道：「從前大人常說臣兒無賴，不能治產，還是仲兄盡力田園，善謀生計。今臣兒所立產業，與仲兄比較起來，究竟是誰多誰少呢？」**大庭廣眾之間，亦不應追駁父言，史家乃傳為美談，真是怪極。**太上皇無詞可答，只好微微笑著。群臣連忙歡呼萬歲，鬧了一陣，才把戲言擱過一邊，各各開懷暢飲，直至夕陽西下，太上皇返入內廷，大眾始謝宴散歸。

　　才過了一兩日，連接北方警報，乃是匈奴犯邊，往來不測，幾乎防不勝防。高祖又添了一種憂勞，因召入關內侯劉敬，與議邊防事宜。劉敬道：「天下初定，士卒久勞，若再興師遠征，實非易事，看來這匈奴國不是武力所能征服哩。」高祖道：「不用武力，難道可用文教麼？」敬又道：「冒頓單于，弒父自立，性若豺狼，怎能與談仁義？為今日計，只有想出一條久遠的計策，使他子孫臣服，方可無虞；但恐陛下未肯照行。」高祖道：「果有良策，可使他子孫臣服，還有何說！汝儘可明白告我。」敬乃說道：「欲要匈奴臣服，只有和親一策，誠使陛下割愛，把嫡長公主遣嫁單于，他必慕寵懷恩，立公主為閼氏，將來公主生男，亦必立為太子，陛下又歲時問遺，賜他珍玩，諭他禮節，優遊漸漬，俾他感格，今日冒頓在世，原是陛下的子婿，他日冒頓死後，外孫得為單于，更當畏服。天下豈有做了外孫，敢與外王父抗禮麼？這乃是不戰屈人的長策呢。還有一言，若陛下愛惜長公主，不令遠嫁，或但使後宮子女，冒充公主，遣嫁出去，恐冒頓刁狡得很，一經察覺，不肯貴寵，仍然與事無益了。」**劉敬豈無耳**

目？難道不知長公主已字趙王？且冒頓不知有父，何知婦翁，此等計策，不值一辯。高祖道：「此計甚善，我亦何惜一女呢。」**想是不愛張敖，因想借端悔婚。**當下返入內寢，轉語呂后，欲將長公主遣嫁匈奴。呂后大驚道：「妾唯有一子一女，相依終身，奈何欲將女兒棄諸塞外，配做番奴？況女兒已經許字趙王，陛下身為天子，難道尚可食言？妾不敢從命！」說至此處，那淚珠兒已瑩瑩墜下，弄得高祖說不下去，只好付諸一嘆罷了。

　　過了一宵，呂后恐高祖變計，忙令太史擇吉，把長公主嫁與張敖。好在張敖朝賀未歸，趁便做了新郎，親迎公主。高祖理屈詞窮，只好聽她所為。良辰一屆，便即成婚，兩口兒恩愛纏綿，留都數日，便進辭帝、后，並輦回國去了。這位長公主的封號，叫做魯元公主，一到趙國，當然為趙王后，不消細說。唯高祖意在和親，不能為此中止，乃取了後宮所生的女兒，詐稱長公主，使劉敬速詣匈奴，結和親約。往返約越數旬，待敬歸報，入朝見駕，說是匈奴已經允洽，但究竟是以假作真，恐防察覺，仍宜慎固邊防，免為所乘。高祖道：「朕知道了。」劉敬道：「陛下定都關中，不但北近匈奴，須要嚴防，就是山東一帶，六國後裔，及許多強族豪宗，散居故土，保不注意外生變，覬覦帝室，陛下豈真可高枕無憂嗎？」高祖道：「這卻如何預防！」敬答道：「臣看六國後人，唯齊地的田、懷二姓，楚地的屈、昭、景三族，最算豪強，今可徙入關中，使他屯墾。無事時可以防胡，若東方有變，也好率領東征。就是燕、趙、韓、魏的後裔，以及豪傑名家，俱可酌遷入關，用備驅策。這未始非強本弱末的法制，還請陛下採納施行！」高祖又信為良策，即日頒詔出去，令齊王肥、楚王交等飭徙齊楚豪族，西入關中。還有英布、彭越、張敖諸王，已早歸國，亦奉到詔令，調查豪門貴閥，迫使挈眷入關。統共計算，不下十餘萬口。虧得關中經過秦亂，戶口散離，還有隙地，可以安插，不致失居。但無故移民，

第三十六回
宴深宮奉觴祝父壽　繫詔獄拚死白王冤

　　乃是前秦敝政,為何不顧民艱,復循舊轍?當時十萬餘口,為令所迫,不得不扶老攜幼,狼狽入關。後來居住數年,語龐人雜,遂致京畿重地,變做五方雜處。豪徒俠客,藉此混跡,漸漸的結黨弄權,所以漢時三輔,號稱難治。**漢稱京兆、左馮翊、右扶風,號稱三輔**。看官試想!這不是劉敬遺下的禍祟麼?

　　高祖還都兩月,又赴洛陽,適有趙相貫高的仇人,上書告變。高祖閱畢,立即大怒,遂親寫一道詔書,付與衛士,叫他前往趙國,速將趙王張敖,及趙相貫高、趙午等人,一併拿來。這事從何而起?便由高祖過趙,嫚罵趙王,激動貫高、趙午兩人,心下不平,竟起逆謀。他兩人年過六旬,本是趙王張敖父執,使他為相,好名使氣,到老不衰。自從張敖為高祖所侮,便覺得看不過去,互相私語,譏敖孱弱,且同入見敖,屏人與語道:「大王出郊迎駕,備極謙恭,也算是致敬盡禮了。乃皇帝毫不答禮,任情辱罵,難道做得天子,便好如此?臣等願為大王除去皇帝!」張敖大駭,齧指出血,指天為誓道:「這事如何使得?從前先王失國,全仗皇帝威力,得復故土,傳及子孫,此恩此德,世世不忘,君等奈何出此妄言!」**還有良心**。兩人見敖不從,出語私人道:「我等原是弄錯了,我王生性忠厚,不忍背德,唯我等義難受辱,總要出此惡氣,事成歸王,不成當自去受罪罷。」**何必如此**。兩人遂暗地設法,欲害高祖。

　　高祖匆匆過境,並不久留,一時無從下手,只好作罷。嗣聞高祖出次東垣,還兵過趙,遂密遣刺客數人,伺候高祖行蹤,意圖行刺。當時高祖行經柏人,心動即行,並未嘗知有刺客,其實刺客正隱身廁壁,想要動手。偏偏高祖似有神助,不宿而去,仍致貫高等所謀不成。**回應本回前文,說明事蹟**。及貫高怨家,訐發密謀,一道嚴詔,頒到趙國,趙王張敖,全然不覺,冤冤枉枉的受了罪名,束手就縛。趙午等情急拚生,統

皆自到，獨貫高怒叱諸人道：「我王並未謀逆，事由我等所為，今日連累我王，都教一死了事，試問我王的冤枉，何人替他申辯呢？」於是情願受綁，隨敖同行。有幾個赤膽忠心的趙臣，也想隨著。偏詔書中不准相從，並有罪及三族的厲禁，乃皆想出一法，自去髡鉗，**注釋見前**。假充趙王家奴，隨詣洛陽。高祖也不與張敖相見，即交廷尉**典獄官名**。訊辦。廷尉因張敖曾為國王，且是高祖女婿，當然另眼相待，留居別室。獨使貫高對簿，貫高朗聲道：「這都是我等所為，與王無涉。」廷尉疑他袒護趙王，不肯直供，便令隸役重笞貫高。貫高咬牙忍受，絕無他言。一次訊畢，明日再訊，後日三訊，貫高唯堅執前詞，為王呼冤，廷尉復喝用嚴刑，當由隸役取過鐵針向火燒熱，刺入貫高肢體，可憐貫高不堪忍受，暈過數次，甚至身無完膚，九死一生，仍然不改前言。廷尉也弄得沒法，只好把高繫獄，從緩定讞。可巧魯元公主，為了丈夫被逮，急往長安，謁見母后，涕泣求援。呂后也忙至洛陽，見了高祖，力為張敖辯誣，且說他身為帝婿，不應再為逆謀。高祖尚發怒道：「張敖若得據天下，難道尚少汝一個女兒。」

　　呂后見話不投機，未便再請，但遣人往問廷尉。廷尉據實陳明，且即將屢次審訊情形，詳奏高祖。高祖也不禁失聲道：「好一個壯士！始終不肯改言。」口中雖這般說，心下尚不能無疑，乃遍問群臣，何人與貫高相識？中大夫洩公應聲道：「臣與貫高同邑，也曾相識，高素尚名義，不輕然諾，卻是一個志士。」高祖道：「汝既識得貫高，可即至獄中探視，問明隱情，究竟趙王是否同謀？」洩公應命，持節入獄。獄吏見了符節，始敢放入。行至竹床相近，才見貫高奄臥床上，已是遍體鱗傷，不忍逼視。**可謂黑暗地獄**。因輕輕的喚了數聲，貫高聽著，方開眼仰視道：「君莫非就是洩公麼？」洩公答聲稱是。貫高便欲起坐，可奈身子不能動彈，未免呻

第三十六回
宴深宮奉觴祝父壽　繫詔獄拚死白王冤

吟。洩公仍叫他臥著，婉言慰問，歡若平生。及說到謀逆一案，方出言探問道：「汝何必硬保趙王，自受此苦？」貫高張目道：「君言錯了！人生世上，那一個不愛父母，戀妻子，今我自認首謀，必致三族連坐，難道我痴呆至此？為了趙王一人，甘送三族性命？不過趙王實未同謀，如何將他扳入，我寧滅族，不願誣王。」洩公乃依言返報，高祖才信張敖無罪，赦令出獄。且復語洩公道：「貫高至死，且不肯誣及張王，卻是難得，汝可再往獄中，傳報張王已經釋出，連他也要赦罪了。」於是洩公復至獄中，傳述諭旨。貫高躍然起床道：「我王果已釋出麼！」洩公道：「主上有命，不止釋放張王，還說足下忠信過人，亦當赦罪。」貫高長嘆道：「我所以拚著一身，忍死須臾，無非欲為張王白冤。今王已出獄，我得盡責，死亦何恨！況我為人臣，已受篡逆的惡名，還有何顏再事主上？就使主上憐我，我難道不知自愧麼？」說罷，扼吭竟死。小子有詩詠道：

　　一身行事一身當，拚死才能釋趙王。
　　我為古人留斷語，直情使氣總粗狂！

洩公見貫高自盡，施救無及，乃回去覆命。欲知高祖如何措置，且至下回說明。

觀漢高之言動，純是粗豪氣象，未央宮之侍宴上皇，尚欲與仲兄比賽長短，追駁父語，非所謂得意忘言歟？魯元公主，已字張敖，乃欲轉嫁匈奴，其謬尤甚。帝王馭夷，叛則討之，服則舍之，從未聞有與結婚姻者，劉敬之議，不值一辯，況魯元之先已字人乎？本回敘魯元公主事，先字後嫁，最近人情。否則魯元已為趙王後，奪人妻以嫁匈奴，就使高祖、劉敬，愚魯寡識，亦不至此。彼貫高等之謀弒高祖，亦由高祖之嫚罵而來。謀洩被逮，寧滅族而不忍誣王，高之小信，似屬可取。然弒主何事，而敢

行乎？高祖之欲赦貫高，總不脫一粗豪之習。史稱其豁達大度，大度者果若是乎？

第三十六回
宴深宮奉觴祝父壽　繫詔獄拚死白王冤

第三十七回
議廢立周昌爭儲　討亂賊陳豨敗走

　　卻說高祖聞貫高自盡，甚是嘆惜。又聞有幾個趙王家奴，一同隨來，也是不怕死的好漢，當即一體召見，共計有十餘人，統是氣宇軒昂，不同凡俗。就中有田叔、孟舒，應對敏捷，說起趙王冤情，真是慷慨淋漓，聲隨淚下。廷臣或從旁詰難，都被他據理申辯，駁得反舌無聲。高祖瞧他詞辯滔滔，料非庸士，遂盡拜為郡守，及諸侯王中的國相。田叔、孟舒等謝恩而去。高祖乃與呂后同返長安，連張敖亦令隨行。既至都中，降封敖為宣平侯，移封代王如意為趙王，即將代地併入趙國，使代相陳豨守代，另任御史大夫周昌為趙相。**如意封代王，陳豨為代相，均見前回。**周昌係沛縣人，就是前御史大夫周苛從弟。苛殉難滎陽，**見前文。**高祖令昌繼領兄職，加封汾陰侯。**見三十四回。**昌素病口吃，不善措詞，唯性獨強直，遇事敢言，就使一時不能盡說，賺得頭面通紅，也必要徐申己意，不肯含糊，所以蕭、曹等均目為諍臣，就是高祖也稱為正直，怕他三分。

　　一日，昌有事入陳，趨至內殿，即聞有男女嬉笑聲，凝神一瞧，遙見高祖上坐，懷中攬著一位美人兒，調情取樂，那美人兒就是專寵後宮的戚姬，昌連忙掉轉了頭，向外返走。不意已被高祖窺見，撇了戚姬，趕出殿門，高呼周昌。昌不便再行，重複轉身跪謁，高祖趁勢展開兩足，騎住昌

第三十七回
議廢立周昌爭儲　討亂賊陳豨敗走

項，**成何體統**？且俯首問昌道：「汝既來複去，想是不願與朕講話，究竟看朕為何等君主呢？」昌仰面睜看高祖，把嘴唇亂動片刻，激出了一句話說道：「陛下好似桀紂哩！」**應有此說**。高祖聽了，不覺大笑，就將足移下，放他起來。昌乃將他事奏畢，揚長自去。

　　唯高祖溺愛戚姬，已成癖性，雖然敬憚周昌，哪裡能把床笫愛情，移減下去？況且戚姬貌賽西施，技同弄玉，能彈能唱，能歌能舞，又兼知書識字，信口成腔，當時有〈出塞〉、〈入塞〉、〈望婦〉等曲，一經戚姬度入嬌喉，抑揚宛轉，真個銷魂，叫高祖如何不愛？如何不寵？高祖常出居洛陽，必令戚姬相隨。入宮見嫉，掩袖工啼，本是婦女習態，不足為怪。因高祖素性漁色，那得不墮入迷團！**古今若干英雄，多不能打破此關**。戚姬既得專寵，便懷著奪嫡的思想，日夜在高祖前顰眉淚眼，求立子如意為太子。高祖不免心動，且因太子盈秉性柔弱，不若如意聰明，與己相類，索性趁早廢立，既可安慰愛姬，復可保全國祚。只呂后隨時防著，但恐太子被廢，幾視戚姬母子似眼中釘。無如色衰愛弛，勢隔情疏，戚姬時常伴駕，呂后與太子盈每歲留居長安，咫尺天涯，總不敵戚姬的親媚，所以儲君位置，暗致動搖。會值如意改封，年已十齡，高祖欲令他就國，驚得戚姬神色倉皇，慌忙向高祖跪下，未語先泣，撲簌簌的淚珠兒，不知墮落幾許！高祖已窺透芳心，便婉語戚姬道：「汝莫非為了如意麼？我本思立為太子，只是廢長立幼，終覺名義未順，只好從長計議罷！」那知戚姬聽了此言，索性號哭失聲，宛轉嬌啼，不勝悲楚。高祖又憐又憫，不由的脫口道：「算了罷！我就立如意為太子便了。」

　　翌日臨朝，召集群臣，提出廢立太子的問題，群臣統皆驚駭，黑壓壓的跪在一地，同聲力爭，無非說是立嫡以長，古今通例，且東宮冊立有年，並無過失，如何無端廢立，請陛下慎重云云。高祖不肯遽從，顧令詞

臣草詔，驀聽得一聲大呼道：「不可！不……不可！」高祖瞧著，乃是口吃的周昌，便問道：「汝只說不可兩字，究竟是何道理？」昌越加情急，越覺說不出口，面上忽青忽紫，好一歇才賺出數語道：「臣口不能言，但期期知不可行。陛下欲廢太子，臣期期不奉詔。」高祖看昌如此情形，忍不住大笑起來，就是滿朝大臣，聽他說出兩個「期期」，也為暗笑不置。究竟「期期」二字是什麼解，楚人謂「極」為「綦」，昌又口吃，讀「綦」如「期」，並連說「期期」，倒反引起高祖歡腸，笑了數聲，退朝罷議。群臣都起身退歸，昌亦趨出，殿外遇著宮監，說是奉皇后命，延入東廂，昌不得不隨他同去。既至東廂門內，見呂后已經立候，正要上前行禮，不料呂后突然跪下，急得昌腳忙手亂，慌忙屈膝俯伏，但聽呂后嬌聲道：「周君請起，我感君保全太子，所以敬謝。」**未免過禮，即此可見婦人心性**。昌答道：「為公不為私，怎敢當此大禮？」呂后道：「今日若非君力爭，太子恐已被廢了。」說畢乃起，昌亦起辭，隨即自去。看官閱此，應知呂后日日關心，早在殿廂伺著，竊聽朝廷會議，因聞周昌力爭，才得罷議，不由的感激非常，雖至五體投地，也是甘心了。

　　唯高祖退朝以後，戚姬大失所望，免不得又來絮聒。高祖道：「朝臣無一贊成，就使改立，如意也不能安，我勸汝從長計議，便是為此。」戚姬泣語道：「妾並非定欲廢長立幼，但妾母子的性命，懸諸皇后手中，總望陛下曲為保全！」高祖道：「我自當慢慢設法，決不使汝母子吃虧。」戚姬無奈，只好收淚，耐心待著。高祖沉吟了好幾日，未得良謀，每當愁悶無聊，唯與戚姬相對悲歌，唏噓欲絕。**家事難於國事**。

　　掌璽御史趙堯，年少多智，揣知高祖隱情，乘間入問道：「陛下每日不樂，想是因趙王年少，戚夫人與皇后有隙，恐萬歲千秋以後，趙王將不能自全麼？」高祖道：「我正慮此事，苦無良法。」趙堯道：「陛下何不為

第三十七回
議廢立周昌爭儲　討亂賊陳豨敗走

趙王擇一良相，但教為皇后太子及內外群臣素來所敬畏的大員，簡放出去，保護趙王，就可無虞。」高祖道：「我亦嘗作是想，唯群臣中何人勝任。」堯又道：「無過御史大夫周昌。」高祖極口稱善。便召周昌入見，令為趙相，且與語道：「此總當勞公一行。」昌泫然流涕道：「臣自陛下起兵，便即相從，奈何中道棄臣，乃使臣出為趙相呢？」**明知趙相難為，故有此設詞。** 高祖道：「我亦知令君相趙，跡類左遷，**當時尊右卑左，故謂貶秩為左遷**。但私憂趙王，除公無可為相，只好屈公一行，願公勿辭？」昌不得已受了此命，遂奉趙王如意，陛辭出都。如意與戚姬話別，戚姬又灑了許多珠淚，不消細說。**屢次下淚，總是不祥之兆。** 唯御史大夫一缺，尚未另授，所遺印綬，經高祖摩弄多時，自言自語道：「這印綬當屬何人？」已而旁顧左右，正值趙堯侍側，乃熟視良久。又自言自語道：「看來是莫若趙堯為御史大夫。」堯本為掌璽御史，應屬御史大夫管轄。趙人方與公，嘗語御史大夫周昌道：「趙堯雖尚少年，乃是奇士，君當另眼相看，他日必代君位。」昌冷笑道：「堯不過一刀筆吏，何能至此！」及昌赴趙國，堯竟繼昌後任。昌得知消息，才佩服方與公的先見，這也不在話下。

且說漢高祖十年七月，太上皇病逝，安葬櫟陽北原。櫟陽與新豐毗連，太上皇樂居新豐，視若故鄉。**見三十四回。** 故高祖徙都長安，太上皇不過偶然一至，未聞久留。就是得病時候，尚在新豐，高祖聞信往視，才得將他移入櫟陽宮，未幾病劇去世，就在櫟陽宮治喪。皇考升遐，當然有一番熱鬧，王侯將相，都來會葬，獨代相陳豨不至。及奉棺告窆，特就陵寢旁建置一城，取名萬年，設吏監守。高祖養親的典禮，從此告終。**此事原不能略去。**

葬事才畢，趙相周昌，乘便進謁，說有機密事求見。高祖不知何因，忙即召入。昌行過了禮，屏人啟奏道：「代相陳豨，私交賓客，擁有強兵，

臣恐他暗中謀變，故特據實奏聞。」高祖愕然道：「陳豨不來會葬，果想謀反麼？汝速回趙堅守，我當差人密查；若果有此事，我即引兵親征，諒豨也無能為呢！」周昌領命去訖，高祖即遣人赴代，實行查辦。豨本宛朐人氏，前從高祖入關，累著戰功，得封陽夏侯，授為代相。代地北近匈奴，高祖令他往鎮，原是格外倚任的意思。豨與淮陰侯韓信友善，且前日也隨信出征，聯為至交。當受命赴代時，曾至韓信處辭行，信挈住豨手，引入內廷，屏去左右，獨與豨步立庭中，仰天嘆息道：「我與君交好有年，今有一言相告，未知君願聞否？」豨答道：「唯將軍命。」信複道：「君奉命往代，代地士馬強壯，天下精兵，統皆聚集，君又為主上信臣，因地乘勢，正好圖謀大事。若有人報君謀反，主上亦未必遽信，及再至三至，方激動主上怒意，必且親自為將，督兵北討，我為君從中起事，內應外合，取天下也不難了。」豨素重信才，當即面允道：「謹受尊教。」信又囑託數語，方才相別。豨到了代地，陰結爪牙，預備起事。他平時本追慕魏信陵君，**即魏公子無忌。**好養食客，此次復受韓信囑託，格外廣交，無論豪商巨猾，統皆羅致門下。嘗因假歸過趙，隨客甚多，邯鄲旅舍，都被占滿。周昌聞豨過境，前去拜會，見他人多勢旺，自然動疑。及豨假滿赴鎮，從騎越多，豨且意氣自豪，越覺得野心勃勃，不可複制。昌又與晤談片刻，待豨出境，正想上書告密，適值上皇駕崩，西行會葬，見陳豨未嘗到來，當即謁見高祖，說明豨有謀變等情。嗣由高祖派員赴代，查得陳豨門客，諸多不法，豨亦未免同謀，乃即馳還報聞。高祖尚不欲發兵，但召豨入朝，豨仍不至，潛謀作亂。韓王信時居近塞，偵悉陳豨抗命情形，遂遣部將王黃、曼邱臣，入誘陳豨。豨樂得與他聯結，舉兵叛漢，自稱代王，脅迫趙代各城守吏，使為己屬。

高祖聞報，忙率將士出發，星夜前進，直抵邯鄲。周昌出城迎入，

第三十七回
議廢立周昌爭儲　討亂賊陳豨敗走

由高祖升堂坐定，向昌問道：「陳豨兵有無來過？」昌答言未來，高祖欣然道：「豨不知南據邯鄲，但恃漳水為阻，不敢遽出，我本知他無能為，今果驗了。」昌復奏道：「常山郡共二十五城，今已有二十城失去，應把該郡守尉，拿來治罪。」高祖道：「守尉亦皆造反否？」昌答稱尚未。高祖道：「既尚未反，如何將他治罪？他不過因兵力未足，致失去二十城。若不問情由，概加罪責，是迫使造反了。」隨即頒出赦文，悉置不問，就是趙代吏民，一時被迫，亦准他自拔來歸，不咎既往。**這也是應有之事**。覆命周昌選擇趙地壯士，充做前驅將弁。昌挑得四人，帶同入見，高祖忽漫罵道：「豎子怎配為將哩！」四人皆惶恐伏地，高祖卻又令他起來，各封千戶，使為前鋒軍將。**全是權術馭人**。左右不解高祖命意，待四人辭退，便進諫道：「從前一班開國功臣，經過許多險難，尚未盡得封賞，今此四人並無功績，為何就沐恩加封？」高祖道：「這非汝等所能知，今日陳豨造反，趙代各地，多半被豨奪去，我已傳檄四方，徵集兵馬，乃至今還沒有到來。現在單靠著邯鄲兵士，我豈可惜此四千戶，反使趙地子弟，無從慰望呢！」左右乃皆拜服。高祖又探得陳豨部屬，多係商人，即顧語左右道：「豨屬不難招致，我已想得良法了。」於是取得多金，令幹吏攜金四出，收買豨將，一面懸賞千金，購拿王黃、曼邱臣二人。二人一時未獲，豨將卻陸續來降。高祖便在邯鄲城內，過了殘年。至十一年元月，諸路兵馬，奉檄援趙，會討陳豨。豨正遣部將張春，渡河攻聊城，王黃屯曲逆，侯敞帶領遊兵，往來接應，自與曼邱臣駐紮襄國。還有韓王信，亦進居參合，趙利入守東垣，總道是內外有備，可以久持。那高祖亦分兵數道，前去攻擊，聊城一路，付與將軍郭蒙及丞相曹參；曲逆一路，付與灌嬰；襄國一路，付與樊噲；參合一路，付與柴武；自率酈商、夏侯嬰等，往攻東垣。另派絳侯周勃，從太原進襲代郡。代郡因陳豨他出，空虛無備，被周

勃一鼓入城，立即蕩平。復乘勝進攻馬邑，馬邑固守不下，由勃猛撲數次，擊斃守兵多人，方才還軍。已而郭蒙會合齊兵，亦擊敗張春，樊噲又略定清河常山等縣，擊破陳豨及曼邱臣，灌嬰且陣斬張敝，擊走王黃，數路兵均皆得勝。唯高祖自擊東垣，卻圍攻了兩三旬，迭次招降，反被守城兵士，囉囉嗦嗦，叫罵不休。頓時惱動高祖，親冒矢石，督兵猛攻，城中尚拚死守住，直至糧盡勢窮，方才出降。高祖馳入城中，命將前時叫罵的士卒，悉數處斬，唯不罵的始得免死。趙利已經竄去，追尋無著，也即罷休。

是時四路勝兵，依次會集，已將代地平定，王黃、曼邱臣，被部下活捉來獻，先後受誅。陳豨一敗塗地，逃往匈奴去了。獨漢將柴武，出兵參合，未得捷報。高祖不免擔憂，正想派兵策應，可巧露布馳來。乃是參合已破，連韓王信都授首了。**事有先後，故敘筆獨遲。**原來柴武進攻參合，先遣人致書韓王信，勸他悔過歸漢，信報武書，略言僕亦思歸，好似痿人不忘起，盲人不忘視，但勢已至此，歸徒受誅，只好捨生一決罷。柴武見信不肯從，乃引兵進擊，與韓王信交戰數次，多得勝仗。信敗入城中，堅守不出。武佯為退兵，暗地伏著，俟韓王信出來追趕，突然躍出，把信劈落馬下，信眾皆降，武方露布告捷。

高祖當然喜慰，乃留周勃防禦陳豨，自引諸軍西歸。途次想到趙代二地，不便強合，還是照舊分封，才有專責。乃至洛陽下詔，仍分代趙為二國，且從子弟中擇立代王。諸侯王及將相等三十八人，統說皇中子恆，賢智溫良，可以王代，高祖遂封恆為代王，使都晉陽。這代王恆就是薄姬所生，薄姬見幸高祖，一索得男。**見前文。**後來高祖專寵戚姬，幾把薄姬置諸不睬，薄姬卻毫無怨言，但將恆撫養成人，幸得受封代地。恆辭行就國，索性將母妃也一同接去。高祖原看薄姬如路人，隨他母子偕行，薄姬

第三十七回
議廢立周昌爭儲　討亂賊陳豨敗走

反得跳出禍門，安享富貴去了。小子有詩詠道：

莫道生離不足歡，北行母子尚團圓；
試看人彘貽奇禍，得寵何如失寵安！

高祖既將代王恆母子，遣發出去，忽接著呂后密報，說是誅死韓信，並夷三族。惹得高祖又喜又驚。畢竟韓信何故誅夷，且至下回再詳。

周昌固爭廢立，力持正道，不可謂非漢之良臣。或謂太子不廢，呂后乃得擅權，幾至以呂代劉，是昌之一爭，反足貽禍，此說實似是而非。呂氏之得擅權於日後，實自高祖之聽殺韓、彭，乃至釀成隱患，於太子之廢立與否，尚無與也。唯高祖既欲保全趙王，不若使與戚姬同行。戚姬既去，則免為呂后之眼中釘，而怨亦漸銷。試觀代王母子之偕出，並無他虞，可以知矣。乃不忍遠離寵妾，獨使周昌相趙，昌雖強項，其如呂后何哉！若夫陳豨之謀反，啟於韓信，而卒致無成。例以《春秋》大義，則豨實有不忠之罪，正不得徒咎淮陰也，豨若效忠，豈淮陰一言所能轉移乎？《綱目》不書信反，而獨書豨反，有以夫！

第三十八回
悍呂后毒計戮功臣　智陸生善言招蠻酋

　　卻說韓信自降封以後，怏怏失望，前與陳豨話別，陰有約言。及豨謀反，高祖引兵親征，信託故不從，高祖也不令隨行。原來高祖得滅項王，大功告成，不欲再用韓信，信還想誇功爭勝，不甘退居人後，因此君臣猜忌，越積越深。一日信入朝見駕，高祖與論諸將才具，信品評高下，均未滿意。高祖道：「如我可領多少兵馬？」信答道：「陛下不過能領十萬人。」高祖道：「君自問能領若干？」信遽答道：「多多益善。」高祖笑道：「君既多多益善，如何為我所擒？」信半晌才道：「陛下不善統兵，卻善馭將，信所以為陛下所擒。且陛下所為，均由天授，不是單靠人力呢。」高祖又付諸一笑。待信退朝，尚注目多時，方才入內。看官可知高祖意中，是更添一層疑忌了。及出師徵豨，所有都中政事，內委呂后，外委蕭何，因得放心前去。

　　呂后正想乘隙攬權，做些驚天動地的事業，使人畏服。**三語見血**。適有韓信舍人欒說，遣弟上書，報稱信與陳豨通謀，前次已有密約，此次擬遙應陳豨，乘著夜間不備，破獄釋囚，進襲皇太子云云。呂后得書，當然惶急，便召入蕭何，商定祕謀。特遣一心腹吏役，假扮軍人，悄悄的繞出北方，復入長安，只說由高祖遣來，傳遞捷音，已將陳豨破滅云云。朝臣

第三十八回
悍呂后毒計戮功臣　智陸生善言招蠻酋

不知有詐，便即聯翩入賀，只韓信仍然稱病，杜門不出。蕭何藉著問病的名目，親來探信，信不便拒絕，沒奈何出室相迎。何握手與語道：「君不過偶然違和，當無他慮，現在主上遣報捷書，君宜入宮道賀，借釋眾疑。奈何杜門不出呢？」信聽了何言，不得已隨何入宮。誰知宮門裡面，已早伏匿武士，俟信入門，就一齊擁出，把信拿下。信急欲呼何相救，何早已避開，唯呂后含著怒臉，坐在長樂殿中，一見信至，便嬌聲喝道：「汝何故與陳豨通謀，敢作內應？」信答辯道：「此話從何而來？」呂后道：「現奉主上詔命，陳豨就擒，供稱由汝主使，所以造反，且汝舍人亦有書告發，汝謀反屬實，尚有何言？」信還想申辯，偏呂后不容再說，竟令武士將信推出，即就殿旁鍾室中，處置死刑。信仰天長嘆道：「我不用蒯徹言，反為兒女子所詐，豈非天命？」說至此，刀已近頸，砉然一聲，頭已墜地。

看官閱過前文，應知蕭何追信回來，登壇拜將，何等重用。就是垓下一戰，若非信足智多謀，圍困項王，高祖亦未必驟得天下，乃十大功勞，一筆勾銷，前時力薦的蕭丞相，反且向呂后進策，誘信入宮，把他處決，豈不可嘆？後人為信悲吟云：成也蕭何，敗也蕭何，原是一句公論。尤可痛的是韓信被殺，倒也罷了，信族何罪，也要夷滅，甚至父族、母族、妻族，一古腦兒殺盡，冤乎不冤，慘乎不慘！**世間最毒婦人心，即此已見呂后之潑悍。**

高祖接得此報，驚喜交併，當即至長安一行，夫妻相見，並不責后擅殺，只問韓信死時，有無他語。**其欲信之死也，久矣。**呂后謂信無別言，但自悔不用蒯徹計議。高祖驚愕道：「徹係齊人，素有辯才，不應使他漏網，再哄他人。」乃即使人赴齊，傳語曹參，速將蒯徹拿來。參怎敢違慢，嚴飭郡吏，四處兜拿，任他蒯徹如何佯狂，也無從逃脫，被吏役拿解進京，由高祖親自鞫問，怒目詰責道：「汝敢教淮陰侯造反麼？」徹直答

道：「臣原叫他獨立，可惜豎子不聽我言，遂至族誅，若豎子肯用臣計，陛下怎得殺他？」高祖大怒，喝令左右烹徹。徹呼天鳴冤，高祖道：「汝教韓信造反，罪過韓信，理應受烹，還有何冤？」徹朗聲說道：「秦失其鹿，天下共逐，高材疾足，方能先得。此時有什麼君臣名義，箝制人心。臣聞蹠犬可使吠堯，堯豈不仁？犬但知為主，非主即吠。臣當時亦唯知韓信，不知陛下，就是今日海內粗平，亦未嘗無暗地懷謀，欲為陛下所為。試問陛下能一一盡烹否？人不盡烹，獨烹一臣，臣所以要呼冤了！」**佯狂不能免禍，還是用彼三寸舌。蒯徹佯狂見前文。**高祖聞言，不禁微笑道：「汝總算能言善辯，朕便赦汝罷！」遂令左右將徹釋縛，徹再拜而出，仍回到齊國去了。**究竟是能說的好處。**

且說梁王彭越，佐漢滅楚，戰功雖不及韓信，卻也相差不遠，截楚糧道，燒楚積聚，卒使項王食盡，蹙死垓下，這種功勞，也好算是漢將中的翹楚。自韓信被擒，降王為侯，越亦恐及禍，陰有戒心。到了陳豨造反，高祖親征，曾派人召越，使越會師，越託病不赴，**是越亦大失著**。惹動高祖怒意，馳詔詰責。越又覺生恐，擬自往謝罪，部將扈輒旁阻道：「王前日不行，今日始往，定必成擒，不如就此舉事，乘虛西進，截住漢帝歸路，尚可快心。」越聽了扈輒一半計策，仍然藉口生病，未嘗往謝。但究竟不敢造反，只是蹉跎度日。不料被梁太僕聞知，暗暗記著，當下瞧越不起，擅自行事。越欲把他治罪，他卻先發制人，竟一溜煙似的往報高祖。適值高祖返洛，途中遇著，便即上書告訐，謂越已與扈輒謀反。高祖信為實事，立遣將士齎詔到梁，出其不意，把越與扈輒兩人，一併拘至洛陽，便令廷尉王恬開訊辦。恬開審訊以後，已知越不聽輒言，無意造反，但默窺高祖微旨，不得不從重定讞，略言謀反計畫，出自扈輒，越果效忠帝室，理應誅輒報聞，今越不殺輒，顯是反形已具，應該依法論罪等語。高

第三十八回
悍呂后毒計戮功臣　智陸生善言招蠻酋

祖為了韓信受誅，入都按問情形，因將越事懸擱數日。**前後呼應**。及再到洛陽，乃下詔誅輒，貸越死罪，廢為庶人，謫徙至蜀地青衣縣居住。越無可奈何，只好依詔西往，行至鄭地，卻碰著一位女殺星，要將彭越的性命催討了去。看官道是何人？原來就是擅殺韓信的呂雉。**直斥其名，痛嫉之至**。

呂后聞得彭越下獄，私心竊喜，總道高祖再往洛陽，定將越置諸死刑，除絕後患。偏高祖將他赦免，但令他廢徙蜀中，她一得此信，大為不然，所以即日啟行，要向高祖面談，請速殺越。冤家路狹，驀地相逢，便即呼越停住，假意慰問。越忙拜謁道旁，涕泣陳詞，自稱無罪，且乞呂后乘便說情，請高祖格外開恩，放回昌邑故里。**向女閻羅求生，真是妄想**。呂后毫不推辭，一口應允，就命越回，從原路同入洛陽，自己進見高祖，使越在宮外候信。越眼巴巴的恭候好音，差不多待了一日，那知宮中有衛士出來，復將他橫拖直拽，再至廷尉王恬開處候訊。王恬開也暗暗稱奇，便探聽宮內消息，再定讞詞。未幾已得確音，乃是呂后見了高祖，便勸高祖誅越，大旨謂越本壯士，徙入蜀中，仍舊養虎遺患，不如速誅為是，今特把越截住，囑使同來云云。一面囑令舍人告變，誣越暗招部兵，還想謀反，內煽外蠱，不由高祖不從，因再執越，交付廷尉，重治越罪。恬開是個逢迎好手，更將原讞加重，不但誅及越身，還要滅越三族。越方知一誤再誤，悔無及了。詔令一下，悉依定讞，遂將越捆縛出去，梟首市曹。並把越三族拘至，全體屠戮。越既梟首示眾，還要把屍身醢作肉醬，分賜諸侯。**何其殘忍若此？** 且就懸首處揭張詔書，如有人收祀越首，罪與越同。

才閱數日，忽有一人素服來前，攜了祭品，向著越首，擺設起來，且拜且哭，當被守吏聞知，便將那人捉住，送至高祖座前。高祖怒罵道：「汝何人？敢來私祭彭越。」那人道：「臣係梁大夫欒布。」高祖越厲聲道：

「汝難道不見我詔書，公然哭祭，想是與越同謀，快快就烹！」時殿前正擺著湯鑊，衛士等一聞命令，即將欒布提起，要向湯鑊中擲入。布顧視高祖道：「容待臣一言，死亦無恨。」高祖道：「儘管說來！」欒布道：「陛下前困彭城，敗走滎陽、成皋間，項王帶領強兵，西向進逼，若非彭王居住梁地，助漢苦楚，項王早已入關了。當時彭王一動，關係非淺，從楚即漢破，從漢即楚破，況垓下一戰，彭王不至，項王亦未必遽亡。今天下已定，彭王剖符受封，豈不欲傳諸萬世，乃一徵梁兵，適值彭王有病，不能遽至，便疑為謀反，誅彭王身，滅彭王族，甚至懸首醢肉，臣恐此後功臣，人人自危，不反也將逼反了！今彭王已死，臣嘗仕梁，敢違詔私祭，原是拚死前來，生不如死，情願就烹。」高祖見他語言慷慨，詞氣激昂，也覺得所為過甚，急命武士放下欒布，鬆開捆綁，授為都尉。布乃向高祖拜了兩拜，下殿自去。

這欒布本是彭越舊友，向為梁人，家況甚寒，流落至齊充當酒保。後來被人掠賣，入燕為奴，替主報仇，燕將臧荼，舉為都尉。及荼為燕王，布即為燕將，已而荼起兵叛漢，竟至敗死，布為所擄，虧得梁王彭越，顧念交情，將布贖出，使為梁大夫。越受捕時，布適出使齊國，事畢回梁，始聞越已被誅，乃即趕至洛陽，向越頭下，致祭盡哀。古人有言：「烈士徇名。」又云：「士為知己者死。」欒布才算不愧哩！**應該稱揚。**

唯高祖既誅彭越，即分梁地為二，東北仍號為梁，封子恢為梁王；西南號為淮陽，封子友為淮陽王。兩子為後宮諸姬所出，母氏失傳，小子也不敢臆造。只高祖猜忌異姓，改立宗支，明明是將中國土地，據為私產，也與秦始皇意見相似，異跡同情。若呂后妒悍情形，由內及外，無非為保全自己母子起見，這更可不必說了。**譏刺得當。**

梁事已了，呂后勸高祖還都。高祖乃挈後同歸，入宮安居。約閱月

第三十八回
悍呂后毒計戮功臣　智陸生善言招蠻酋

餘，忽想起南粵地方，尚未平服，因特派楚人陸賈，齎著印綬，往封趙佗為南粵王，叫他安輯百越，毋為邊害。趙佗舊為龍川令，屬南海郡尉任囂管轄。囂見秦政失綱，中原大亂，也想乘時崛起，獨霸一方，會因老病纏綿，臥床不起，到了將死時候，乃召趙佗入語道：「天下已亂，勝、廣以後，復有劉、項，幾不知何時得安。南海僻處蠻夷，我恐被亂兵侵入，意欲塞斷北道，自開新路，靜看世變如何，再定進止，不幸老病加劇，有志未逮。今郡中長吏，無可與言，只有足下倜儻不羈，可繼我志。此地負山面海，東西相距數千里，又有中原人士，來此寓居，正可引為臂助，足下能乘勢立國，卻也是一州的主子呢！」佗唯唯受教，囂即命佗行南海尉事。未幾囂死，佗為囂發喪，實任南海尉，移檄各關守將，嚴守邊防，截阻北路。所有秦時派置各縣令，陸續派兵捕戮，另用親黨接充。嗣是襲取桂林、象郡，自稱南粵武王。及漢使陸賈，到了南海，佗雖不拒絕，卻大模大樣的坐在堂上，頭不戴冠，露出一個椎髻，身不束帶，獨伸開兩腳，形狀似箕，直至陸賈進來，仍然這般容態。陸賈素有口才，也不與他行禮，便朗聲開言道：「足下本是中國人，父母兄弟墳墓，都在真定。今足下反易天常，棄冠裂帶，要想舉區區南越，與天子抗衡，恐怕禍且立至了！試想秦為不道，豪傑並起，獨今天子得先入關，據有咸陽，平定暴秦。項羽雖強，終致敗亡，先後不過五年，海內即歸統一。這乃天意使然，並不是專靠人力呢！今足下僭號南越，不助天下誅討暴逆，天朝將相，俱欲移兵問罪。獨天子憐民勞苦，志在休息，特遣使臣至此，冊封足下。足下正應出郊相迎，北面稱臣。不意足下倨然自大，驟思抗命，倘天子得聞此事，赫然一怒，掘毀足下祖墓，屠滅足下宗族。再遣偏將領兵十萬，來討南越，足下將如何支持？就是南越吏民，亦且共怨足下。足下生命，就在這旦夕間了！」**怵以利害，先挫其氣。**佗乃竦然起座道：「久處蠻

中，致失禮儀，還請勿怪！」賈答道：「足下知過能改，也好算是一位賢王。」佗因問道：「我與蕭何、曹參、韓信等人，互相比較，究竟孰賢？」賈隨口說道：「足下似高出一籌。」**略略奉承，俾悅其心**。佗喜溢眉宇，又進問道：「我比皇帝如何？」賈答說道：「皇帝起自豐沛，討暴秦，誅強楚，為天下興利除害，德媲五帝，功等三王，統天下，治中國，中國人以億萬計，地方萬里，盡歸皇帝，政出一家，自從天地開闢以來，未嘗得此！今足下不過數萬兵士，又僻居蠻荒，山海崎嶇，約不過大漢一郡，足下自思，能賽得過皇帝否？」佗大笑道：「我不在中國起事，故但王此地；若得居中國，亦未必不如漢帝呢！」乃留賈居客館中，連日與飲，縱談時事，賈應對如流，備極歡洽。佗欣然道：「越中乏才，無一可與共語，今得先生到來，使我聞所未聞，也是一幸。」賈因他氣誼相投，樂得多住數日，勸他誠心歸漢。佗為所感動，乃自願稱臣，遵奉漢約，並取出越中珍寶，作為贐儀，價值千金。賈亦將隨身所帶的財帛，送給趙佗，大約也不下千金，主客盡歡，方才告別。

　　賈辭歸覆命，高祖大悅，擢賈為大中大夫。賈既得主眷，時常進謁，每與高祖談論文治，輒援據詩書，說得津津有味。高祖討厭得很，向賈怒罵道：「乃公以馬上得天下，要用什麼詩書？」賈答道：「馬上得天下，難道好馬上治天下麼？臣聞湯武逆取順守，方能致治；秦並六國，任刑好殺，不久即亡。向使秦得有天下，施行仁義，效法先王，陛下怎能得滅秦為帝呢？」**明白痛快**。高祖聽說，暗自生慚，禁不住面頰發赤。停了半晌，方與賈語道：「汝可將秦所以失天下，與我所以得天下，分條解釋，並引古人成敗的原因，按事引證，著成一書，也可垂為後鑑了。」賈奉命趨出，費了好幾天工夫，輯成十二篇，奏聞高祖。高祖逐篇稱善，左右又齊呼萬歲，遂稱賈書為《新語》。小子有詩詠道：

第三十八回
悍呂后毒計戮功臣　智陸生善言招蠻酋

奉書出使赴南藩，折服梟雄語不煩。
更有一編傳治道，古今得失好推原。

欲知後事如何，且看下回分解。

韓信謀反，出自舍人之一書，虛實尚未可知，呂后遽誘而殺之，無論其應殺與否，即使應殺，而出自呂后之專擅，心目中亦豈尚有高祖耶？或謂高祖出征，必有密意授諸帷房，故呂后得以專殺，此言亦不為無因，試觀高祖之不責呂后，與呂后之復請誅越，可以知矣。然吾謂韓彭之戮，高祖雖未嘗無意，而主其謀者，必為呂后。高祖擒信而不殺信，拘越而不殺越，猶有不忍之心，唯呂后陰悍過於高祖，高祖第黜之而不殺，呂后必殺之而後快，越可誣，信亦何不可誣？《綱目》於韓、彭之殺，皆不書反，而殺信則獨書皇后，明其為呂后之專殺，於高祖固尚有恕辭也。婦有長舌，洵可畏哉！彼陸賈之招降趙佗，乃以口舌取功名，與酈食其、隨何相類。唯「馬上取天下，不能以馬上治」二語，實足為佐治良謨。《新語》之作，流傳後世，謂為漢室良臣，不亦宜乎！

第三十九回
討淮南箭傷御駕　過沛中宴會鄉親

　　卻說高祖既臣服南越，復將偽公主遣嫁匈奴，也得冒頓歡心，奉表稱謝，正是四夷賓服，函夏風清。偏偏天有不測風雲，人有旦夕禍福，高祖政躬不豫，竟好幾日不聞視朝。群臣都向宮中請安，那知高祖不願見人，吩咐守門官吏，無論親戚勳舊，一概拒絕。遂致群臣無從入謁，屢進屢退，究不知高祖得何病症，互啟猜疑。獨舞陽侯樊噲，往返數次，俱不得見，惹得一時性起，號召群僚，排闥直入，門吏阻擋不住，只得任令入內。噲見高祖躺在床上，用一小太監作枕，皺著兩眉，似寐非寐，便不禁悲憤道：「臣等從陛下起兵，大小百戰，從未見陛下氣沮，確是勇壯得很。今天下已定，陛下乃不願視朝，累日病臥，又為何困憊至此！況陛下患病，群臣俱為擔憂，各思覲見天顏，親視安否？陛下奈何拒絕不納，獨與閹人同處，難道不聞趙高故事麼？」**樊噲敢為是言，想知高祖並非真病。** 高祖聞言，一笑而起，方與噲等問答數語。噲見高祖無甚大病，也覺心安，遂不復多言，須臾即退。其實高祖乃是愁病，一大半為了戚姬母子，躊躇莫決，所以悶臥宮中，獨自沉思。一經樊噲叫破，只好撇下心事，再起聽政，精神一振，病魔也自然退去了。

　　過了數日，忽來一個淮南中大夫賁赫，報稱淮南王英布謀反，速請征

第三十九回
討淮南箭傷御駕　過沛中宴會鄉親

討。高祖恐赫挾嫌誣控，未便輕信，乃把赫暫繫獄中，別令人查辦淮南。究竟英布謀反，是否屬實，容小子約略表明。先是彭越被誅，醢肉為醬，分賜王侯。布得醢大驚，恐輪到自己身上，陰使部將帶兵守邊，預防不測。會因愛姬得病，就醫診治，醫家對門，就是中大夫賁赫宅第。赫嘗在英布左右，與王姬亦曾見過。此時因姬就醫，便想乘便奉承，特購得奇珍異寶，作為送禮。待至姬病漸瘥，又備了一席盛筵，即借醫家擺設，恭請王姬上坐，自就末座相陪。**男女有別，奈何不避嫌疑？**王姬不忍卻情，就也入席暢飲，直至玉山半頹，酒闌席散，方才謝別還宮。布見姬已就瘥，倒也心喜。有時追問病中情景，姬即就便稱赫，說他忠義兼全。那知布面色陡變，遲疑半晌，方說出一語道：「汝為何知赫忠義？」姬被他一詰，才覺得出言冒昧，追悔無及，但又不能再諱，只好將赫如何厚饋，如何盛宴，略說一遍。布不聽猶可，聽他說完，越加動怒，屬聲訶責道：「賁赫與汝何親？乃這般優待，莫非汝與赫另有別情！」姬且悔且慚，又急又惱，慌忙帶哭帶辯，寧死不認。偏英布不肯相信，竟欲賁赫對質，使人宣召。**何必這般性急。**赫見了來使，還道是王姬代為吹噓，非常高興。及見來使語言有異，乃殷勤款待，探問情由。使人感赫厚情，便與他附耳說明。赫始知弄巧成拙，不敢應召，佯說是病不能起，只好從寬。待至使人去後，又恐布派兵來拿，當即乘車出門，飛奔而去。果然不到半日，即由布發到衛兵，圍住赫第，入宅搜捕。四處尋覓，並不見赫，只得回去告布。布又命衛兵追趕，行了一二百里，杳無赫蹤，仍然退歸。赫已兼程西進，入都告變。

　　高祖恨不得殺盡功臣，正要他自來尋禍，還是蕭何防赫挾嫌，奏明高祖，才得高祖首肯，也慮赫懷有詐意，一面將赫繫住，一面派使查布。布因追赫不及，已料他西往長安，訐發隱情。至朝使到來，雖然沒有嚴詔，

但見他逐事調查，定由赫從中挑唆。自知一不做，二不休，索性將赫家全眷，盡行屠戮，且欲拿住朝使，一刀兩段，虧得朝使預得風聲，先期逃脫，奔還長安，報稱布已起反。

　　高祖聞知，乃赦赫出獄，拜為將軍，並召諸將會議出師。諸將統齊聲道：「布何能為？但教大兵一到，便好擒來。」高祖卻不免遲疑，一時不能遽決。原來高祖病體新愈，尚未復原，意欲使太子統兵，出擊英布。**莫非與頭曼單于同一思想？**太子有上賓四人，統是巖棲谷隱，皓首龐眉。一叫做東園公，一叫做夏黃公，一叫做綺里季，一叫做用**音祿**。里先生。向來蟄居商山，號為商山四皓。高祖嘗聞他重名，屢徵不至。建成侯呂釋之，係呂后親兄，奉呂后命，要想保全太子，特向張良問計。良教他往迎四皓，輔佐太子，當不致有廢立情事。釋之也不知他有何妙用，但依了張良所言，卑禮厚幣，往聘四人。四人見來意甚誠，勉允出山，面謁儲君。及至長安，太子盈格外禮遇，情同師事，四人又不好遽去，只得住下。到了英布變起，太子盈有監軍消息，四皓已窺透高祖微意，亟往見呂釋之道：「太子出去統兵，有功亦不能加封，無功卻不免受禍。君何不急請皇后，泣陳上前，但言英布為天下猛將，素善用兵，不可輕敵。現今朝廷諸將，都係陛下故舊，怎肯安受太子節制。今若使太子為將，何異使羊率狼，誰肯為用？徒令英布放膽，乘隙西來，中原一動，全域性便至瓦解。看來只有陛下力疾親征，方可平亂云云。照此進言，太子方可無虞了。」釋之得四皓教導，忙入宮報知呂后。呂后即記著囑語，乘間至高祖前，嗚嗚咽咽，泣述一番。高祖乃慨然道：「我原知豎子不能任事，總須乃公自行，我就親征便了。」**誰知已中了四皓的祕計。**

　　是日即頒下詔命，準備親征。汝陰侯夏侯嬰，尚謂英布未必遽反，特召入門客薛公，與他商議。薛公為故楚令尹，向有才智，料事如神，既入

第三十九回
討淮南箭傷御駕　過沛中宴會鄉親

見夏侯嬰，說起英布造反等情，便以為確實無疑。嬰復問道：「主上已裂地封布，舉爵授布，布得南面稱王，難道還要造反麼？」薛公道：「往年殺彭越，前年殺韓信，布與信越，同功一體，兩人受誅，布怎能不懼？因懼思反，何足為怪？」嬰又道：「布果能逞志否？」薛公道：「未必！未必！」嬰深服薛公言論，遂入白高祖，力為保薦。高祖也即傳見，向他問計。薛公道：「布反不足深慮，設使布出上策，山東恐非漢有；若出中策，勝負尚未可知；唯出下策，陛下好高枕安臥了！」高祖道：「上策如何？」薛公道：「南取吳，西取楚，東並齊魯，北收燕趙，堅壁固守，乃為上策，布能出此，山東即非漢有了！」高祖又問及中策下策。薛公道：「東取吳，西取楚，並韓取魏，據敖倉粟，塞成皋口，便是中策。若東取吳，西取下蔡，聚糧越地，身歸長沙，這乃所謂下策哩。」高祖道：「汝料布將用何策？」薛公道：「布一驪山刑徒，遭際亂世，得封王爵；其實是無甚遠識，但顧一身，不顧日後。臣料他必出下策，儘可無憂！」高祖聽了，欣然稱善，面封薛公為關內侯，食邑千戶。且立趙姬所生子長為淮南王，預為代布地步。

時方新秋，御蹕啟行，戰將多半相從，唯留守諸臣，輔著太子，得免從軍，但皆送行出都，共至霸上。留侯張良，平時多病，至此亦強起出送。**想是辟穀所致。**臨別時方語高祖道：「臣本宜從行，無如病體加劇，未便就道，只好暫違陛下！唯陛下此去，務請隨時慎重，楚人生性剽悍，幸勿輕與爭鋒！」高祖點首道：「朕當謹記君言。」良又說道：「太子留守京都，關係甚重，陛下應命太子為將軍，統率關中兵馬，方足懾服人心。」高祖又依了良議，且囑良道：「子房為朕故交，今雖抱病，幸為朕臥傅太子，免朕懸念。」良答道：「叔孫通已為太子太傅，才足勝任，請陛下放心。」高祖道：「叔孫通原是賢臣，但一人恐不足濟事，故煩子房相助，

子房可屈居少傅，還望勿辭！」良乃受職自歸。**無非為著太子。**高祖又發上郡、北地、隴西車騎，及巴蜀材官，並中尉卒三萬人，使屯霸上，為太子衛軍。部署既定，然後麾兵東行，逐隊出發。

布已出兵略地，東攻荊，西攻楚，號令軍中道：「漢帝已老，必不親來，從前善戰諸將，只有韓信彭越，智勇過人，今已皆死，餘不足慮。諸君能努力向前，包管得勝，取天下也不難呢！」部眾聞命，遂先向荊國進攻。荊王劉賈，戰敗走死。布取得荊地，復移兵攻楚。楚王劉交，分兵三路，出城拒布，有人謂楚統將道：「布善用兵，為眾所憚，我若併力抵拒，還可久持。今作為三路，勢分力散，彼若敗我一軍，餘軍皆散，楚地便不保了！」楚將不從，果然兩造交鋒，前軍為布所敗，左右二軍，不戰自潰，楚將亦遁。就是楚王劉交，也保不住淮西都城，避難奔薛。布以為荊楚已下，正好西進，遂如薛公所料，甘出下計，溯江西行，及抵蘄州屬境會甄地方，正值高祖親率大隊，迤邐前來。布望將過去，隱隱見有黃屋左**纛**，卻也吃了一驚。**偏不如汝所料。**但勢成騎虎，不能再下，只得擺成陣勢，與決雌雄。

高祖就庸城下營，登高窺敵，見布軍甚是精銳，一切陣法，彷彿與項羽相似，心下很是不悅，因即策勵諸將，出營與戰。布嚴裝披掛，立住陣門，高祖遙與布語道：「我封汝為王，也足報功，何苦興兵動眾，猝然造反！」布說不出什麼理由，但隨口答說道：「為王何如為帝，我亦無非想做皇帝呢！」**倒也痛快。**高祖大怒，痛罵數語，便即用鞭一揮，諸將依次殺出，突入布陣。布令前驅射箭，群鏃齊飛，爭注漢軍，漢軍雖不免受傷，仍然拚死直前，有進無退。高祖也冒矢督戰，毫無懼色。忽遇一箭飛來，迫不及避，竟中胸前，還虧身披鐵甲，鏃未深入，不過入肉數分，痛楚尚可忍耐。高祖用手捫胸，保護痛處，越覺得怒氣上衝，大呼殺賊。諸將見

第三十九回
討淮南箭傷御駕　過沛中宴會鄉親

高祖已經中箭,尚且捨命奮呼,做臣子的理應為主效勞,爭先赴敵,還管什麼生死利害,但教一息尚存,總要拚個你死我活,於是從眾矢攢集的中間,撥開一條血路,齊向布陣殺入。布兵矢已垂盡,漢軍氣尚未衰,頓時布陣搗破,橫衝直撞,好似生龍活虎,不可複製,布眾七零八落,紛紛四潰,布亦禁止不住,帶領殘騎,回頭退走。高祖尚麾眾追擊,直逼淮水。布兵渡淮東行,只恐漢軍追及,急忙鳧水,多被漂沒。及渡過對岸,隨兵已不滿千人,再加沿途散失,相從只百餘騎兵,哪裡還能保守淮南。布勢盡力窮,不敢還都,專望江南竄走。適有長沙王吳臣,貽書與布,叫他避難長沙。吳臣即吳芮子,芮已病歿,由臣嗣立,與布為郎舅親。布得書心喜,急忙改道前往。行至鄱陽,夜宿驛中,不料驛舍裡面,伏著壯士,突起擊布。布猝不及防,竟被殺死,好與韓信、彭越一班陰魂,混做一淘,彼此訴苦去了。看官不必細猜,便可曉得殺布的壯士,乃是吳臣所遣。既得布首,當然齎獻高祖,釋嫌報功。**大義滅親,原不足怪,但必誘而殺之,毋乃不情。**

那時高祖已順道至沛,省視故鄉父老,寓有衣錦重歸的意思。沛縣官吏,預備行宮,盛設供帳,待至高祖到來,出城跪迎。高祖因他是故鄉官吏,卻也另眼相看,就在馬上答禮,命他起身,引入城中。百姓統扶老攜幼,歡迎高祖,香花載道,燈綵盈街,高祖瞧著,非常高興,一入行宮,即傳集父老子弟,一體進見,且囑他不必多禮,兩旁分坐。沛中官吏,早已備著筵席,擺設起來。高祖坐在上面,即令父老子弟,共同飲酒,又選得兒童二百二十人,教他唱歌侑觴,兒童等滿口鄉音,咿咿呀呀的唱了一番,高祖倒也歡心。並因酒入歡腸,越加暢適,遂令左右取築至前,親自擊節,信口作歌道:

大風起兮雲飛揚,威加海內兮歸故鄉,安得猛士兮守四方!

歌罷，命兒童學習，同聲唱和。兒童伶俐得很，一經教授，便能上口，並且抑揚頓挫，宛轉可聽，引得高祖喜笑顏開，走下座來，迴旋動舞。**無賴依然舊酒徒**。舞了片刻，又回想到從前苦況，不由的悲感交乘，流下數行老淚。父老子弟等，看到高祖淚容，都不禁相顧錯愕。高祖亦已瞧著，便向眾宣言道：「遊子悲故鄉，乃是常情。我雖定都關中，萬歲以後，魂魄猶依戀故土，怎能忘懷？且我起自沛公，得除暴逆，幸有天下，是處係朕湯沐邑，可從此豁免賦役，世世無與。」大眾聽了，俱伏地拜謝。高祖又令他起身歸座，續飲數巡，至晚始散。到了次日，復使人召入武負、王媼，及親舊各家老嫗，都來與宴。婦女等未知禮節，由高祖概令免禮，大眾不過是斂衽下拜，便算是覲見的儀制。草草拜畢，依次入座。高祖與他談及舊事，相率盡歡，且笑且飲，又消磨了一日。嗣是男女出入，皆各賜宴，接連至十餘日，方擬啟行，父老等固請再留。高祖道：「我此來人多馬眾，日需供給，若再留連不去，豈不是累我父兄？我只好與眾告辭了！」乃下令起程。

　　父老等不忍相別，統皆備辦牛酒，至沛縣西境餞行，御駕一出，全縣皆空。高祖感念父老厚情，命在沛西暫設行幄，與眾共飲，眨眨眼又是三日，始決計與別。父老復頓首請命道：「沛中倖免賦役，唯豐邑未沐殊恩，還乞陛下矜憐！」高祖道：「豐邑是我生長地，更當不忘，只因從前雍齒叛我，豐人亦甘心助齒，負我太甚，今既由父老固請，我就一視同仁，允免賦役罷了。」**雍齒已給侯封，何必再恨豐人？** 父老等再為豐人叩謝。高祖待他謝畢，拱手上車，向西自去。父老等回入沛中，就在行宮前築起一臺，號為歌風臺。曾記清朝袁子才，詠有〈歌風臺〉詩云：

　　高臺擊築記英雄，馬上歸來句亦工。
　　一代君民酣飲後，千年魂魄故鄉中。

第三十九回
討淮南箭傷御駕　過沛中宴會鄉親

青天弓劍無留影，落日河山有大風。
百二十人飄散盡，滿村牧笛是歌童。

高祖行次淮南，連接兩次喜報，心下大悅。究竟所報何事，待看下回自知。

韓、彭未反而被戮，英布已反而始誅，是布固明明有罪，與韓、彭之受戮不同。然韓、彭不死，布亦未必遽反，兔死狐悲，物傷其類，布之反，實漢高有以激成之耳！究令布終不反，亦未必免禍。功成身危，千古同慨，此張子房之所以獨稱明哲也。及高祖破布，過沛置酒，宴集父老，大風作歌，慨思猛士，是豈因功臣之死，自覺寂寥，乃為慷慨悲歌乎？夫猛士可使守，梟將亦不反矣。甚矣哉高祖之徒知齊末，不知揣本也！

第四十回
保儲君四皓與宴　留遺囑高祖升遐

　　卻說高祖到了淮南，連接兩次喜報，一即由長沙王吳臣，遣人獻上英布首級，高祖看驗屬實，頒詔褒功，交與來使帶回；一是由周勃發來的捷音，乃是追擊陳豨，至當城破滅豨眾，將豨刺死，現已悉平代郡，及雁門、雲中諸地，候詔定奪云云。高祖復馳詔與勃，叫他班師。**周勃留代，見三十八回。**唯淮南已封與子長，楚王交復歸原鎮，獨荊王賈走死以後，並無子嗣，特改荊地為吳國，立兄仲子濞為吳王。濞本為沛侯，年方弱冠，膂力過人，此次高祖討布，濞亦隨行，臨戰先驅，殺敵甚眾。高祖因吳地輕悍，須用壯王鎮守，方可無患，乃特使濞王吳。濞受命入謝，高祖留神細視，見他面目獷悍，隱帶殺氣，不由的懊悔起來，便悵然語濞道：「汝狀有反相，奈何？」說到此句，又未便收回成命，大費躊躇。濞暗暗生驚，就地俯伏，高祖手撫濞背道：「漢後五十年，東南有亂，莫非就應在汝身？汝當念天下同姓一家，慎勿謀反，切記！切記！」**既知濞有反相，何妨收回成命，且五十年後之亂事，高祖如何預知？此或因史筆好諛，故有是記載，未足深信。**濞連稱不敢，高祖乃令他起來，又囑咐數語，才使退出。濞即整裝去訖。嗣是子弟分封，共計八國，齊、楚、代、吳、趙、梁、淮陽、淮南，除楚王交、吳王濞外，餘皆係高祖親子。高祖以為骨肉至親，當無異志。就是吳王濞，已露反相，還道是猶子比兒，不

第四十回
保儲君四皓與宴　留遺囑高祖升遐

　　必過慮，誰知後來竟變生不測呢？這且慢表。

　　且說高祖自淮南啟蹕，東行過魯，遣官備具太牢，往祀孔子。待祀畢覆命，改道西行。途中箭創復發，匆匆入關，還居長樂宮，一臥數日。戚姬早夕侍側，見高祖呻吟不輟，格外擔憂，當下覷便陳詞，再四籲請，要高祖保全母子性命。高祖暗想，只有廢立太子一法，尚可保他母子，因此舊事重提，決議廢立。張良為太子少傅，義難坐視，便首先入諫，說了許多言詞，高祖只是不睬。良自思平日進言，多見信從，此番乃格不相入，料難再語，不如退歸，好幾日杜門謝客，託病不出。當時惱了太子太傅叔孫通，入宮強諫道：「從前晉獻公寵愛驪姬，廢去太子申生，晉國亂了好幾十年，秦始皇不早立扶蘇，自致滅祀，尤為陛下所親見。今太子仁孝，天下共聞，呂后與陛下，艱苦同嘗，只生太子一人，如何無端背棄？今陛下必欲廢嫡立少，臣情願先死，就用頸血灑地罷。」說著，即拔出劍來，竟欲自刎。高祖慌忙搖手，叫他不必自盡，且與語道：「我不過偶出戲言，君奈何視作真情？竟來屍諫，幸勿如此誤會！」通乃把劍放下，復答說道：「太子為天下根本，根本一搖，天下震動，奈何以天下為戲哩？」高祖道：「我聽君言，不易太子了！」通乃趨退。既而內外群臣，亦多上書固爭，累得高祖左右兩難，既不便強違眾意，又不好過拒愛姬，只好延宕過去，再作後圖。

　　既而瘡病少瘥，置酒宮中，特召太子盈侍宴。太子盈應召入宮，四皓一同進去，俟太子行過了禮，亦皆上前拜謁。高祖瞧著，統是鬚眉似雪，道貌巖巖，心中驚異得很，便顧問太子道：「這四老乃是何人？」太子尚未答言，四皓已自敘姓名。高祖愕然道：「公等便是商山四皓麼？我求公已閱數年，公等避我不至，今為何到此，從吾兒遊行？」四皓齊聲道：「陛下輕士善罵，臣等義不受辱，所以違命不來。今聞太子仁孝，恭敬愛士，

天下都延頸慕義，願為太子效死。臣等體念輿情，故特遠道來從，敬佐太子。」高祖徐徐說道：「公等肯來輔佐我兒，還有何言？幸始終保護，毋致失德。」四皓唯唯聽命，依次奉觴上壽。高祖勉強接飲，且使四皓一同坐下，共飲數巵。約有一兩個時辰，高祖總覺寡歡，就命太子退去。太子起座，四皓亦起，隨著太子，謝宴而出。高祖急召戚姬至前，指示四皓，且唏噓向戚姬道：「我本欲改立太子，奈彼得四人為輔，羽翼已成，勢難再動了。」戚姬聞言，立即淚下。**婦女徒知下淚，究屬無益。**高祖道：「汝亦何必過悲，須知人生有命，得過且過，汝且為我作楚舞，我為汝作楚歌。」戚姬無奈，就席前飄揚翠袖，輕盈回舞。高祖想了片刻，歌詞已就，隨即高聲唱著道：

鴻鵠高飛，一舉千里。羽翼已就，橫絕四海。橫絕四海，當可奈何！雖有繒繳，尚安所施！

歌罷復歌，迴環數四，音調悽愴。戚姬本來通文，聽著語意，越覺悲從中來，不能成舞，索性掩面痛哭，泣下如雨。高祖亦無心再飲，吩咐撤餚，自攜戚姬入內，無非是婉言勸解，軟語溫存，但把廢立太子的問題，卻從此擱起，不復再說了。**太子原不宜廢立，但欲保全戚姬，難道竟無別法麼？**

是時蕭何已進位相國，益封五千戶。高祖意思，實因何謀誅韓信，所以加封。群僚都向何道賀，獨故秦東陵侯召平往弔。平自秦亡失職，在長安種瓜，味皆甘美，世稱為東陵瓜。蕭何入關，聞平有賢名，招致幕下，嘗與謀議。此次平獨入弔道：「公將從此惹禍了！」何驚問原因，平答道：「主上連年出征，親冒矢石，唯公安守都中，不被兵革。今反得加封食邑，名為重公，實是疑公，試想淮陰侯百戰功勞，尚且誅夷，公難道能及

第四十回
保儲君四皓與宴　留遺囑高祖升遐

淮陰麼？」何惶急道：「君言甚是，計將安出？」平又道：「公不如讓封勿受，盡將私財取出，移作軍需，方可免禍。」何點首稱善，乃只受相國職銜，讓還封邑，且將家財佐軍。果得高祖歡心，褒獎有加。及高祖討英布時，何使人輸運軍糧，高祖又屢問來使，謂相國近作何事。來使答言，無非說他撫循百姓，措辦糧械等情，高祖默然。**寓有深意。** 來使返報蕭何，何也未識高祖命意，有時與幕客談及，忽有一客答說道：「公不久便要滅族哩！」**又作一波。** 何大驚失色，連問語都說不出來。客復申說道：「公位至相國，功居第一，此外已不能再加了。主上屢問公所為，恐公久居關中，深得民心，若乘虛號召，據地稱尊，豈不是駕出難歸，前功盡隳麼？今公不察上意，還要孳孳為民，益增主忌！忌日益深，禍日益迫，公何不多買田地，脅民賤售，使民間稍稍謗公，然後主上聞知，才能自安，公亦可保全家族了。」何依了客言，如議施行，嗣有使節往返，報知高祖，高祖果然欣慰。已而淮南告平，還都養痾，百姓遮道上書，爭劾蕭何強買民田，高祖全不在意，安然入宮。至蕭何一再問疾，才將謗書示何，叫他自己謝民，何乃補給田價，或將田宅仍還原主，謗議自然漸息了。過了數旬，何上了一道奏章，竟觸高祖盛怒，把書擲下，信口怒罵道：「相國蕭何，想是多受商人貨賂，敢來請我苑地，這還當了得麼？」說著，遂指示衛吏，叫他往拘蕭何，交付廷尉。可憐何時時關心，防有他變，不料大禍臨頭，竟來了一班侍衛，把他卸除冠帶，加上鎖鏈，拿交廷尉，向黑沉沉的冤獄中，親嘗苦味去了。**古時刑不上大夫，況屬相國，召平等胡不勸何早去，省得受辱？** 一連幽繫了數日，朝臣都不知何因，未敢營救。後來探得蕭何奏牘，乃是為了長安都中，居民日多，田地不敷耕種，請將上苑隙地，俾民入墾，一可栽植菽粟，贍養窮氓，二可收取槁草，供給獸食。這也是一條上下交濟的辦法，誰知高祖疑他討好百姓，又起猜嫌，竟不計前

功，飭令系治！**猜忌之深，無孔不入**。群臣各為呼冤，但尚是徘徊觀望，憚發正言。幸虧有一王衛尉，代何不平，時思保救。一日入侍，見高祖尚有歡容，遂乘問高祖道：「相國有何大罪，遽致繫獄？」高祖道：「我聞李斯相秦，有善歸主，有惡自受。今相國受人貨賂，向我請放苑地，求媚人民，我所以把他系治，並不冤誣。」衛尉道：「臣聞百姓足，君孰與不足？相國為民興利，請關上苑，正是宰相應盡的職務，陛下奈何疑他得賄呢？且陛下距楚數年，又出討陳豨、黥布，當時俱委相國留守。相國若有異圖，但一動足，便可坐據關中，乃相國效忠陛下，使子弟從軍，出私財助餉，毫無利己思想，今難道反貪商賈財賄麼？況前秦致亡，便是由君上不願聞過，李斯自甘受謗，實恐出言遭譴，何足為法？陛下未免淺視相國了！」**力為蕭何洗釋，語多正直，可惜史失其名**。高祖被他一駁，自覺說不過去，躊躇了好多時，方遣使持節，赦何出獄。何年已老，械繫經旬，害得手足痠麻，身軀困敝，不得已赤了雙足，徒跣入謝。高祖道：「相國可不必多禮了！相國為民請願，我不肯許，我不過為桀紂主，相國乃成為賢相，我所以繫君數日，欲令百姓知我過失呢！」何稱謝而退，自是益加恭謹，靜默寡言。高祖也照常看待，不消細說。

　　適周勃自代地歸來，入朝覆命，且言陳豨部將，多來歸降，報稱燕王盧綰，與豨曾有通謀情事。高祖以綰素親愛，未必至此，不如召他入朝，親察行止。乃即派使赴燕，傳旨召綰。綰卻是心虛，通謀也有實跡，說將起來，仍是由所用非人，致被搖惑，遂累得身名兩敗，貽臭萬年！先是豨造反時，嘗遣部將王黃至匈奴求援，匈奴已與漢和親，一時未肯發兵。事為盧綰所聞，也遣臣屬張勝，前往匈奴，說是豨兵已敗，切勿入援。張勝到了匈奴，尚未致命，忽與故燕王臧荼子衍，旅次相遇。**衍奔匈奴，見前文**。兩下敘談，衍是欲報父仇，恨不得漢朝危亂，乃用言誘勝道：「君習

第四十回
保儲君四皓與宴　　留遺囑高祖升遐

知胡事，乃為燕王所寵信，燕至今尚存，乃是因諸侯屢叛，漢不暇北顧，暫作羈縻，若君但知滅豨，豨亡必及燕國，君等將盡為漢虜了！今為君計，唯有一面援豨，一面和胡，方得長保燕地，就使漢兵來攻，亦可彼此相助，不至遽亡。否則漢帝好猜，志在屠戮功臣，怎肯令燕久存哩！」張勝聽了，卻是有理。遂違反盧綰命令，竟入勸冒頓單于，助豨敵漢。綰待勝不至，且聞匈奴發兵入境，防燕攻豨，不由的驚詫起來。暗想此次變端，定由張勝暗通匈奴，揹我謀反，乃飛使報聞高祖，要將張勝全家誅戮。使人方發，勝卻自匈奴回來，綰見了張勝，當然要把他斬首，嗣經勝具述情由，說得綰亦為心動，乃私赦勝罪，掉了一個獄中罪犯，綁出市曹，梟去首級，只說他就是張勝。暗中卻遣勝再往匈奴與他連和，另派屬吏範齊，往見陳豨，叫他盡力禦漢，不必多慮。偏偏陳豨不能久持，敗死當城，遂致綰計不得逞，悔懼交併。驀地裡又來了漢使，宣召入朝，綰怎敢遽赴？只好託言有病，未便應命。

　　漢使當然返報，高祖尚不欲討綰，又派闢陽侯審食其，及御史大夫趙堯，相偕入燕，察視綰病虛實，仍復促綰入朝。兩使馳入燕都，綰越加驚慌，仍詐稱病臥床中，不能出見，但留西使居客館中。兩使住了數日，未免焦煩，屢與燕臣說及，要至內室問病。燕臣依言報綰，綰嘆息道：「從前異姓分封，共有七國，現在只存我及長沙王兩人，餘皆滅亡。往年族誅韓信，烹醢彭越，均出呂后計畫。近聞主上抱病不起，政權均歸諸呂后。呂后婦人，陰賊好殺，專戮異姓功臣。我若入都，明明自去尋死，且待主上病癒，我方自去謝罪，或尚能保全性命呢！」燕臣乃轉告兩使，雖未嘗盡如綰言，卻也略敘大意。趙堯還想與他解釋，獨審食其聽著語氣，似含有不滿呂后的意思，心中委實難受，遂阻住趙堯言論，即與堯匆匆還報。**審食其袒護呂后，卻有一段隱情，試看下文便知。**

高祖得兩人覆命,已是憤恨得很,旋又接到邊吏報告,乃是燕臣張勝,仍為燕使,通好匈奴,並未有族誅等情。高祖不禁大怒道:「盧綰果然造反了!」遂命樊噲率兵萬人,往討盧綰。噲受命即去。高祖因綰亦謀反,格外氣忿,一番盛怒,又致箭瘡迸裂,血流不止。好容易用藥搽敷,將血止住,但瘡痕未癒,痛終難忍,輾轉榻中,不能成寐。自思討布一役,本擬令太子出去,乃呂后從中諫阻,使我不得不行,臨陣中箭,受傷甚重,這明明是呂后害我,豈不可恨?所以呂后、太子,進來問疾,高祖或向他痛罵一頓。呂后、太子,不堪受責,往往避不見面,免得時聽罵聲。適有侍臣與樊噲不協,趁著左右無人,向前進讒道:「樊噲為皇后妹夫,與呂后結為死黨,聞他暗地設謀,將俟宮車晏駕後,引兵報怨,盡誅戚夫人、趙王如意等人,不可不防!」高祖瞋目道:「有這等事麼?」侍臣說是千真萬真,當由高祖召入陳平、周勃,臨榻與語道:「樊噲黨同呂后,望我速死,可恨已極,今命汝兩人乘驛前往,速斬噲首,不得有誤!」兩人聞命,面面相覷,不敢發言。高祖顧陳平道:「汝可將噲首取來,愈速愈妙!」又顧周勃道:「汝可代噲為將,討平燕地!」兩人見高祖盛怒,並且病重,未便為噲解免,只好唯唯退出,整裝起行。在途私議道:「噲係主上故人,積功甚多,又是呂后妹夫,關係貴戚,今主上不知聽信何人,命我等速去斬噲!我等此去,只好從權行事,寧可把噲拘歸,請主上自行加誅罷。」這計議發自陳平,周勃亦極口贊成,便即乘驛前往。兩人尚未至噲軍,那高祖已經歸天了。

　　高祖一病數月,逐日加重,至十二年春三月中,自知創重無救,不願再行療治。呂后卻遍訪良醫,得了一有名醫士,入宮診視。高祖問疾可治否?醫士卻還稱可治,高祖嫚罵道:「我以布衣提三尺劍,取得天下,今一病至此,豈非天命?命乃在天,就使扁鵲重生,也是無益,還想什麼痊

第四十回
保儲君四皓與宴　留遺囑高祖升遐

癒呢！」說罷，顧令近侍取金五十斤賜與醫士，令他退去，不使醫治。**醫士無功得金，卻發了一注小財。**呂后亦無法相勸，只好罷了。高祖待呂后退出，便召集列侯群臣，一同入宮，囑使宰殺白馬，相率宣誓道：「此後非劉氏不得封王，非有功不得封侯。如違此約，天下共擊之！」誓畢乃散。高祖再寄諭陳平，令他由燕回來，不必入報，速往滎陽，與灌嬰同心駐守，免致各國乘喪為亂。布置已畢，再召呂后入宮，囑咐後事，呂后問道：「陛下百歲後，蕭相國若死，何人可代？」高祖道：「莫若曹參。」呂后道：「參年亦已將老，此後當屬何人？」高祖道：「王陵可用。但陵稍愚直，不能獨任，須用陳平為助。平智識有餘，厚重不足，最好兼任周勃。勃樸實少文，但欲安劉氏，非勃不可，就用為太尉便了。」**大約是閱歷有得之談。**呂后還要再問後人，高祖道：「後事恐亦非汝所能知了。」呂后乃不復再言。又越數日，已是孟夏四月，高祖在長樂宮中，瞑目而崩，享年五十有三。自高祖為漢王後，方才改元，五年稱帝，又閱八年，總計得十有二年。**稱帝以五年為始，故合計只十二年。**小子有詩詠道：

仗劍輕揮滅暴秦，功成垓下壯圖新。
如何功狗垂烹盡，身後牝雞得主晨。

高祖已崩，大權歸諸呂后手中，呂后竟想盡誅遺臣，放出一種辣手出來。當下召入一人，祕密與商，這人為誰？容至下回再詳。

四皓為秦時遺老，無權無勇，安能保全太子，使不廢立？高祖明知廢立足以召禍，故遲迴審慎，終不為愛妾所移，其所謂羽翼已成，勢難再動，特給戚夫人耳。戚姬屢請易儲，再四涕泣，高祖無言可答，乃借四皓以折其心，此即高祖之智術也。厥後械繫蕭何，命斬樊噲，無非恐太子柔弱，特為此最後之防維。何本謙恭，挫辱之而已足；噲兼親貴，刑戮之而

始安。至若預定相位，囑用周勃，更為身後之圖，特具安劉之策，蓋其操心危，慮患深，故能談言微中，一二有徵。必謂其洞察未來，則堯舜猶難，遑論漢高。況戚姬趙王，固為高祖之最所寵愛者，奈何不安之於豫，而使有人彘之禍也哉！

第四十回

保儲君四皓與宴　留遺囑高祖升遐

第四十一回
折雄狐片言杜禍　看人彘少主驚心

　　卻說呂后因高祖駕崩，意欲盡誅諸將，竟將喪事擱起，獨召一心腹要人，入宮密商。這人姓名，就是闢陽侯審食其。食其與高祖同里，本沒有什麼才幹，不過面目文秀，口齒伶俐，夤緣迎合，是他特長。高祖起兵以後，因家中無人照應，乃用為舍人，叫他代理家務。食其得了這個美差，便在高祖家中，廝混度日。高祖出外未歸，家政統由呂后主持，呂后如何說，食其便如何行，唯唯諾諾，奉命維謹，引得呂后格外喜歡。於是日夕聚談，視若親人，漸漸的眉來眼去，漸漸的目逗心挑，太公已經年老，來管什麼閒事，一子一女，又皆幼稚，怎曉得他祕密情腸？他兩人互相勾搭，居然入彀，瞞過那老翁幼兒，竟演了一出露水緣。**這是高祖性情慷慨，所以把愛妻禁臠，贈送他人**。一番偷試，便成習慣，好在高祖由東入西，去路越遠，音信越稀，兩人樂得相親相愛，雙宿雙飛。及高祖兵敗彭城，家屬被擄，食其仍然隨著，不肯捨去，無非為了呂后一人，願同生死。**好算有情**。呂后與太公被拘三年，食其日夕不離，私幸項王未嘗虐待，沒有什麼刑具，拘攣肢體，因此兩人仍得續歡，無甚痛苦。到了鴻溝議約，脫囚歸漢，兩人相從入關，高祖又與項王角逐江淮，毫不知他有私通情事。兩人情好越深，儼如一對患難夫妻，晝夜不捨。既而項氏破滅，高祖稱帝，所有從龍諸將，依次加封，呂后遂從中慫恿，乞封食其。高祖

第四十一回
折雄狐片言杜禍　看人彘少主驚心

也道他保護家屬，確有功勞，因封為闢陽侯。**床第功勞，更增十倍。**

　　食其喜出望外，感念呂后，幾乎銘心刻骨，從此入侍深宮，較前出力。呂后老且益淫，只避了高祖一雙眼睛，鎮日裡偷寒送暖，推食解衣。高祖又時常出征，並有戚夫人為伴，不嫌寂寞，但教呂后不去纏擾，已是如願以償。呂后安居宮中，巴不得高祖不來，好與食其同夢。有幾個宮娥綵女，明知呂后暗通食其，也不敢漏洩春光，且更幫兩人做了引線，好得些意外賞錢。所以高祖戴著綠巾，到死尚未知曉。唯呂后淫妒性成，見了高祖已死，便即起了殺心，一是欲保全太子，二是欲保全情人。他想遣臣殺盡，自然無人為難，可以任所欲為。當下召入食其，與他計議道：「主上已經歸天，本擬頒布遺詔，立嗣舉喪，但恐內外功臣，各懷異志，若知主上崩逝，未必肯屈事少主，我欲祕不發喪，佯稱主上病重，召集功臣，受遺輔政，一面埋伏甲士，把他悉數殺死，汝以為可好否？」食其聽著，倒也暗暗吃驚，轉思功臣誅夷，與自己亦有益處，因即信口贊成，唯尚恐機謀不慎，反致受害，所以除贊成外，更勸呂后慎密行事。

　　呂后也未免膽小，復召乃兄呂釋之等入商。釋之也與食其同意，故一時未敢發作。轉眼間已閱三日，朝臣俱啟猜疑，不過沒的確消息。獨曲周侯酈商子寄，素與釋之子祿，鬥雞走馬，互相往來，祿私與談及宮中祕事，寄亟回家報告乃父。乃父商愕然驚起，匆匆趨出，徑往闢陽侯宅中，見了審食其，屏人與語道：「足下禍在旦夕了！」食其本懷著鬼胎，驚聞此言，不由的嚇了一跳，慌忙問為何事？商低聲說道：「主上升遐，已有四日，宮中祕不發喪，且欲盡誅諸將。試問諸將果能盡誅麼？現在灌嬰領兵十萬，駐守滎陽，陳平又奉有詔令，往助灌嬰，樊噲死否，尚未可知，周勃代噲為將。北徇燕代，這都是佐命功臣，倘聞朝內諸將，有被誅消息，必然連兵西向，來突破瓶頸中。大臣內畔，諸將外入，皇后太子，不亡何

待？足下素參宮議，何人不曉，當此危急存亡的時候，未嘗進諫，他人必疑足下同謀，將與足下拚命，足下家族，還能保全麼？」**怵心之語**。食其囁嚅道：「我……我實未預聞此事！外間既有此謠傳，我當稟明皇后便了。」**還想抵賴**。

商乃告別，食其忙入宮告知呂后。呂后一想，風聲已洩，計不得行，只好作為罷論，唯囑食其轉告酈商，切勿喧傳。食其自然應命，往與酈商說知。商本意在安全內外，怎肯輕說出去，當令食其返報呂后，盡請放懷。呂后乃傳令發喪，聽大臣入宮哭靈。總計高祖告崩，已四日有餘了。棺殮以後，不到二旬，便即奉葬長安城北，號為長陵。群臣進說道：「先帝起自細微，撥亂反正，平定天下，為漢太祖，功德最高，應上尊號為高皇帝。」皇太子依議定諡，後世遂稱為高帝，亦稱高祖。又越二日，太子盈嗣踐帝位，年甫一十七歲，尊呂后為皇太后，賞功赦罪，布德行仁，後來廟諡曰惠，故沿稱惠帝。

喜詔一頒，四方遙聽，燕王盧綰，聞樊噲率兵出擊，本不欲與漢兵對仗，自率宮人家屬數千騎，避居長城下，擬俟高祖病瘉，入朝謝罪。及惠帝嗣立的消息，傳達朔方，料知太子登基，呂后必專國政，何苦自來尋死，遂率眾投奔匈奴，匈奴使為東胡盧王。事見後文。

唯樊噲到了燕地，綰已避去，燕人原未嘗從反，不勞征討，自然畏服。噲進駐薊南，正擬再出追綰，忽有一使人持節到來，叫他臨壇受詔。噲問壇在何處？使人答稱在數里外。噲亦不知何因，只好隨著使人，前去受命。行了數里，已至壇前，望見陳平登壇宣敕，不得不跪下聽詔。才聽得一小半，突有武士數名，從壇下突出，把噲揪住，反接兩手，綁縛起來。噲正要喧嚷，那陳平已讀完敕文，三腳兩步的走到壇下，將噲扶起，與他附耳說了數語，噲方才無言。當由平指麾武士，把噲送入檻車。噲手

第四十一回
折雄狐片言杜禍　看人覷少主驚心

下只有數人，見噲被拿，便欲返身跑去，可巧周勃瞧著，出來喝住，命與偕行。於是勃與平相別，向北自去，平押噲同走，向西自歸。這也是陳平達權的妙計。**可謂六出以外又是一出**。勃馳至噲營，取出詔書，曉示將士，將士等素重周勃，又見他奉詔代將，倒也不敢違慢，相率聽令。勃得安然接任，並無他患。獨陳平押著樊噲，將要入關，才接到高祖後詔，命他前往滎陽，幫助灌嬰，所有樊噲首級，但速著人送入都中。平與詔使本來相識，當即與他密談意見，詔使也佩服平謀，且知高祖病已垂危，不妨緩復，索性與平同宿驛中。逍遙了兩三日，果然高祖駕崩的音耗，傳將出來。平一得風聲，急忙出驛先行，使詔使代押樊噲，隨後繼進。詔使尚欲細問，那知平已加了一鞭，如風馳電掣一般，趕入關中去了。**又要作怪**。

　　看官聽說！陳平不急誅噲，無非為了呂后姊妹。幸而預先料著，尚把噲命保留，但噲已被辱，噲妻呂嬃，或再從中進讒，仍然不美，不如趕緊入宮，相機防備為是。**畢竟多智**。計畫一定，刻不容緩，因此匆匆入都，直至宮中，向高祖靈前下跪，且拜且哭，淚下如雨。呂后一見陳平，急向帷中撲出，問明樊噲下落，平始收淚答說道：「臣奉詔往斬樊噲，因念噲有大功，不敢加刑，但將噲押解來京，聽候發落。」呂后聽了，方轉怒為喜道：「究竟君能顧大局，不亂從命，唯噲今在何處？」平又答道：「臣聞先帝駕崩，故急來奔喪，噲亦不日可到了。」呂后大悅，便令平出外休息。平復道：「現值宮中大喪，臣願留充宿衛。」呂后道：「君跋涉過勞，不應再來值宿，且去休息數天，入衛未遲。」平頓首固請道：「儲君新立，國是未定，臣受先帝厚恩，理宜為儲君效力，上答先帝，怎敢自憚勞苦呢！」呂后不便再卻，且聽他聲聲口口，顧念嗣君，心下愈覺感激，乃溫言獎勵道：「忠誠如君，世所罕有，現在嗣主年少，隨時需人指導，敢煩君為郎中令，傅相嗣主，使我釋憂，便是君不忘先帝了！」平即受職謝

恩，起身告退。

　　甫經趨出，那呂嬃已經進來，至呂后前哭訴噲冤，並言陳平實主謀殺噲，應該加罪。呂后怫然道：「汝亦太錯怪好人，他要殺噲，噲死久了，為何把他押解進來？」呂嬃道：「他聞先帝駕崩，所以變計，這正是他的狡猾，不可輕信。」呂后道：「此去到燕，路隔好幾千里，往返須閱數旬，當時先帝尚存，曾命他立斬噲首，他若斬噲，亦不得責他專擅。奈何說他聞信變計呢？況汝我在都，尚不能設法解救，幸得他保全噲命，帶同入京，如此厚惠，正當感謝，想汝亦有天良，為什麼恩將仇報哩？」這一番話，駁得呂嬃啞口無言，只好退去。未幾樊噲解到，由呂后下了赦令，將噲釋囚。噲入宮拜謝，呂后道：「汝的性命，究虧何人保護？」噲答稱是太后隆恩。呂后道：「此外尚有他人否？」噲記起陳平附耳密言，自然感念，便即答稱陳平。呂后笑道：「汝倒還有良心，不似汝妻痴狂哩！」**都不出陳平所料**。噲乃轉向陳平道謝。聰明人究占便宜，平非但無禍，反且從此邀寵了。

　　唯呂太后既得專權，自思前時謀誅諸將，不獲告成，原是無可如何，若宮中內政，由我主持，平生所最切齒的，無過戚姬，此番卻在我手中，管教她活命不成。當下吩咐宮役，先將戚姬從嚴處置，援照髠鉗為奴的刑律，加她身上。可憐戚姬的萬縷青絲，盡被宮役拔去，還要她卸下宮裝，改服赭衣，驅入永巷內圈禁，勒令舂米，日有定限。戚姬只知彈唱，未嫻井臼，一雙柔荑的玉手，怎能禁得起一個米杵？偏是太后苛令，甚是森嚴，欲要不遵，實無別法。**何不自盡**。沒奈何勉力掙扎，攜杵學舂，舂一回，哭一回，又編成一歌，且哭且唱道：

　　子為王，母為虜！終日舂薄暮，常與死相伍！相離三千里，誰當使告汝！

第四十一回
折雄狐片言杜禍　看人彘少主驚心

　　歌中寓意，乃是紀念趙王如意，汝字就指趙王。不料被呂太后聞知，憤然大罵道：「賤奴尚想倚靠兒子麼？」說著，便使人速往趙國，召趙王如意入朝。一次往返，趙王不至，二次往返，趙王仍然不至。呂太后越加動怒，問明使人，全由趙相周昌一人阻往。昌曾對朝使道：「先帝囑臣服事趙王，現聞太后召王入朝，明明是不懷好意，臣故不敢送王入都。王亦近日有病，不能奉詔，只好待諸他日罷！」呂太后聽了，暗思周昌作梗，本好將他拿問，只因前時力爭廢立，不為無功，此番不得不略為顧全，乃想出一調虎離山的法兒，徵昌入都，昌不能不至。及進謁太后，太后怒叱道：「汝不知我怨戚氏麼？為何不使趙王前來？」昌直言作答道：「先帝以趙王託臣，臣在趙一日，應該保護一日，況趙王係嗣皇帝少弟，為先帝所鍾愛。臣前力保嗣皇帝，得蒙先帝信任，無非望臣再保趙王，免致兄弟相戕，若太后懷有私怨，臣怎敢參預？臣唯知有先帝遺命罷了！」呂太后無言可駁，叫他退出，但不肯再令往趙。一面派使飛召趙王，趙王已失去周昌，無人作主，只得應命到來。

　　是時惠帝年雖未冠，卻是仁厚得很，與呂后性情不同。他見戚夫人受罪司舂，已覺太后所為，未免過甚。至趙王一到，料知太后不肯放鬆，不如親自出迎，與同居住，省得太后暗中加害。於是不待太后命令，便乘輦出迓趙王。可巧趙王已至，就攜他上車，一同入宮，進見太后。太后見了趙王，恨不得親手下刃，但有惠帝在側，未便驟然發作，勉強敷衍數語。惠帝知母不歡，即挈趙王至自己宮中。好在惠帝尚未立后，便教他安心住著，飲食臥起，俱由惠帝留心保護。**好一個阿哥，可惜失之柔弱**。趙王欲想一見生母，經惠帝婉言勸慰，慢慢設法相見。畢竟趙王年幼，遇事不能自主，且恐太后動怒，只好含悲度日。太后時思害死趙王，唯不便與惠帝明言，惠帝也不便明諫太后，但隨時防護趙王。

俗語說得好，明槍易躲，暗箭難防，惠帝雖愛護少弟，格外注意，究竟百密也要一疏，保不定被他暗算。光陰易過，已是惠帝元年十二月中，惠帝趁著隆冬，要去射獵，天氣尚早，趙王還臥著未醒，惠帝不忍喚起，且以為稍離半日，諒亦無妨，因即決然外出。待至射獵歸來，趙王已七竅流血，嗚呼畢命！惠帝抱定屍首，大哭一場，不得已吩咐左右，用王禮殮葬，諡為隱王。後來暗地調查，或云鴆死，或云扼死，欲要究明主使，想來總是太后娘娘，做兒子的不能罪及母親，只好付諸一嘆！唯查得助母為虐的人物，是東門外一個官奴，乃密令官吏搜捕，把他處斬，才算為弟洩恨，不過瞞著母后，祕密處治罷了。

　　哪知餘哀未了，又起驚慌，忽有宮監奉太后命，來引惠帝，去看「人彘」。惠帝從未聞有「人彘」的名目，心中甚是稀罕，便即跟著太監，出宮往觀。宮監曲曲折折，匯入永巷，趨入一間廁所中，開了廁門，指示惠帝道：「廁內就是『人彘』哩。」惠帝向廁內一望，但見是一個人身，既無兩手，又無兩足，眼內又無眼珠，只剩了兩個血肉模糊的窟窿，那身子還稍能活動，一張嘴開得甚大，卻不聞有什麼聲音。看了一回，又驚又怕，不由的縮轉身軀，顧問宮監，究是何物？宮監不敢說明，直至惠帝回宮，硬要宮監直說，宮監方說出「戚夫人」三字。一語未了，幾乎把惠帝嚇得暈倒，勉強按定了神，要想問個底細。及宮監附耳與語，說是戚夫人手足被斷，眼珠挖出，燻聾兩耳，藥啞喉嚨，方令投入廁中，折磨至死。惠帝不待說完，又急問他「人彘」的名義，宮監道：「這是太后所命，宮奴卻也不解。」惠帝不禁失聲道：「好一位狠心的母后，竟令我先父愛妃，死得這般慘痛麼？」**說也無益**。說著，那眼中也不知不覺，垂下淚來。隨即走入寢室，躺臥床上，滿腔悲感，無處可伸，索性不飲不食，又哭又笑，釀成一種呆病。宮監見他神色有異，不便再留，竟回覆太后去了。

第四十一回
折雄狐片言杜禍　看人彘少主驚心

　　惠帝一連數日，不願起床，太后聞知，自來探視，見惠帝似傻子一般，急召醫官診治。醫官報稱病患怔忡，投了好幾服安神解憂的藥劑，才覺有些清爽，想起趙王母子，又是嗚咽不止。呂太后再遣宮監探問，惠帝向他發話道：「汝為我奏聞太后，此事非人類所為。臣為太后子，終不能治天下，可請太后自行主裁罷！」宮監返報太后，太后並不悔殺戚姬母子，但悔不該令惠帝往看「人彘」，旋即把銀牙一咬，決意照舊行去，不暇顧及惠帝了。小子有詩嘆道：

　　婁豬未定寄貑來，人彘如何又惹災！
　　可恨淫嫗太不道，居然為蜴復為虺。

　　欲知呂太后後來行事，且看下回再敘。

　　有史以來之女禍，在漢以前，莫如褒、妲。褒、妲第以妖媚聞，而慘毒尚不見於史。自呂雉出而淫悍之性，得未曾有，食其可私，韓、彭可殺，甚且欲盡誅諸將，微酈商，則冤死者更不少矣。厥後復鴆死趙王，慘害戚夫人，雖未始非戚氏母子之自取，而忍心辣手，曠古未聞，甚矣，悍婦之毒逾蛇蠍也。惠帝仁有餘而智不足，既不能保全少弟，復不能幾諫母后，徒為是驚憂成疾，夭折天年，其情可憫，其咎難辭，敝笱之刺，寧能免乎！

第四十二回
媚公主靦顏拜母　戲太后嫚語求妻

　　卻說呂太后害死趙王母子，遂徙淮南王友為趙王，且把後宮妃嬪，或錮或黜，一律掃盡，方出了從前惡氣。只趙相周昌，聞得趙王身死，自恨無法保全，有負高祖委託，免不得鬱鬱寡歡，嗣是稱疾不朝，厭聞外事。呂太后亦置諸不問。到了惠帝三年，昌竟病終，賜諡悼侯，命子襲封，這還是報他力爭廢立的功勞。呂太后又恐列侯有變，增築都城，迭次徵發丁夫，數至二三十萬，男子不足，濟以婦女，好幾年才得造成。周圍計六十五里，城南為南斗形，城北為北斗形，造得非常堅固，時人號為斗城。**無非民脂民膏。**

　　惠帝二年冬十月，齊王肥由鎮入朝。肥是高祖的庶長子，比惠帝年大數歲，惠帝當然待以兄禮，邀同入宮，謁見太后。太后佯為慰問，心中又動了殺機，想把齊王肥害死。**毒上加毒。**可巧惠帝有意接風，命御廚擺上酒餚，請太后坐在上首，齊王肥坐在左側，自己坐在右旁，如家人禮。肥也不推辭，竟向左側坐下，太后越生忿恨，目注齊王，暗罵他不顧君臣，敢與我子作為兄弟，居然上坐。眉頭一皺，計上心來，遂借更衣為名，返入內寢，召過心腹內侍，密囑數語，然後再出來就席。惠帝一團和氣，方與齊王樂敘天倫，勸他暢飲，齊王也不防他變，連飲了好幾杯。嗣由內侍

第四十二回
媚公主靦顏拜母　戲太后嫚語求妻

獻上酒來，說是特別美酒，酌得兩卮，置諸案上。太后令齊王飲下，齊王不敢擅飲，起座奉觴，先向太后祝壽。太后自秤量窄，仍令齊王飲盡，齊王仍然不飲，轉敬惠帝。惠帝亦起，欲與齊王互相敬酒，好在席上共有兩卮，遂將一卮與肥，一卮接在手中，正要銜杯飲入，不防太后伸過一手，突將酒卮奪去，把酒傾在地上。惠帝不知何因，仔細一想，定是酒中有毒，憤悶得很。齊王見太后舉動蹊蹺，也把酒卮放下，假稱已醉，謝宴趨出。

返至客邸，用金賄通宮中，探聽明白，果然是兩卮鴆酒。當下喜懼交併，自思一時倖免，終恐不能脫身，輾轉圖維，無術解救。沒奈何召入隨員，與他密商，有內史獻議道：「大王如欲回齊，最好自割土地，獻與魯元公主，為湯沐邑。公主係太后親女，得增食採，必博太后歡心，太后一喜，大王便好辭行了！」幸有此策。齊王依計行事，上表太后，願將城陽郡獻與公主，未幾即得太后褒詔。齊王乃申表辭行，偏偏不得批答，急得齊王驚惶失措，再與內史等商議，續想一法寫入表章，願尊魯元公主為王太后，事以母禮。**以同父姊妹為母，不知他從何處想來？**這篇表文呈遞進去，果有奇效，才經一宿，便有許多宮監宮女，攜著酒餚，趨入邸中，報稱太后、皇上，及魯元公主，在後就到，為王餞行。齊王大喜，慌忙出邸恭迎。小頃便見鑾駕到來，由齊王跪伏門外，直至鑾輿入門，方敢起身隨入。呂太后徐徐下輿，挈著惠帝姊弟兩人，登堂就座。齊王拜過太后，再向魯元公主前，行了母子相見的新禮，引得呂太后笑容可掬。就是魯元公主，與齊王年齡相類，居然老著臉皮，自命為母，戲呼齊王為兒，一堂笑語，備極歡娛。及入席以後，太后上坐，魯元公主坐左，惠帝坐右，齊王下坐相陪。淺斟低酌，逸興遄飛，再加一班樂工，隨駕同來，笙簧雜奏，雅韻悠揚。太后悅目賞心，把前日嫌恨齊王的私意，一齊拋卻，直飲到日

落西山，方才散席。齊王送迴鑾駕，乘機辭行，夤夜備集行裝，待旦即去，離開了生死關頭，馳還齊都，彷彿似死後還魂，不勝慶幸了。**命中不該枉死，故得生還。**

是年春正月間，蘭陵井中，相傳有兩龍現影。**想是一條老雌龍，一條小雄龍。**未幾又得隴西傳聞，地震數日。到了夏天，又復大旱。種種變異，想是為了呂后擅權，陰乾天譴。**是為新學界中所不道，但中國古史，嘗視為天人相應，故特錄之。**及夏去秋來，蕭相國何，抱病甚重。惠帝親往視病，見他骨瘦如柴，臥起需人，料知不能再治，便唏噓問何道：「君百年後，何人可代君任？」何答說道：「知臣莫若君。」惠帝猛憶起高祖遺囑，便接口道：「曹參可好麼？」何在榻上叩首道：「陛下所見甚是，臣死可無恨了！」惠帝又安慰數語，然後還宮。過了數日，何竟病歿，蒙諡為文終侯，使何子祿襲封酇侯。何畢生勤慎，不敢稍縱，購置田宅，必在窮鄉僻壤間，牆屋毀損，不令修治。嘗語家人道：「後世有賢子孫，當學我儉約，如或不賢，亦省得為豪家所奪了！」後來子孫繼起，世受侯封，有時因過致譴，總不至身家絕滅，這還是蕭相國以儉傳家的好處。**留諷後世。**

齊相曹參，聞蕭何病逝，便令舍人治裝。舍人問將何往？參笑說道：「我即日要入都為相了。」舍人似信非信，權且應命料理，待行裝辦齊，果得朝使前來，召參入都為相，舍人方知參有先見，驚嘆不休。參本是一員戰將，至出為齊相，刻意求治，志在尚文，因召集齊儒百餘人，遍詢治道，結果是人人異詞，不知所從。嗣訪得膠西地方，有一蓋公，老成望重，不事王侯，乃特備了一份厚禮，使人往聘，竭誠奉迎。幸得蓋公應徵到來，便殷勤款待，向他詳詢。蓋公平日，專治黃帝老子之遺言，此時所答，無非是歸本黃老，大致謂治道毋煩，須出以清靜，自定民心。參很是

第四十二回
媚公主靦顏拜母　戲太后嫚語求妻

佩服,當下避居廂房,把正堂讓給蓋公,留他住著,所有舉措,無不奉教施行,民心果然翕服,稱為賢相。自從參到齊國,已閱九年,至此應召起行,就將政務一切,交與後任接管,且囑託後相道:「君此後請留意獄市,慎勿輕擾為要。」後相答問道:「一國政治,難道除此外,統是小事麼?」參又說道:「這也並不如此,不過獄市兩處,容人不少,若必一一查究,奸人無所容身,必致鬧事,這便叫做庸人自擾了,我所以特別囑託呢!」**懲奸不應過急,縱奸亦屬非宜。曹參此言,得半失半。**後相才無異言。參遂向齊王告別,隨使入都,謁過惠帝母子,接了相印,即日視事。

當時朝臣私議,共說蕭、曹二人,同是沛吏出身,本來交好甚密,嗣因曹參積有戰功,封賞反不及蕭何,未免與何有嫌。現既入朝代相,料必至懷念前隙,力反前政,因此互相戒儆,唯恐有意外變端,關礙身家。還有相府屬官,日夜不安,總道是曹參接任,定有一番極大的調動。誰知參接印數日,一些兒沒有變更,又過數日,仍然如故,且揭出文告,凡用人行政,概照前相國舊章辦理,官吏等始放下愁懷,譽參大度。參不動聲色,安歷數旬,方漸漸的甄別屬僚,見有好名喜事、弄文舞法的人員,黜去數名,另選各郡國文吏,如高年謹厚,口才遲鈍諸人,羅致幕下,令為屬吏,嗣是日夕飲酒,不理政務。

有幾個朝中僚佐,自負才能,要想入陳謀議,他也並不謝絕,但一經見面,便邀同宴飲,一杯未了,又是一杯,務要勸入醉鄉。僚佐談及政治,即被他用言截住,不使說下,沒奈何止住了口,一醉乃去。古人有言,上行下效,捷於影響。參既喜飲,屬吏也無不效尤,統在相府後園旁,聚坐飲酒。飲到半酣,或歌或舞,聲達戶外。參雖有所聞,好似不聞一般,唯有二三親吏,聽不過去,錯疑參未曾聞知,故意請參往遊後園。參到了後園中,徐玩景色,巧有一陣聲浪,傳遞過來,明明是屬吏宴笑的

喧聲，參卻不以為意，反使左右取入酒餚，就在園中擇地坐下，且飲且歌，與相唱和。這真令人莫名其妙，暗暗的詫為怪事。**原是一奇。**參不但不去禁酒，就是屬吏辦事，稍稍錯誤，亦必替他掩護，不願聲張。屬吏等原是感德，唯朝中大臣，未免稱奇，有時入宮白事，便將參平日行為，略略奏聞。

　　惠帝因母后專政，多不愜意，也借這杯中物、房中樂，作為消遣，聊解幽愁。及聞得曹參所為，與己相似，不由的暗笑道：「相國也來學我，莫非瞧我不起，故作此態。」正在懷疑莫釋的時候，適值大中大夫曹窋入侍，窋係參子，當由惠帝顧語道：「汝回家時，可為朕私問汝父道：高祖新棄群臣，嗣皇帝年尚未冠，全仗相國維持，今父為相國，但知飲酒，無所事事，如何能治平天下？如此說法，看汝父如何答言，即來告我。」窋應聲欲退，惠帝又說道：「汝不可將這番言詞，說明由我教汝哩。」窋奉命歸家，當如惠帝所言，進問乃父，唯遵著惠帝密囑，未敢說出上命。道言甫畢，乃父曹參，竟攘袂起座道：「汝曉得什麼？敢來饒舌！」說著，就從座旁取過戒尺，把窋打了二百下，隨即叱令入侍，不准再歸。**又是怪事。**窋無緣無故，受了一番痛苦，悵然入宮，直告惠帝。**知為君隱，不知為父隱，想是有些恨父了。**

　　惠帝聽說，越覺生疑，翌日視朝，留心左顧，見參已經站著，便召參向前道：「君為何責窋？窋所言實出朕意，使來諫君。」參乃免冠伏地，頓首謝罪，又復仰問惠帝道：「陛下自思聖明英武，能如高皇帝否？」惠帝道：「朕怎敢望及先帝？」參又道：「陛下察臣材具，比前相蕭何，優劣如何？」惠帝道：「似乎不及蕭相國。」參再說道：「陛下所見甚明，所言甚確。從前高皇帝與蕭何定天下，明訂法令，備具規模，今陛下垂拱在朝，臣等能守職奉法，遵循勿失，便算是能繼前人，難道還想勝過一籌麼？」

第四十二回
媚公主靦顏拜母　戲太后嫚語求妻

惠帝已經悟著，乃更語參道：「我知道了，君且歸休罷。」參乃拜謝而出，仍然照常行事。百姓經過大亂，但求小康，朝廷沒有什麼興革，官府沒有什麼徵徭，就算做天下太平，安居樂業。所以曹參為相，兩三年不行一術，卻得了海內謳歌，交相稱頌。當時人民傳誦道：「蕭何為法，斠**音較**若畫一；曹參代之，守而勿失。載其清淨，民以寧一。」到了後世史官，亦稱漢初賢相，要算蕭曹，其實蕭何不過恭慎，曹參更且荒怠，內有淫后，外有強胡，兩相不善防閑，終致釀成隱患。秉公論斷，何尚可原，參實不能無咎呢！**抑揚得當。**

且說匈奴國中冒頓單于，自與漢朝和親以後，總算按兵不動，好幾年不來犯邊。至高祖駕崩，耗問遙傳，冒頓遂遣人入邊偵察，探得惠帝仁柔，及呂后淫悍略情，遂即藐視漢室，有意戲弄，寫著幾句謔浪笑傲的嫚詞，當作國書，差了一個弁目，齎書行至長安，公然呈入。惠帝方縱情酒色，無心理政，來書上又寫明漢太后親閱，當然由內侍遞至宮中，交與呂后。呂后就展書親覽，但見書中寫著：

孤僨之君，生於沮澤之中，長於平野牛馬之域，數至邊境，願遊中國。陛下獨立，孤僨獨居，兩主不樂，無以自娛，願以所有，易其所無。

呂后看到結末兩語，禁不住火星透頂，把書撕破，擲諸地上。**想是只喜審食其，不喜冒頓。**一面召集文武百官，入宮會議，帶怒帶說道：「匈奴來書，甚是無禮，我擬把他來人斬首，發兵往討，未知眾意如何？」旁有一將閃出道：「臣願得兵十萬，橫行匈奴中！」語尚未完，諸將見是舞陽侯樊噲發言，統皆應聲如響，情願從徵。忽聽得一人朗語道：「樊噲大言不慚，應該斬首！」這一語不但激怒樊噲，瞋目視著；就是呂太后亦驚出意外。留神一瞧，乃是中郎將季布。**又來出風頭了。**布不待太后申問，忙

即續說道：「從前高皇帝北征，率兵至三十多萬，尚且受困平城，被圍七日，當時噲為上將，前驅臨陣，不能努力解圍，徒然坐困，天下嘗傳有歌謠云：『平城之中亦誠苦，七日不食，不能彀弩！』今歌聲未絕，兵傷未瘳，噲又欲搖動天下，妄言十萬人可橫行匈奴，這豈不是當面欺上麼？且夷狄情性，野蠻未化，我邦何必與較，他有好言，不足為喜，他有惡言，也不足為怒，臣意以為不宜輕討哩。」呂太后被他一說，倒把那一腔盛怒，嚇退到子虛國，另換了一種懼容。就是樊噲也回憶前情，果覺得匈奴可怕，不敢與季布力爭。**老了，老了，還是與呂嬃歡聚罷。**當下召入大謁者張釋，令他草一覆書，語從謙遜，並擬贈他車馬，亦將禮意寫入書中，略云：

單于不忘敝邑，賜之以書。敝邑恐懼，退日自圖，年老氣衰，髮齒墮落，行步失度。單于過聽，不足以自汙，敝邑無罪，宜在見赦，竊有御車二乘，馬二駟，以奉常駕。

書既繕就，便將車馬撥交來使，令他帶同覆書，反報冒頓單于。冒頓見書意謙卑，也覺得前書唐突，內不自安，乃復遣人入謝，略言僻居塞外，未聞中國禮義，還乞陛下赦宥等語。此外又獻馬數匹，另乞和親。**大約因呂后覆書髮白齒落，不願相易，所以另求他女。**呂太后乃再取宗室中的女子，充作公主，出嫁匈奴。冒頓自然心歡，不復生事。但漢家新造，冠冕堂皇，一位安富尊榮的母后，被外夷如此侮弄，還要卑詞遜謝，送他車馬，給他宗女，試問與中國朝體，玷辱到如何地步呢！說將起來，無非由呂后行為不正，所以招尤。她卻不知少改，仍然與審食其混做一淘，比那高祖在日，恩愛加倍。審食其又恃寵生驕，結連黨羽，勢傾朝野，中外人士，交相訾議。漸漸的傳入惠帝耳中，惠帝又羞又忿，不得不借法示懲，要與這淫奴算帳了。小子有詩嘆道：

第四十二回
媚公主靦顏拜母　戲太后嫚語求妻

幾經愚孝反成痴，欲罰雄狐已太遲。
盡有南山堪入詠，問他可讀古齊詩？

究竟惠帝如何懲處審食其，待至下回再表。

偏憎偏愛，係婦人之通病，而呂后尤甚。親生子女，愛之如掌上珠，旁生子女，憎之如眼中釘，殺一趙王如意，猶嫌不足，且欲舉齊王肥而再鴆之，齊王不死亦僅矣。迨以城陽郡獻魯元公主，即易恨為喜，至齊王事魯元公主為母，則更盛筵相待，即日啟行。賞考遷、固二史，於魯元公主之年齡，未嘗詳載，要之與齊王不相上下，或由齊王早生一二歲，亦未可知。齊王願事同父姊妹為母，謬戾已甚，而呂后反喜其能媚己女，何其偏愛之深，至於此極！厥後且以魯元女為惠帝後，逆倫害理，一誤再誤，無怪其不顧廉恥，行同禽獸，甘引審食其為寄猳也。冒頓單于遺書嫚褻，戚本自詒，覆書且以年老為辭，假使年貌未衰，果將出嫁匈奴否歟？盈廷大臣，不知諫阻，而季布反主持其間，可恥孰甚！是何若屠狗英雄之尚有生氣乎！

第四十三回
審食其遇救謝恩人　呂娥姁挾權立少帝

　　卻說惠帝聞母后宣淫,與審食其暗地私通,不由的惱羞成怒,要將食其處死。但不好顯言懲罪,只好把他另外劣跡,做了把柄,然後捕他入獄。食其也知惠帝有意尋釁,此次被拘,煞是可慮,唯尚靠著內援,日望這多情多義的呂太后,替他設法挽回,好脫牢籠。呂太后得悉此事,非不著急,也想對惠帝說情,無如見了惠帝,一張老臉,自覺發赤,好幾次不能出口。**也怕倒楣麼?**只望朝中大臣,曲體意旨,代為救免,偏偏群臣都嫉視食其,巴不得他一刀兩段,申明國法。因此食其拘係數日,並沒有一人出來保救。且探得廷尉意思,已經默承帝旨,將要讞成大辟,眼見得死多活少,不能再入深宮,和太后調情作樂了。唯身雖將死,心終未死,總想求得一條活路,免致身首兩分,輾轉圖維,只有平原君朱建,受我厚惠,或肯替我畫策,亦未可知,乃密令人到了建家,邀建一敘。

　　說起朱建的歷史,卻也是個硜硜小信的朋友。他本生長楚地,嘗為淮南王英布門客。布謀反時,建力諫不從,至布已受誅,高祖聞建曾諫布,召令入見,當面嘉獎,賜號平原君。建因此得名,遂徙居長安。長安公卿,多願與交遊,建輒謝絕不見,唯大中大夫陸賈,往來莫逆,聯成知交。審食其也慕建名,欲陸賈代為介紹,與建結好,偏建不肯貶節。雖經

151

第四十三回
審食其遇救謝恩人　呂娥姁挾權立少帝

賈從旁力說，始終未允，賈只好回覆食其。會建母病死，建生平義不苟取，囊底空空，連喪葬各具，都弄得無資措辦，不得不乞貸親朋。陸賈得此消息，忙趨至食其宅中，竟向食其道賀。**怪極**。食其怪問何事？陸賈道：「平原君的母親已病歿了。」食其不待說畢，便接入道：「平原君母死，與我何干？」賈又道：「君侯前日，嘗託僕介紹平原君，平原君因老母在堂，未敢輕受君惠，以身相許；今彼母已歿，君若厚禮相饋，平原君必感君盛情，將來君有緩急，定當為君出力，是君便得一死士了，豈不可賀！」食其甚喜，乃遣人齎了百金，送與朱建當作賻儀。朱建正東借西掇，萬分為難，幸得這份厚禮，也只好暫應急需，不便峻情卻還，乃將百金收受，留辦喪具。**百金足以汙節，貧窮之累人實甚！**一班趨炎附勢的朝臣，聞得食其厚贈朱建，樂得乘勢湊奉，統向朱家送賻，少約數金，多且數十金，統共計算，差不多有五百金左右。朱建不能受此卻彼，索性一併接收，倒把那母親喪儀，備辦得鬧鬧熱熱。到了喪葬畢事，不得不親往道謝，嗣是審食其得與相見，待遇甚殷。建雖然鄙薄食其，至此不能堅守初志，只好與他往來。

及食其下獄，使人邀建，建卻語來使道：「朝廷方嚴辦此案，建未敢入獄相見，煩為轉報。」使人依言回告食其，食其總道朱建負德，悔恨兼併，自思援窮術盡，拚著一死，束手待斃罷了。誰知食其命未該死，絕處逢生，在獄數日，竟蒙了皇恩大赦，放出獄中。食其喜出望外，匆匆回家，想到這番解免，除太后外，還是何人？不料仔細探查，並不由太后救命，乃是惠帝倖臣閎孺，替他哀求，才得釋放，不由的驚訝異常。原來宮廷裡面內侍甚多，有一兩個巧言令色的少年，善承主意，往往媚態動人，不讓婦女。古時宋朝彌子瑕，傳播《春秋》，就是漢高祖得國以後，也寵幸近臣籍孺，好似戚夫人一般，出入與偕。**補前文所未及**。至惠帝嗣位，

為了母后淫悍，無暇理政，鎮日裡宴樂後宮，遂有一個小臣閎孺，仗著那面龐俊秀，性情狡慧，十分巴結惠帝，得了主眷，居然參預政事，言聽計從。唯與審食其會少離多，雖然有些認識，彼此卻無甚感情。食其聞他出頭解救，免不得咄咄稱奇，但既得他保全性命，理該前去拜謝。及見了閎孺，由閎孺說及原因，才知救命恩人，直接的似屬閎孺，間接的實為朱建。

　　建自回覆食其使人，外面毫不聲張，暗中卻很是關切。他想欲救食其，只有運動惠帝倖臣，幫他排解，方可見功。乃親至閎孺住宅，投刺拜會。閎孺也知朱建重名，久思與他結識，偏得他自來求見，連忙出來歡迎。建隨他入座，說了幾句寒暄的套話，即請屏去侍役，低聲與語道：「闢陽侯下獄，外人都云足下進讒，究竟有無此事？」一鳴驚人。閎孺驚答道：「素與闢陽侯無仇，何必進讒？此說究從何而來？」建說道：「眾口悠悠，本無定論，但足下有此嫌疑，恐闢陽一死，足下亦必不免了。」閎孺大駭，不覺目瞪口呆。建又說道：「足下仰承帝寵，無人不知，若闢陽侯得幸太后，也幾乎無人不曉。今日國家重權，實在太后掌握，不過因闢陽下吏，事關私寵，未便替他說情。今日闢陽被誅，明日太后必殺足下，母子齟齬，互相報復，足下與闢陽侯，湊巧當災，豈不同歸一死麼？」閎孺著急道：「據君高見，必須闢陽侯不死，然後我得全生。」建答道：「這個自然。君誠能為闢陽侯哀請帝前，放他出獄，太后亦必感念足下。足下得兩主歡心，富貴當比前加倍哩。」閎孺點首道：「勞君指教，即當照行便了。」建乃別去。到了次日，便有一道恩詔，將食其釋出獄中。看官閱此，應知閎孺從中力請，定有一番動人的詞色，能使惠帝怒意盡銷，釋放食其，可見僉壬伎倆，不亞娥眉。**女子小人，原是相類**。唯食其聽了閎孺所述，已曉得是朱建疏通，當即與閎孺揖別，往謝朱建。建並不誇功，但

第四十三回
審食其遇救謝恩人　呂娥姁挾權立少帝

　　向食其稱賀，一賀一謝，互通款曲，從此兩人交情，更添上一層了。**看到後來結局，建總不免失計。**

　　呂太后聞得食其出獄，當然喜慰，好幾次召他進宮。食其恐又蹈覆轍，不敢遽入，偏被那宮監糾纏，再四敦促，沒奈何硬著頭皮，悄悄的跟了進去。及見了呂太后，略略述談，便想告退。奈這位老淫嫗，已多日不見食其，一經聚首，怎肯輕輕放出。先與他飲酒洗愁，繼同他入幃共枕，續歡以外，更密商善後問題。畢竟老淫嫗智慮過人，想出一條特別的妙策，好使惠帝分居異處，並有人從旁牽絆，免得他來管閒事。這條計畫，審食其也很是贊成。

　　看官聽著，惠帝當十七歲嗣位，至此已閱三載，剛剛是二十歲了。尋常士大夫家，子弟年屆弱冠，也要與他合婚，況是一位守成天子，為何即位三年，尚未聞冊立皇后呢？這是呂太后另有一番思想，所以稽延。他因魯元公主生有一女，模樣兒卻還齊整，情性兒倒也溫柔，意欲配與惠帝，結做重親，只可惜年尚幼稚，一時不便成禮。等到惠帝三年，那外孫女尚不過十齡以上，論起年齡關係，尚是未通人道，呂太后卻假公濟私，迫不及待，竟命太史諏吉，擇定惠帝四年元月，行立後禮。惠帝明知女年相差，約近十歲，況魯元公主，乃是胞姊，胞姊的女兒，乃是甥女，甥舅配做夫妻，豈非亂倫。偏太后但顧私情，不管輩分，欲要與他爭執，未免有違母命，因此將錯便錯，由他主持。**真是愚孝。**

　　轉瞬間已屆佳期，魯元公主與乃夫張敖，準備嫁女，原是忙碌得很。呂太后本與惠帝同居長樂宮，此番籌辦冊后大典，偏令在未央宮中，安排妥當，舉行盛儀，一則使惠帝別宮居住，自己好放心圖歡，二則使外甥女羈住惠帝，叫他暗中監察，省得惠帝輕信蜚言，這便是枕蓆唧唧的妙計。此計一行，外面尚無人知覺，就是甥舅成婚，雖似名分有乖，大眾都為他

是宮闈私事，無關國家，何必多去爭論，自惹禍端，所以噤若寒蟬，唯各自備辦厚禮，送往張府，為新皇后添妝。吉期一屆，群至張府賀過了喜，待到新皇后出登鳳輦，又一齊簇擁入宮，同去襄禮。皇家大婚，自有一種繁文縟節，不勞細述。及冊后禮畢，龍鳳諧歡，新皇后嬌小玲瓏，楚楚可愛，雖未能盡愜帝意，卻覺得懷間偎抱，玉軟香柔。**恐猶乳臭**。惠帝也隨遇而安，沒甚介意。接連又舉行冠禮，宮廷內外的臣工，忙個不了。一面大赦天下，令郡國察舉孝悌力田，免除賦役，並將前時未革的苛禁，酌量刪除。秦律嘗禁民間挾書，罪至族誅，至是准民儲藏，遺書得稍稍流傳，不致終沒，這也是扶翼儒教的苦衷。

　　唯自惠帝出居未央宮，與長樂宮相隔數里，每閱三五日入朝母后，往來未免費事。呂太后暗暗喜歡，巴不得他旬月不來，獨惠帝顧全孝思，總須隨時定省，且亦料知母后微意，越要加意殷勤。因思兩宮分隔東西，中間須經過幾條市巷，鑾蹕出入，往往關除行人，有礙交通，乃特命建一複道，就武庫南面，築至長樂宮，兩面統置圍牆，可以朝夕來往，不致累及外人。當下鳩工趕築，定有限期，忽由叔孫通入諫道：「陛下新築複道，正當高皇帝出遊衣冠的要路，奈何把他截斷，瀆嫚祖宗？」惠帝大驚道：「我一時失卻檢點，致有此誤，今即令罷工便了。」叔孫通道：「人主不應有過舉，今已興工建築，盡人皆知，如何再令廢止呢？」惠帝道：「這卻如何是好？」通又道：「為陛下計，唯有就渭北地方，另建原廟，可使高皇帝衣冠，出遊渭北，省得每月到此。且廣建宗廟，也是大孝的根本，何人得出來批評呢。」惠帝乃轉驚為喜，復令有司增建原廟，原廟的名義，就是再立的意思。從前高祖的陵寢，本在渭北，陵外有園，所有高祖留下的衣冠法物，並皆收藏一室，唯按月取出衣冠，載入法駕中，仍由有司擁衛，出遊高廟一次，向例號為遊衣冠。但高廟設在長安都中，衣冠所經，正與

第四十三回
審食其遇救謝恩人　呂娥姁挾權立少帝

　　惠帝所築的複道，同出一路，所以叔孫通有此諫諍，代為設法，使雙方不致阻礙。實在是揣摩迎合，善承主旨，不足為後世法呢。**論斷謹嚴**。及原廟將竣，複道已成，惠帝得常至長樂宮，呂太后亦無法阻止，只得聽他自由，不過自己較為小心，免露馬腳罷了。

　　既而兩宮中屢有災異，祝融氏嘗來惠顧，累得宮娥綵女，時有戒心。總計自惠帝四年春季，延至秋日，宮內失火三次，長樂宮中鴻臺，未央宮中的凌室，**係藏冰室，冰室失火，卻是一奇**。先後被焚。還有織室亦付諸一炬，所失不貲。此外又有種種怪象，如宜陽雨血，十月動雷，冬天桃李生華，棗樹成實，都是古今罕聞。**即陰盛陽衰之兆**。

　　過了一年，相國曹參，一病身亡，予諡曰懿，子窋襲爵平陽侯。呂太后追憶高祖遺言，擬用王陵、陳平為相，躊躇了兩三月，已是惠帝六年，乃決計分任兩人，廢去相國名號，特設左右二丞相，右丞相用了王陵，左丞相用了陳平，又用周勃為太尉，夾輔王家。未幾留侯張良，也即病終。良本來多病，且見高祖屠戮功臣，樂得借病為名，深居簡出，平時託詞學仙，不食五穀。及高祖既崩，呂后因良保全惠帝，格外優待，嘗召他入宴，強令進食，並與語道：「人生世上，好似白駒過隙，何必自苦若此！」**想她亦守著此意，故樂得尋歡，與人私通**。良乃照舊加餐。至是竟致病歿，由呂太后特別賻贈，賜諡文成。良嘗從高祖至谷城，取得山下黃石，視作圯上老人的化身，設座供奉。臨死時留有遺囑，命將黃石並葬墓中。長子不疑，照例襲封，次子闢彊，年才十四，呂太后為報功起見，授官侍中。誰知勳臣懿戚，相繼淪亡，留侯張良方才喪葬，舞陽侯樊噲又復告終。噲是呂太后的妹夫，又係高祖時得力遺臣，自然卹典從優，加諡為武，命子伉襲爵。且嘗召女弟呂嬃，入宮排遣，替她解憂，姊妹深情，也不足怪。**總不及汝老嫗的快樂**。

好容易又過一年，已是惠帝七年了。孟春月朔日食，仲夏日食幾盡。到了仲秋，惠帝患病不起，竟在未央宮中，撒手歸天。一班文武百官，統至寢宮哭靈，但見呂太后坐在榻旁，雖似帶哭帶語，嘮叨有聲，面上卻並無一點淚痕。大眾偷眼瞧視，都以為太后只生惠帝，今年甫二十有四，在位又止及七年，乃遭此短命，煞是可哀，為何有聲無淚，如此薄情？一時猜不出太后心事，各待至棺殮後，陸續退出。侍中張闢疆，生性聰明，童年有識，他亦隨班出入，獨能窺透呂太后隱情，徑至左丞相陳平住處，私下進言道：「太后獨生一帝，今哭而不哀，豈無深意？君等曾揣知原因否？」陳平素有智謀，到此也未曾預想，一聞闢疆言論，反覺得驚詫起來，因即隨聲轉問道：「究竟是什麼原因？」闢疆答道：「主上駕崩，未有壯子，太后恐君等另有他謀，所以不遑哭泣。但君等手握樞機，無故見疑，必至得禍，不若請諸太后，立拜呂臺、呂產為將，統領南北兩軍，並將諸呂一體授官，使得居中用事，那時太后心安，君等自然脫禍了。」**授權呂氏如劉氏何？闢疆究竟童年，不顧全域性。**

　　陳平聽了，似覺闢疆所言，很是有理，遂即別了闢疆，竟入內奏聞太后，請拜呂臺、呂產為將軍，分管南北禁兵。臺與產皆呂太后從子，乃父就是周呂侯呂澤。南北二軍，向為宮廷衛隊，南軍護衛宮中，駐紮城內，北軍護衛京城，駐紮城外。這兩軍向歸太尉兼管，若命呂臺、呂產分領，是都中兵權，全為呂氏所把持。呂太后但顧母族，不顧夫家，所以聽得平言，正愜私衷，立即依議施行。於是專心哭子，每一舉哀，聲淚俱下，較諸前此情形，迥不相同。過了二十餘日，便將惠帝靈輀，出葬長安城東北隅，與高祖陵墓相距五里，**一作十里。**號為安陵。群臣恭上廟號，叫做孝惠皇帝。惠帝后張氏，究竟年輕，未得生男育女，呂太后卻想出一法，暗取後宮中所生嬰兒，納入張后房中，佯稱是張后所生，立為太子。又恐太

第四十三回
審食其遇救謝恩人　呂娥姁挾權立少帝

子的生母，將來總要漏洩機關，索性把她殺死，斷絕後患。**計策固狡，奈天道不容何？** 惠帝既葬，便將偽太子立為皇帝，號做少帝。少帝年幼，呂太后即臨朝稱制，史官因少帝來歷未明，略去不書，唯漢統究未中絕，權將呂后紀年：一是呂后為漢太后，道在從夫，二是呂后稱制，為漢代以前所未聞，大書特書，寓有垂戒後人的意思。存漢誅呂，書法可謂謹嚴了。小子有詩嘆道：

漫言男女貴平權，婦德無終自昔傳。
不信但看漢呂后，雌威妄煽欲滔天。

呂太后臨朝以後，更欲封諸呂為王，就中惱了一位骨鯁忠臣，要與呂太后力爭。欲知此人為誰，待至下回說明。

朱建生平，無甚表見，第營救審食其一事，為《史》、《漢》所推美，特為之作傳，以旌其賢。夫食其何人？淫亂之小人耳，國人皆曰可殺，而建以百金私惠，力為解免，私誼雖酬，如公道何！且如《史》、《漢》所言，謂其行不苟合，義不取容，夫果有如此之行義，胡甘為百金所汙？母死無財，儘可守孔聖之遺訓，斂首足形，還葬無槨，亦不失為孝子。建不出此，見小失大，寧足為賢？史遷乃以之稱美，不過因自罹腐刑，無人救視，特借朱建以諷刺交遊耳。班氏踵錄遷文，相沿不改，吾謂遷失之私，而班亦失之陋也。彼如陳平之輕信張闢疆，請封諸呂，更不足道。呂氏私食其，寵諸呂，取他人子以亂漢統，皆漢相有以縱成之，本回標目，不稱呂太后，獨書呂娥姁，嫉惡之意深矣。然豈僅嫉視呂后已哉！

第四十四回
易幼主諸呂加封　　得悍婦兩王枉死

　　卻說呂太后欲封諸呂為王，示意廷臣，當時有一位大臣，首先反對道：「高皇帝嘗召集眾臣，宰殺白馬，歃血為盟，謂非劉氏為王，當天下共擊，不使蔓延。今口血未乾，奈何背約！」呂太后瞋目視著，乃是右丞相王陵，一時欲想駁詰，卻是說不出理由，急得頭筋飽綻，面頰青紅。左丞相陳平，與太尉周勃，見太后神色改變，便齊聲迎合道：「高帝平定天下，曾封子弟為王，今太后稱制，分封呂氏子弟，有何不可？」呂太后聽了此言，方才易怒為喜，開了笑顏。王陵憤氣填胸，只恨口眾我寡，不便再言。待至輟朝以後，與平、勃一同退出，即向二人發語道：「從前與高皇帝喋血為盟，兩君亦嘗在列，今高帝升遐，不過數年，太后究是女主，乃欲封諸呂為王，君等邊欲阿順背約，將來有何面目，至地下去見高帝呢？」**千人諾諾，不如一士諤諤**。平勃微笑道：「今日面折廷爭，僕等原不如君，他日安社稷，定劉氏後裔，恐君亦不及僕等了。」**究屬勉強解嘲，不得以後來安劉信為知幾之言**。陵未肯遽信，悻悻自去。

　　約閱旬日，就由太后頒出制敕，授陵為少帝太傅。陵知太后奪他相權，不如先幾遠引，尚可潔身，乃上書稱病，謝職引歸。後來安逝家中，無庸再表。**了過王陵**。唯陵既謝免，陳平得進任右丞相，至左丞相一缺，

159

第四十四回
易幼主諸呂加封　得悍婦兩王枉死

就用那倖臣審食其。食其本無相材，仍在宮中廝混，名為監督宮僚，實是趨承帷闥。不過太后寵眷特隆，所有廷臣奏事，往往歸他取決，所以食其勢燄，更倍曩時。呂太后更查得御史大夫趙堯，嘗為趙王如意定策，薦任周昌相趙，**見前文**。至此大權在手，遂誣他溺職，坐罪褫官，另召上黨郡守任敖入朝，命為御史大夫。敖前為沛縣獄掾，力護呂后，**見前文**。因此破格超遷，以德報德。一面追尊生父呂公為宣王，長兄周呂侯澤為悼武王，作為呂氏稱王的先聲。又恐人心未服，先從他處入手，特封先朝舊臣郎中令馮無擇等為列侯，再取他人子五人，強名為惠帝諸子，一名彊，封淮陽王；一名不疑，封恆山王；一名山，封襄城侯；一名朝，封軹侯；一名武，封壺關侯。適魯元公主病死，即封公主子張偃為魯王，諡公主為魯元太后。**父降為侯，子得封王，真是子以母貴。**於是欲王諸呂，密使大謁者張釋，諷示左丞相陳平等人，請立諸呂為王。陳平等為勢所迫，不得已阿旨上書，請割齊國的濟南郡為呂國，做了呂臺的王封。呂太后有詞可借，即封呂臺為呂王。偏臺不能久享，受封未幾，一病身亡。**早死數年，免得飲刀，卻是大幸。**呂太后很是悲悼，命臺子嘉襲封。此外封呂種**釋之子。**為沛侯，呂平為扶柳侯，**呂平係呂后姊子，依母姓呂。**呂祿為胡陵侯，呂他為俞侯，呂更始為贅其侯，呂忿為呂城侯，甚至呂太后女弟呂嬃，亦受封為臨光侯。**何不封為女王？**

呂氏子姪，俱沐光榮，威顯無比。呂太后尚恐劉呂不睦，互相魚肉，復想出一條親上加親的計策，使他聯結婚姻，方可永久為歡，不致齟齬。是時齊王劉肥已死，予諡悼惠，命他長子襄嗣封。還有次子章，三子興居，均召入京師，使為宿衛。當即將呂祿女配與劉章，封章為朱虛侯。興居也得為東牟侯。又因趙王友與梁王恢，年並長成，也代作撮合山，把呂家女子，嫁與二王為妻。二王不敢違命，只好娶了過去。太后以為劉呂兩

姓，從此好相安無事了。

那知外面尚未生釁，內廷卻已啟嫌，呂太后所立的少帝，起初是年幼無知，由她播弄，接連做了三四年傀儡，卻有些粗懂人事，往往偷聽近侍密談，得知呂后暗地掉包，殺死自己生母，硬要他母事張后。心中一恨，口中即隨便亂言，就是張后平時教訓，也全不聽從，且任性怒說道：「太后殺死我母，待我年壯，總要為我母報仇！」**志向倒也不小，可惜鹵莽一點**。這種言語，被人聽著，當即報知呂太后。太后大吃一驚，暗想他小小年紀，便有這般狂言，將來還當了得，不若趁早廢去，結果了他，還可瞞住前謀，除滅後患。當下誘入少帝，把他送至永巷中，幽禁暗室，另擬擇人嗣立。遂發出一道敕書，偽言少帝多病，迷惘昏亂，不能治天下，應由各大臣妥議，改立賢君。陳平等一意逢迎，帶領僚屬，伏闕上陳道：「皇太后為天下計，廢暗立明，奠定宗廟社稷，臣等敢不奉詔！」說著，復頓首請示。呂太后尚令群臣推選，叫他退朝協議，議定後陳。大眾奉命退出，互相討論，究未知太后屬意何人，不敢擅定。畢竟陳平多智，囑託宮中內侍，密向太后問明。太后卻已意有所屬，欲立恆山王義，就是前日的襄城侯山。山為恆山王不疑弟，不疑夭逝，山因嗣封，改名為義。一經太后授意內侍，轉告群臣，群臣遂表請立義，由太后下詔依言，立義為帝。又叫他改名為弘，且將幽禁永巷的少帝，置諸死地，易稱弘為少帝。弘年亦幼，呂太后仍得臨朝，所有恆山王爵，令軹侯朝接封。已而淮陽王強亦死，壺關侯武繼承兄爵，嗣為淮陽王。

獨呂王嘉驕恣不法，傲狠無親，連太后都看不過去，因欲把嘉廢置，另立呂產為呂王。產本嘉叔，即呂台胞弟。以弟繼兄，已成當日慣例，偏呂太后假託公道，仍欲經過大臣會議，方好另封，所以延遲數日，未曾立定。適有一個齊人田子春，來遊都下，察知宮中情事，巧為安排。一來是

第四十四回
易幼主諸呂加封　得悍婦兩王枉死

為呂氏效勞，二來是為劉氏報德，雙方並進，也是個心計獨工的智士。先是高祖從堂兄弟劉澤，受封營陵侯，留居都中。子春常到長安，旅次乏資，挽人引進澤門，立談以下，甚合澤意。澤屢望封王，子春允為畫策，當由澤贈金三百斤，託他鑽謀。不意子春得了厚贈，飽載歸齊，澤大失所望，但還疑他家中有事，代為曲原。偏遲至二年有餘，仍無音信，乃特遣人到齊，尋訪子春，責他負友。子春正得金置產，經營致富，接到來使責言，慌忙謝過，且託使人返報，約期入都。待使人去後，也即整備行裝，挈子同行。既至長安，並不向澤求見，卻另賃大宅住下，取出囊中金銀，賄託大謁者張釋密友，為子介紹，求居門下。釋本是閹人，因得寵呂后，驟致貴顯，他心中也想羅致士人，倚作爪牙，一聞友人薦引田子，便即慨允收留。田子得父祕授，諂事張釋，買動歡心，即請釋到家宴飲。釋絕不推辭，昂然前往。到了子春賃宅，子春早盛設供張，開門迎接。待至釋緩步登堂，左右旁顧，見他帷帳器具，無不華麗，彷彿與侯門相似，已是詫異得很，及餚核上陳，又皆件件精美，山珍海錯，備列筵前，樂得開懷暢飲，自快老饕。飲至半酣，子春屏人與語道：「僕至都中，見王侯邸第百餘，多是高皇帝的功臣，唯思太后母家呂氏，亦曾佐助高帝，立有大功，並且誼居懿戚，理應優待。今太后春秋已高，意欲多封母家子姪，但恐大臣不服，止立呂王一人，今聞呂王嘉得罪將廢，太后必且另立呂氏，足下久侍太后，難道未知太后命意麼？」張釋道：「太后命意，無非欲另立呂產呢。」子春道：「足下既知太后隱衷，何不轉告大臣，立刻奏請？呂產若得封王，足下亦不失為萬戶侯，否則足下知情不言，必為太后所恨，禍且及身了！」**田生之請封呂產，實是為劉澤著想，略跡原心，尚屬可恕**。張釋驚喜道：「非君提醒此意，我且失機，他日得如君言，定當圖報。」子春謙遜一番，又各飲了好幾杯，方才盡歡而別。

不到數日，即由呂太后升殿，問及群臣，決意廢去呂嘉，改立他人。群臣已經張釋示意，便將呂產保薦上去，太后甚喜，下詔廢呂王嘉，立呂王產，至退朝後，取出黃金千斤，賞與張釋。釋卻不忘前言，分金一半，轉贈田子春。子春堅辭不受，釋愈加敬禮，引為至交。嗣是常相往來，遇事輒商。子春方得做到本題，乘間進言道：「呂產為王，諸大臣究未心服，看來須要設法調停，才得相安。」釋問他有何妙法？子春道：「現今營陵侯劉澤，為諸劉長，雖得兼官大將軍，究竟未受王封，不免怨望。足下何不入白太后，裂十餘縣，封澤為王？澤得了王封，必然心喜，諸大臣亦可無異言。就是呂王地位，也因此鞏固了。」釋甚以為然，便去進白太后。太后本不欲多封劉氏，此時聽了釋言，封劉就是安呂，不為無計，並且澤妻為呂嬃女，婚媾相關，當無他患，乃封劉澤為瑯琊王，遣令就國。子春為澤運動，已得成功，方自往見澤，向澤道賀。澤已查知封王原因，功出子春，當即下座相迎，延令就坐，盛筵相待。子春飲了數觥，便命撤席。澤不禁動疑，問為何事？子春道：「王速整裝登程，幸勿再留，僕當隨王同行便了。」澤尚欲再問，子春但促他速行，不肯明言。**故意弄巧**。澤乃罷飲整裝，夤夜備齊。子春返至寓所，草草收拾，俟至翌晨，復去催澤辭行。澤入宮謁見太后，報告行期，太后並不多言，澤即頓首告退。一出宮門，已由子春辦好車馬，請澤登車，一鞭加緊，馬不停蹄，匆匆的馳出函谷關。既越關門，復急走數十里，始命緩轡徐行。澤尚以為疑，後來得知太后生悔，飭人追還，行至函谷關，已知無及，方才折回。澤乃服子春先見，格外禮遇，歡然就國去了。

太后方悔封劉澤，苦難收回成命，再加趙王友的妻室，入宮告密，說是趙王將有他變，氣得呂太后倒豎雙眉，立派使人，召還趙王。究竟趙王有無異謀，詳查起來，實是子虛烏有，都由他妻室呂氏，信口捏造，有意

第四十四回

易幼主諸呂加封　得悍婦兩王枉死

架誣。呂女為趙王妻，仗著呂太后勢力，欺凌趙王。趙王屢與反目，別愛他姬，呂氏且妒且怒，遂不與趙王說明，徑至長安，入白太后道：「趙王聞得呂氏為王，常有怨言，平居屢語人道：『呂氏怎得為王？太后百年後，我定當討滅呂氏，使無孑遺。』此外尚有許多妄語，無非是與諸呂尋仇，故特來報聞。」呂太后信以為真，怎肯干休？一俟趙王召到，也不訊明虛實，立把他錮住邸中，派兵監守，不給飲食。趙王隨來的從吏，私下進饋，都被衛兵阻住，甚且拘繫論罪。可憐趙王友無從得食，餓得氣息奄奄，因作歌鳴冤道：

諸呂用事兮劉氏微，迫脅王侯兮強授我妃！我妃既妒兮誣我以惡，讒女亂國兮上曾不寤！我無忠臣兮何故棄國，自決中野兮蒼天與直！籲嗟不可悔兮寧早自戕，為王餓死兮誰者憐之，呂氏絕理兮託天報仇！

歌聲嗚嗚，飢腸轆轆，結果是餓死邸中。所遺骸骨，但用民禮藁葬長安，**未知他妻曾否送葬**。呂太后遂徙梁王恢為趙王，改封呂王產為梁王，又將後宮子太封濟川王。產始終不聞就國，留京為少帝太傅。太尚年幼，亦不令東往，仍住宮中。趙王恢妻，便是呂產的女兒，閫內雌威，不可向邇，恢秉性懦弱，屢為所制。及移梁至趙，恢本不甚願意，且從前趙都官吏，半為呂氏所把持，至此復由梁地帶去隨員，亦有呂姓多人，兩處蟠互，累得恢事事受制，一些兒沒有主權。那位床頭夜叉，氣焰越威，竟將恢所寵愛的姬妾，用藥毒死。恢既經鬱憤，復兼悲悼，輾轉思想，毫無生趣，因撰成歌詩四章，令樂工譜入管絃，如怨如慕，如泣如訴，益令恢悲不自勝，索性仰藥自盡，到冥府中追尋愛姬，重續舊歡去了。**倒是一個情種。**

趙臣奏報恢喪，呂太后不責產女，反說恢為一婦人，竟甘自殉，上負

宗廟，有虧孝道，不准再行立嗣。另遣使臣至代，授意代王，令他徙趙。代王恆避重就輕，情願長守代邊，不敢移封趙地，乃託朝使告辭。使臣返報呂太后，呂太后遂立呂祿為趙王，留官都中。祿父就是呂釋之，時已去世，特追封為趙昭王。會聞燕王建病歿，遺有一子，乃是庶出，呂太后不欲他承襲封爵，潛遣刺客赴燕，刺死建子，獨封呂臺子通為燕王。於是高祖八男，僅存二人，一是代王恆，一是淮南王長，加入齊、吳、楚及瑯琊等國，總算還有六七國。**恆山、淮陽、濟川三國姓氏可疑，故不列入。**那呂氏亦有三王，呂產王梁，呂祿王趙，呂通王燕，與劉氏勢力相侔。而且產、祿遙領藩封，仍然蟠踞宮廷，手握兵馬大權，勢傾內外，這卻非劉氏諸王所能與敵。劉家天下，幾已變做呂家天下了！

　　流光如駛，倏忽八年，這八年內，統是呂太后專制時代，陰陽反變，災異迭生，忽而地震，忽而山崩，忽而水溢，忽而紅日晦冥，星且盡現。呂太后卻也有些知覺，嘗見日食如鉤，向天嗔語道：「這莫非為我不成？」話雖如此，終究是本性難移，活一日，幹一日，除死方休。少帝弘名為人主，不使與政，簡直與木偶無二。內唯臨光侯呂嬃，左丞相審食其，大謁者張釋，出納詔奏，參贊祕謀；外唯呂產、呂祿，分典禁兵，護衛宮廷。右丞相陳平，太尉周勃，有位無權，有權無柄，不過旅進旅退，借保聲名。獨有一位劉家子孫，少年負氣，慷慨激昂，他卻不肯冒昧圖功，暗暗的待著機會，來出風頭。小子有詩詠道：

　　不顧綱常只逆施，婦人心性總偏私。
　　須知龍種非全替，且看筵前拔劍時。

　　欲知此人為誰，待至下回再詳。

　　婦道從夫，乃古今之通例。呂雉若不為劉家婦，如何得為皇后，如何

第四十四回
易幼主諸呂加封　得悍婦兩王枉死

得為皇太后！富貴皆出自夫家，奈何遽忘劉氏，徒欲尊寵諸呂乎？當其媾婚劉呂之時，尚不過欲母家子姪，同享榮華，非必欲遽傾劉氏也。然古人有言，物莫能兩大，劉呂並權，勢必相傾，彼呂氏兩女，猶棄其夫而不顧，況產、祿乎？田子春為劉澤計，先勸張釋諷示大臣，請封呂產，然後以劉澤繼之。澤居外而產居內，以勢力論，澤亦何能及產！但觀子春之本心，實為劉澤起見，且後來之安劉滅呂，澤與有功，故本回敘及此事，詳而不略，貶亦兼褒。至若陳平、周勃，則力斥其逢迎之失，不以後事而曲恕之，書法不隱，是固一良史手筆也，若徒以小說目之，傎矣！

第四十五回
聽陸生交歡將相　　連齊兵合拒權奸

　　卻說呂氏日盛，劉氏日衰，剩下幾個高祖子孫，都是慄慄危懼，只恐大禍臨頭，獨有一位年少氣盛的龍種，卻是隱具大志，想把這漢家一脈，力為扶持。這人為誰？就是朱虛侯劉章。**劉氏子弟，莫如此人，故特筆提敘。**他奉呂太后命令，入備宿衛，年齡不過二十，生得儀容俊美，氣宇軒昂。娶了一個趙王呂祿的女兒，合成夫婦，兩口兒卻是很恩愛，與前次的兩趙王不同。呂太后曾為作合，見他夫婦和諧，自然喜慰，就是呂祿得此快婿，亦另眼相待，不比尋常。那知劉章卻別有深心，但把這一副溫存手段，籠絡妻房，好教她轉告母家，相親相愛，然後好乘間行事，吐氣揚眉。**可見兩趙王之死，半由自取，若盡如劉章，呂女反為利用了。**

　　一夕入侍宮中，正值呂太后置酒高會，遍宴宗親，列席不下百人，一大半是呂氏王侯。劉章瞧在眼中，已覺得憤火中燒，但面上仍不露聲色，靜待太后命令。太后見章在側，便命為酒吏，使他監酒。章慨然道：「臣係將種，奉命監酒，請照軍法從事！」太后素視章為弄兒，總道他是一句戲言，便即照允。待至大眾入席，飲過數巡，自太后以下，都帶著幾分酒興，章即進請歌舞，唱了幾曲巴里詞，演了一回萊子戲，引得太后喜笑顏開，擊節嘆賞。章復申請道：「臣願為太后唱〈耕田歌〉。」太后笑道：

第四十五回
聽陸生交歡將相　連齊兵合拒權奸

「汝父或尚知耕田，汝生時便為王子，怎知田務？」章答說道：「臣頗知一二。」太后道：「汝且先說耕田的大意。」章吭聲作歌道：

深耕溉種，立苗欲疏。非其種者，鋤而去之。

太后聽著，已知他語帶雙敲，不便在席間詰責，只好默然無言。章佯作不知，但令近侍接連斟酒，灌得大眾醉意醺醺。有一個呂氏子弟，不勝酒力，潛自逃去，偏偏被章瞧著，搶步下階，拔劍追出，趨至那人背後，便喝聲道：「汝敢擅自逃席麼？」那人正回頭謝過，章張目道：「我已請得軍法從事，汝敢逃席，明明藐法，休想再活了！」說著，手起劍落，竟將他首級剁落，回報太后道：「適有一人逃席，臣已謹依軍法，將他處斬！」這數語驚動大眾，俱皆失色。就是呂太后亦不禁改容，唯用雙目盯住劉章，章卻似行所無事，從容自若。太后瞧了多時，自思已准他軍法從事，不能責他擅殺，只得忍耐了事。大眾皆踧踖不安，情願告退，當由太后諭令罷酒，起身入內。眾皆離席散去，章亦安然趨出。自經過這番宴席，諸呂始知章勇敢，怕他三分。呂祿也有些忌章，但為兒女面上，不好當真，仍然照常待遇。諸呂見祿且如此，怎好無故害章，沒奈何含忍過去。唯劉氏子弟，暗暗生歡，都望章挽回門祚，可以抑制諸呂。就是陳平、周勃等，亦從此與章相親，目為奇才。

時臨光侯後寡，女掌男權，竟得侯封，她與乃姊性情相類，專喜察人過失，伺間進讒。至聞劉章擅殺諸呂，卻也想不出什麼法兒，加害章身，唯與陳平是挾有宿嫌，屢白太后，說他日飲醇酒，好戲婦人，太后久知嫠欲報夫怨，有心誣告，所以不肯輕聽，但囑近侍暗伺陳平。平已探得呂嫠讒言，索性愈耽酒色，沉湎不治，果然不為太后所疑，反為太后所喜。一日入宮白事，卻值呂嫠旁坐，呂太后待平奏畢，即指呂嫠語平道：「俗語

有言，兒女子話不可聽，君但教照常辦事，休畏我女弟呂嬃，在旁多口，我卻信君，不信呂嬃哩！」平頓首拜謝，起身自去。只難為了一個皇太后胞妹，被太后當面奚落，害得無地自容，幾乎要淌下淚來。太后卻對她冷笑數聲，**自以為能，那知已中了陳平詭計**。她坐又不是，立又不是，竟避開太后，遠遠的去哭了一場。但自此以後，也不敢再來譖平了。

平雖為祿位起見，凡事俱稟承呂后，不敢專擅，又且擁美姬，灌黃湯，看似麻木不仁的樣子，其實是未嘗無憂，平居無事，卻也七思八想，意在安劉。無如呂氏勢焰，日盛一日，欲要設法防維，恐如螳臂擋車，不自量力，所以逐日憂慮，總覺得艱危萬狀，無法可施。**誰叫你先事縱容**。

大中大夫陸賈，目睹諸呂用事，不便力爭，嘗託病辭職，擇得好時地方，挈眷隱居。老妻已死，有子五人，無甚家產，只從前出使南越時，得了賕儀，變賣值一千金，乃作五股分派，分與五子，令他各營生計。自己有車一乘，馬四匹，侍役十人，寶劍一口，隨意閒遊，逍遙林下。所需衣食，令五子輪流供奉，但求自適，不尚奢華。**保身保家，無逾於此**。有時到了長安，與諸大臣飲酒談天，彼此統是多年僚友，當然沆瀣相投。就是左丞相府中，亦時常進出，凡門吏僕役，沒一個不認識陸大夫，因此出入自由，不煩通報。

一日又去往訪，閽人見是熟客，由他進去，但言丞相在內室中。賈素知門徑，便一直到了內室，見陳平獨自坐著，低著了頭，並不一顧。乃開口動問道：「丞相有何憂思？」平被他一問，突然驚起，抬頭細瞧，幸喜是個熟人，因即延令就座，且笑且問道：「先生道我有什麼心事？」賈接著道：「足下位居上相，食邑三萬戶，好算是富貴已極，可無他望了。但不免憂思，想是為了主少國疑，諸呂專政呢？」平答說道：「先生所料甚是。敢問有何妙策，轉危為安？」**聰明人也要請教嗎**？賈慨然道：「天下安，注

第四十五回
聽陸生交歡將相　連齊兵合拒權奸

意相，天下危，注意將，將相和睦，眾情歸附，就使天下有變，亦不至分權，權既不分，何事不成！今日社稷大計，關係兩人掌握，一是足下，一是絳侯。僕常欲向絳侯進言，只恐絳侯與我相狎，視作迂談。足下何不交歡絳侯，聯繫情意，互相為助呢！」平尚有難色，賈復與平密談數語，方得平一再點首，願從賈議。賈乃與平告別，出門自去。

原來平與周勃，同朝為官，意見卻不甚融洽。從前高祖在滎陽時，勃嘗劾平受金，雖已相隔有年，總覺餘嫌未泯，所以平時共事，貌合神離。自從陸賈為平畫策，叫他與勃結歡，平遂特設盛筵，邀勃過飲。待勃到來，款待甚殷，當即請勃入席，對坐舉觴，堂上勸斟，堂下作樂，端的是怡情悅性，適口充腸，好多時方才畢飲。平又取出五百金，為勃上壽，勃未肯遽受，由平遣人送至勃家，勃稱謝而去。

過了三五日，勃亦開筵相酬，照式宴平。平自然前往，盡醉乃歸。嗣是兩人常相往來，不免談及國事。勃亦隱恨諸呂，自然與平情投意合，預為安排。平又深服陸賈才辯，特贈他奴婢百人，車馬五十乘，錢五百萬緡，使他交遊公卿間，陰相結納，將來可倚作臂助，驅滅呂氏。賈便到處結交，勸他背呂助劉。朝臣多被他說動，不願從呂，呂氏勢遂日孤。不過呂產、呂祿等，尚未知曉，仍然恃權怙勢，不少變更。

會當三月上巳，呂太后依著俗例，親臨渭水，祓除不祥。事畢即歸，行過軹道，見有一物突至，狀如蒼狗，咬定衣腋，痛徹心腑，免不得失聲大呼。衛士慌忙搶護，卻不知為何因，但聽太后嗚咽道：「汝等可見一蒼狗否？」衛士俱稱不見，太后左右四顧，亦覺杳然。因即忍痛回宮，解衣細視，腋下已經青腫，越加驚疑。當即召入太史，令卜吉凶，太史卜得爻象，乃是趙王如意為祟，便據實報明。太后疑信參半，姑命醫官調治。那知敷藥無效，服藥更無效，不得已派遣內侍，至趙王如意墓前，代為禱

免，亦竟無效。**時衰受鬼迷。**日間痛苦，還好勉強忍耐，夜間痛苦益甚，幾乎不能支持。幸虧她體質素強，一時不致遽死，直至夏盡秋來，方將全身氣血，折磨淨盡。**吃了三五個月苦痛，還是不足蔽辜？**鎮日裡纏綿床褥，自知不能再起，乃命呂祿為上將，管領北軍，呂產管領南軍。且召二人入囑道：「汝等封王，大臣多半不平，我若一死，難免變動。汝二人須據兵衛宮，切勿輕出，就使我出葬時，亦不必親送，才能免為人制呢！」產與祿唯唯受教。

又越數日，呂太后竟病死未央宮，遺詔令呂產為相國，審食其為太傅，立呂祿女為皇后。產在內護喪，祿在外巡行，防備得非常嚴密，到了太后靈柩，出葬長陵，兩人遵著遺囑，不去送葬，但帶著南北兩軍，保衛宮廷，一步兒不敢放鬆。陳平、周勃等，雖有心除滅諸呂，可奈無隙得乘，只好耐心守著。獨有朱虛侯劉章，盤問妻室，才知產祿謹守遺言，蟠踞宮禁。暗想如此過去，必將作亂，朝內大臣，統是無力除奸，只好從外面發難，方好對付產祿。乃密令親吏赴齊，報告乃兄劉襄，叫他發兵西向，自在都中作為內應，若能誅滅呂氏，可奉乃兄為帝云云。

襄得報後，即與母舅駟鈞，郎中令祝午，中尉魏勃，部署人馬，指日出發。事為齊相召平所聞，即派兵入守王宮，託名保衛，實是管束。齊王襄被他牽制，不便行動，急與魏勃等密商良策。勃素有智謀，至此為襄畫策，往見召平，佯若與襄不協，低聲語平道：「王未得朝廷虎符，擅欲發兵，跡同造反，今相君派兵圍王，原是要著，勃願為相君效力，指揮兵士，禁王擅動，未知相君肯賜錄用否？」召平聞言大喜，就將兵符交勃，任勃為將，自在相府中安居，毫不加防。忽有人來報禍事，乃是魏勃從王府撤圍，移向相府，立刻就到，嚇得召平手足無措，急令門吏掩住雙扉，前後守護。甫經須臾，那門外的人聲馬聲，已聚成一片，東衝西突，南號

第四十五回
聽陸生交歡將相　連齊兵合拒權奸

　　北呼，一座相府門第，已被勃眾四面圍住，勢將搗入。平不禁長嘆道：「道家有言，當斷不斷，反受其亂，我自己不能斷判，授權他人，致遭反噬，悔無及了！」遂拔劍自殺。**此召平似與東陵侯同名異人。**待至勃毀垣進來，平已早死，乃不復動手，返報齊王。齊王襄便令勃為將軍，準備出兵，並任駟鈞為丞相，祝午為內史，安排檄文，號召四方。

　　此時距齊最近，為瑯琊、濟川及魯三國。濟川王是後宮子劉太，魯王是魯元公主子張偃，兩人為呂氏私黨，不便聯繫。唯瑯琊王劉澤，輩分最長，又與呂氏不甚相親，**並見前文**。論起理來，當可為齊王後援。齊王使祝午往見劉澤，約同起事，午尚恐澤有異言，因與齊王附耳數語，然後起行。及抵瑯琊，與澤相見，當即進言道：「近聞諸呂作亂，朝廷危急，齊王襄即欲起兵西向，討除亂賊，但恐年少望輕，未習兵事，為此遣臣前來，恭迎大王！大王素經戰陣，又系人望，齊王情願舉國以聽，幸乞大王速蒞臨淄，主持軍務！即日連合兩國兵馬，西入關中，討平內亂，他時龍飛九五，舍大王將誰屬呢？」**言甘者心必苦。**劉澤本不服呂氏，且聽得祝午言詞，大有利益，當即與午起行。到了臨淄，齊王襄陽表歡迎，陰加監製，再遣午至瑯琊，矯傳澤命，盡發瑯琊兵馬，西攻濟南。濟南向為齊地，由呂太后割畀呂王，所以齊王發難，首先往攻。一面陳諸呂罪狀，報告各國，略云：

　　高帝平定天下，王諸子弟，悼惠王薨，惠帝使留侯張良，立臣為齊王。惠帝崩，高後用事，聽諸呂，擅廢帝更立，又殺三趙王，滅梁、趙、燕以王諸呂，分齊國為四，**即瑯琊、濟川、魯三國，與齊合計為四。**忠臣進諫，上惑亂不聽。今高後崩，皇帝春秋富，未能治天下，固待大臣諸侯。今諸呂又擅自尊官，聚兵嚴威，劫列侯忠臣，矯制以令天下，宗廟以危。寡人率兵入誅不當為王者！

這消息傳入長安，呂產、呂祿，未免著急，遂遣潁陰侯大將軍灌嬰，領兵數萬，出擊齊兵。嬰行至滎陽，逗留不進，內結絳侯，外連齊王，靜候內外消息，再定行止。齊王襄亦留兵西界，暫止進行。獨瑯琊王劉澤，被齊王羈住臨淄，自知受欺，乃亦想出一法，向齊王襄進說道：「悼惠王為高帝長子，王系悼惠塚嗣，就是高帝嫡長孫，應承大統。現聞諸大臣聚議都中，推立嗣主，澤忝居親長，大臣皆待澤決計，王留我無益，不如使我入關，與議此事，管教王得登大位呢？」齊王襄亦為所動，乃代備車馬，送澤西行。**賺人者亦為人所賺，報應何速。**澤出了齊境，已脫齊王羈絆，樂得徐徐西進，靜候都中消息。

　　都中卻已另有變動，計圖呂氏。欲問他何人主謀，就是左丞相陳平，與太尉周勃。平、勃兩人，既已交歡，往往密談國事，欲除諸呂。只因產、祿兩人，分握兵權，急切不便發作。此次因齊王發難，有機可乘，遂互相謀畫，作為內應。就是灌嬰留屯滎陽，亦明明是平勃授意，叫他按兵不動。平又想到酈商父子，向與產、祿結有交誼，情好最親，遂託稱計事，把酈商邀請過來，作為抵押。再召酈商子寄，入囑祕謀，使他誘勸呂祿，速令就國。寄不得已往給呂祿道：「高帝與呂后共定天下，劉氏立九王，**即吳、楚、齊、代、淮南、瑯琊與恆山、淮陽、濟川三國。**呂氏立三王。**即梁、趙、燕。**都經大臣議定，布告諸侯，諸侯各無異言。今太后已崩，帝年尚少，足下既佩趙王印，不聞就國守藩，乃仍為上將，統兵留京，怎能不為他人所疑。今齊已起事，各國或且響應，為患不小，足下何不讓還將印，把兵事交與太尉，再請梁王亦繳出相印，與大臣立盟，自明心跡，即日就國，彼齊兵必然罷歸。足下據地千里，南面稱王，方可高枕無憂了！」

　　呂祿信以為然，遂將寄言轉告諸呂。呂氏父老，或說可行，或說不可

第四十五回
聽陸生交歡將相　連齊兵合拒權奸

行，弄得祿狐疑未決。寄卻日日往探行止，見他未肯依言，很是焦急，但又不便屢次催促，只好虛與周旋，相機再勸。祿與寄友善，不知寄懷著鬼胎，反要寄同出遊獵，寄不能不從。兩人並轡出郊，打獵多時，得了許多鳥獸，方才回來。路過臨光侯呂嬃家，順便入省。嬃為祿姑，聞祿有讓還將印意議，不待祿向前請安，便即怒叱道：「庸奴！汝為上將，乃竟棄軍浪遊，眼見呂氏一族，將無從安處了！」**卻是一個哲婦**。祿莫名其妙，支吾對答，嬃越加動氣，將家中所藏珠寶，悉數取出，散置堂下，且恨恨道：「家族將亡，這等物件，終非我有，何必替他人守著呢？」祿見不可解，悒然退回。寄守候門外，見祿形色倉皇，與前次入門時，憂樂迥殊，即向祿問明原委。祿略與說明，寄不禁一驚，只淡淡的答了數語，說是老人多慮，何致有此。祿似信非信，別了酈寄，自返府中。寄馳報陳平、周勃，平、勃也為擔憂，免不得大費躊躇。小子有詩嘆道：

謀國應思日後艱，如何先事失防閑？
早知有此憂疑苦，應悔當年太縱奸！

過了數日，又由平陽侯曹窋，奔告平、勃，累得平、勃憂上加憂。究竟所告何事，容至下回說明。

觀平、勃對王陵語，謂他日安劉，君不如僕。果能如是，則早應同心合德，共拒呂氏，何必待陸賈之獻謀，始有此交歡之舉耶！且當呂后病危之日，又不能乘隙除奸，以號稱智勇之平、勃，且受制於垂死之婦人，智何足道！勇何足言！微劉章之密召齊王，則外變不生，內謀曷遑，呂產、呂祿，蟠踞宮廷，復劉氏如反掌，試問其何術安劉乎？後此之得誅諸呂，實為平、勃一時之僥倖，必謂其有安劉之效果，克踐前言，其固不能無愧也夫。

第四十六回
奪禁軍捕誅諸呂　迎代王廢死故君

　　卻說平陽侯曹窋，是前相國曹參嗣子，**見四十三回**。方代任敖為御史大夫，在朝辦事，他正與相國呂產，同在朝房。適值郎中令賈壽，由齊國出使歸來，報稱灌嬰屯留滎陽，與齊連和，且勸產趕緊入宮，為自衛計。產依了壽言，匆匆馳去。窋聞知底細，慌忙走告陳平、周勃，平、勃見事機已迫，只好冒險行事，便密召襄平侯紀通，及典客劉揭，一同到來。通為前列侯紀成子，或謂即紀信子，方掌符節。平即叫他隨同周勃，持節入北軍，詐傳詔命，使勃統兵，又恐呂祿不服，更遣酈寄帶了劉揭，往迫呂祿，速讓將印。勃等到了北軍營門，先令紀通持節傳詔，再遣酈寄、劉揭，入給呂祿道：「主上有詔，命太尉掌管北軍，無非欲足下即日就國，足下急宜繳出將印，辭別出都，否則禍在目前了！」**此語也只可欺祿，不能另欺別人。** 祿本來無甚才識，更因酈寄是個好友，總道他不致相欺，乃即取出將印，交與劉揭，匆匆出營。

　　揭與寄急往見勃，把將印交付勃手。勃喜如所望，握著印信，召集北軍，立即下令道：「為呂氏右袒，為劉氏左袒！」**此令亦欠周到，倘或軍中左右袒，勃將奈何！** 北軍都袒露左臂，表示助劉。勃因教他靜待後令；不得少譁；一面遣人報知陳平。平又使朱虛侯劉章，馳往助勃。勃令章監

175

第四十六回
奪禁軍捕誅諸呂　迎代王廢死故君

守軍門，再遣曹窋往語殿中衛尉，毋得容納呂產。產已入未央宮，號召南軍，準備守禦，驀見曹窋馳入，不知他所為何事，乃亦欲入殿探信。偏殿中衛尉，已皆聽信曹窋，將產阻住，產不能進去，只好在殿門外面，徘徊往來。**與呂祿同是庸奴，怎能不為所殺！**窋見產雖無急智，但南軍尚聽他指揮，未敢輕動，復使人往報周勃。勃亦恐不能取勝，唯令劉章入宮，保衛少帝。劉章道：「一人何足成事？請撥千人為助，方好相機而行。」勃乃撥給步卒千餘人，各持兵械，隨章入未央宮。章趨進宮門，時已傍晚，見產尚立著庭中，不知所為，暗思此時不擊，尚待何時？於是顧語步卒，急擊勿延。**幸有此爾。**一語甫畢，千人齊奮，都向呂產面前，挺刃殺去。章亦拔劍繼進，大呼殺賊。產大驚失色，回頭便跑，手下軍士，卻想抵敵劉章，不意豁喇一聲，暴風驟至，吹得毛髮皆豎，立足不住，眾心遂致慌亂。更兼呂產平日沒有什麼恩德，那個肯為他效死，一鬨都走，四散奔逃。章率兵士分頭捕產，產不得出宮，逃入郎中府吏舍廁中，踡伏一團。**相國要想嘗糞麼？**偏是死期已至，竟被兵士尋著，一把抓出，上了鎖鏈，牽出見章。章不與多言，順手一劍，砍中產頭，眼見是一命嗚呼了！

俄而有一謁者持節出來，口稱奉少帝命，慰勞軍人。章即欲奪節，偏謁者不肯交付，拚死持著。章轉念一想，還是脅與同行，乃將他一手扯住，同載車中，出了未央宮，轉赴長樂宮。部下千餘人，自然跟去。行至長樂宮前，叩門竟入，門吏見有謁者持節，不敢攔阻，由他直進。長樂衛尉就是贅其侯呂更始。章正為他前來，出其不意，除滅了他，免得多費兵力。更始尚未知呂產被殺，貿然出迎，又被章仗劍一揮，劈落頭顱。章不容謁者開口，便即詐稱帝命，只誅呂氏，不及他人。衛士各得生命，且見有謁者持節在旁，當然聽命。章乃返報周勃，勃躍然起座，向章拜賀道：「我等只患一呂產，產既伏誅，天下事大定了！」當下遣派將士，分捕諸

呂，無論男女老幼，一古腦兒拿到軍前。就是呂祿、呂嬃，也無從逃免。勃命將呂祿先行綁出，一刀畢命。呂嬃還想掙扎，信口胡言，惹動周勃盛怒，命軍士撳她倒地，用杖亂笞，一副老骨頭，禁得起幾多大杖！不到百下，已經斷氣。**何不早死數日。**此外悉數處斬，差不多有數百人。燕王呂通，已經赴燕，也由勃派一朝使，託稱帝命，迫令自盡。又將魯王張偃，削奪官爵，廢為庶人。後來文帝即位，追念張耳前功，乃復封偃為南宮侯。獨左丞相審食其，明明是呂氏私黨，並且濁亂宮闈，播弄朝政，理應將他治罪，明正典刑，偏由陸賈、朱建，代為說情，竟得幸逃法網，仍官原職。**陳平、周勃究竟未識大體，就是陸賈亦不免阿私。**

陳平、周勃，因已掃清諸呂，遂將濟川王劉太徙封，改稱梁王，且遣朱虛侯劉章赴齊，請齊王襄罷兵，再使人通知灌嬰，令即班師回朝。灌嬰聞得齊將魏勃，勸襄舉兵，並擅殺齊相召平，料他不是個馴良人物，索性把勃召至，面加質問。勃答說道：「譬如人家失火，何暇先白家長，然後救火哩。」說著，退立一旁，面有戰色，不敢復言。**這是魏勃故作此態，瞞過灌嬰。**灌嬰注目多時，向勃微笑道：「我道魏勃有什麼勇敢，原來是個庸人，有何能為？」遂釋使歸齊，自引兵馳還長安。

瑯琊王劉澤，探悉呂氏盡誅，內外解嚴，才得放膽登程，驅車入都。可巧朝內大臣，密議善後事宜，一聞劉澤到來，統以為劉氏宗室，澤齒居長，不能不邀他參議，免有後言。澤從容入座，起初是袖手旁觀，不發一語，但聽平、勃等宣言道：「從前呂太后所立少帝，及濟川、淮陽、恆山三王，實皆非惠帝遺胤，冒名入宮，濫受封爵。今諸呂已除，不能不正名辨謬，若使他姓再得亂宗，將來年紀長成，秉國用事，仍與呂氏無二，我等且無遺類了！不如就劉氏諸王中，擇賢擁立，方可免禍。」這番論調說將出來，大眾統皆贊成，就是澤也無異詞。及說到劉氏諸王，當有人出來

第四十六回
奪禁軍捕誅諸呂　迎代王廢死故君

　　主張，謂齊王襄係高帝長孫，應該迎立。澤即發言駁斥道：「呂氏以外家懿戚，得張毒焰，害勳親，危社稷，今齊王母舅駟鈞，如虎戴冠，行為暴戾，若齊王得立，鈞必專政，是去一呂氏，復來一呂氏了。此議如何行得？」陳平、周勃，聽到此語，當然附和澤議，不願立襄。其實澤是懷著前恨，藉端報復，故有此言。大眾又復另議，公推了一個代王恆，並說出兩種理由：一是高祖諸子，尚存兩王，代王較長，性又仁孝，不愧為君；二是代王母家薄氏，素來長厚，未嘗與政，可無他患。有此兩善，確是名正言順，允洽輿情。平勃遂依了眾議，陰使人往見代王，迎他入京。

　　代王恆接見朝使，問明來意，雖覺得是一大喜事，但也未敢驟然動身，因召集僚屬，會議行止。郎中令張武等諫阻道：「朝上大臣，統是高帝舊將，素習兵事，專尚詐謀。前由高帝呂太后，相繼駕御，未敢為非，今得滅諸呂，喋血京師，何必定要迎立外藩？大王不宜輕信來使，且稱疾勿往，靜觀時變。」說到末語，忽有一人進說道：「諸君所言，都屬非是，大王得此機會，即應命駕入都，何必多疑？」代王瞧著，乃是中尉宋昌，正欲啟問，昌已接說道：「臣料大王此行，萬安萬穩，保無後憂！試想暴秦失政，豪傑並起，那一個不想稱尊，後來得踐帝位，終屬劉家，天下都屏息斂足，不敢再存奢望，這便是第一件無憂呢。高帝分王子弟，地勢如犬牙相制，固如磐石，天下莫不畏威，這第二件也可無憂。漢興以後，除秦苛政，約定法令，時施德惠，人心已皆悅服，何致動搖。這第三件更不必憂了。就是近日呂后稱制，立諸呂為三王，擅權專政！何等威嚴，太尉以一節入北軍，奮臂一呼，士皆左袒，助劉滅呂，可見得天意歸劉，並不是專靠人力呢。今大臣雖欲為變，百姓不肯聽從，如何成事？況內有朱虛、東牟二侯，外有吳、楚、淮、南、齊、代諸國，互相制服，必不敢動。現在高帝子嗣，只存淮南王與大王二人，大王年長，又有賢聖仁孝的

美名，傳聞天下，所以諸大臣順從輿情，來迎大王，大王儘可前往，統治天下，何必多疑呢！」**見得到，說得透。**

代王恆素性謹慎，還有三分疑意，乃入白母后薄氏。薄太后前居宮中，亦經過許多艱苦，幸得西行，脫身免禍，此時尚帶餘驚，不敢決計令往。代王又召入卜人，囑令占卦。卜人占得卦象，即向代王稱賀，說是大吉。代王問及卦兆爻辭，卜人道：「卦兆叫做大橫，爻辭有云：大橫庚庚，餘為天王，夏啟以光。」**《周易》中無此三語，想是出諸連山、舊藏。**代王道：「寡人已經為王，還做什麼天王呢？」卜人道：「天王就是天子，與諸侯王不同。」代王乃遣母舅薄昭，先赴都中，問明太尉周勃，勃極言誠意迎王，誓無他意。薄昭即還報代王，代王方笑語宋昌道：「果如君言，不必再疑！」隨即備好車駕，與昌一同登車，令昌驂乘，隨員唯張武等六人，循驛西行。

到了高陵，距長安不過數十里，代王尚未盡放心，使昌另乘驛車，入都觀變。昌馳抵渭橋，但見諸大臣都已守候，因即下車與語，說是代王將至，特來通報。諸大臣齊聲道：「我等已恭候多時了。」昌見群臣全體出迎，料是同意，乃復登車回至高陵，請代王安心前進。代王再使驂乘，命駕進行，至渭橋旁，諸大臣已皆跪伏，交口稱臣。代王也下車答拜，昌亦隨下。待至諸大臣起來，周勃搶前一步，進白代王，請屏左右，昌即在旁正色道：「太尉有事，儘可直陳，所言是公，公言便是；所言是私，王者無私！」**正大光明。**勃被昌一說，不覺面頰發赤，倉猝跪地，取出天子符璽，捧獻代王。代王謙謝道：「且至邸第，再議未遲。」勃乃奉璽起立，請代王登車入都，自為前導，直至代邸。時為高後八年閏九月中，勃與右丞相陳平，率領群僚，上書勸進。略云：

第四十六回
奪禁軍捕誅諸呂　迎代王廢死故君

丞相臣平，太尉臣勃，大將軍臣武，**即柴武**。御史大夫臣蒼，**即張蒼，前文云曹窋為御史大夫，此時想已辭職**。宗正臣郢，朱虛侯臣章，**章本赴齊，至此已經還都**。東牟侯臣興居，典客臣揭，再拜言大王足下：子弘等皆非孝惠皇帝子，不當奉宗廟，臣謹請陰安侯，**係高祖兄，劉伯妻，即羹頡侯信母**。頃王后，**高祖兄，仲妻。仲嘗廢為郃陽侯，子濞為吳王，故仲死後，得諡為頃王**。瑯琊王，暨列侯吏二千石公議，大王為高皇帝子，宜為嗣，願大王即天子位！

代王覽書，復申謝道：「奉承高帝宗廟，乃是重事，寡人不才，未足當此，願請楚王到來，再行妥議，選立賢君。」群臣等又復面請，並皆俯伏，不肯起來。代王逡巡起座，西向三讓，南向再讓，還是向眾固辭。平勃等齊聲道：「臣等幾經恭議，現在奉高帝宗廟，唯大王最為相宜，無論天下列侯萬民，無思不服，臣等為宗廟社稷計，原非輕率從事，願大王幸聽臣等。臣等謹奉天子璽符，再拜呈上！」說著，即由勃捧璽陳案，定要代王接受。代王方應允道：「既由宗室、將相、諸侯王，決意推立寡人，寡人也不敢違眾，勉承大統便了！」群臣俱舞蹈稱賀，即尊代王為天子，是為文帝。

東牟侯興居進奏道：「此次誅滅呂氏，臣愧無功，今願奉命清宮。」文帝允諾，命與太僕汝陰侯夏侯嬰同往。兩人徑至未央宮，入語少帝道：「足下非劉氏子，不當為帝，請即讓位！」一面說，一面揮去左右執戟侍臣。左右去了多人，尚有數人未肯退去，大謁者張釋，巧為迎合，勸令退出，乃皆釋戟散走。夏侯嬰即呼入便輿，迫少帝登輿出宮。少帝弘戰慄道：「汝欲載我何往？」嬰直答道：「出就外舍便是！」說著，即命從人御車驅出，行至少府署中，始令少帝下車居住。興居又逼使惠帝后張氏，移徙北宮，然後備好法駕，至代邸迎接文帝。文帝即夕入宮，甫至端門，尚有十人持

戟，阻住御駕，且朗聲道：「天子尚在，足下怎得擅入？」文帝不覺驚疑，忙遣人馳告周勃。勃聞命馳入，曉示十人，叫他避開。十人始知新天子到來，棄戟趨避，文帝才得入內。當夜拜宋昌為衛將軍，鎮撫南北軍，授張武為郎中令，巡行殿中，自御前殿，命有司繕成恩詔，頒發出去。詔曰：

制詔丞相、太尉、御史大夫，間者諸呂用事擅權，謀為大逆，欲危劉氏宗廟，賴將相、列侯、宗室大臣誅之，皆伏其辜。**朕初即位，其赦天下，賜民爵一級，女子百戶牛酒，酺五日。**

是夜少帝弘暴死少府署中，還有常山王朝，淮陽王武，梁王太三人，當時雖受王封，統因年幼無知，未便就國，仍然留居京邸，這三人亦同時被殺。想是陳平、周勃，恐他留為後患，不如斬草除根，殺死了事。文帝樂得置諸不問。究竟少帝與三王，是否惠帝子，亦無從證實，不過這數人無罪無辜，同致殺死，就使果是雜種，也覺得枉死可憐。推究禍原，還是呂太后造下冤孽哩。**冤有頭，債有主，應該追究。**話分兩頭。

且說文帝既已正位，倏忽間已是十月，沿著舊制，下詔改元。月朔謁見高廟，禮畢還朝，受群臣觀賀，下詔封賞功臣。有云：

前呂產自置為相國，呂祿為上將軍，擅遣將軍灌嬰，將兵擊齊，欲代劉氏。嬰留滎陽，與諸侯合謀，以誅呂氏。呂產欲為不善，丞相平與太尉勃等，謀奪產等軍，朱虛侯章首先捕斬產，太尉勃身率襄平侯通，持節承詔入北軍，典客揭奪呂祿印。其益封太尉勃邑萬戶，賜金千斤，丞相平、將軍嬰邑各三千戶，金二千斤，朱虛侯章、襄平侯通邑各二千戶，金千斤，封典客揭為陽信侯，賜金千斤，用酬勞勩。其毋辭！

封賞已畢，遂尊母后薄氏為皇太后，遣車騎將軍薄昭，帶著鹵薄，往代奉迎。追諡故趙王友為幽王，趙王恢為共王，燕王建為靈王。共、靈二

181

第四十六回
奪禁軍捕誅諸呂　迎代王廢死故君

　　王無後，唯幽王友有二子，長子名遂，由文帝特許襲封，命為趙王，移封瑯琊王澤為燕王，所有從前齊、楚故地，為諸呂所割封，至是盡皆給還，不復置國。中外臚歡，吏民額手。

　　忽由右丞相陳平，上書稱病，不能入朝，文帝乃給假數日。待至假滿，平只好入謝，且請辭職。文帝驚問何因？平復奏道：「高皇帝開國時，勃功不如臣，今得誅諸呂，臣功不如勃，願將右丞相一職，讓勃就任，臣心方安。」**可見稱病是詐。**文帝乃命勃為右丞相，遷平為左丞相，罷去審食其。**實是可殺。**任灌嬰為太尉。勃受命後，趨出朝門，面有驕色，文帝卻格外敬禮，注目送勃。郎中袁盎，從旁瞧著，獨出班啟奏道：「陛下視丞相為何如人？」文帝道：「丞相可謂社稷臣！」袁盎道：「丞相乃是功臣，不得稱為社稷臣。古時社稷臣所為，必君存與存，君亡與亡，丞相當呂氏擅權時，身為太尉，不能救正，後來呂后已崩，諸大臣共謀討逆，丞相方得乘機邀功。今陛下即位，特予懋賞，敬禮有加，丞相不自內省，反且面有德色，難道社稷臣果如是麼？」文帝聽了，默然不答，嗣是見勃入朝，辭色謹嚴，勃亦覺得有異，未敢再誇，漸漸的易驕為畏了。**暗伏下文。**小子有詩嘆道：

漫言厚重足安劉，功少封多也足羞。
不是袁絲**袁盎字絲。**先進奏，韓彭遺禍且臨頭！

　　君嚴臣恭，月餘無事，那車騎將軍薄昭，已奉薄太后到來，文帝當即出迎。欲知出迎情事，容待下回再詳。

　　諸呂之誅，雖由平、勃定謀，而首事者為朱虛侯劉章。齊之起兵，章實使之，前回總評中已經敘及。至若周勃已奪北軍，即應捕誅產、祿，乃尚不敢遽發，但遣劉章入衛，設章不亟殺呂產，則劉呂之成敗，尚未可

知。陳平有謀無勇，因人成事，論其後日定策之功，未足以贖前日阿諛之罪。至文帝即位，厚齎平、勃，而劉章不即加賞，文帝其亦有私意歟？西向讓三，南向讓再，無非為矯偽之虛文，彼於劉章之欲戴乃兄，尚懷疑忌，寧有不欲稱尊之理？況少帝兄弟，同時斃命，皆不過問，其居心更可見矣。夫賢如文帝，而不免懷私，此堯舜以後之所以終無聖主也。

第四十六回
奪禁軍捕誅諸呂　迎代王廢死故君

第四十七回
兩重喜竇后逢兄弟　一紙書文帝服蠻夷

　　卻說文帝聞母后到來，便率領文武百官，出郊恭迎。佇候片時，見薄太后駕到，一齊跪伏，就是文帝亦向母下拜。薄太后安坐輿中，笑容可掬，但令車騎將軍薄昭，傳諭免禮。薄昭早已下馬，遵諭宣示，於是文帝起立，百官皆起，先導後擁，奉輦入都，直至長樂宮中，由文帝扶母下輿。登御正殿，又與百官北面謁賀，禮畢始散。這位薄太后的履歷，小子早已敘過，毋庸贅述。**見前文中。**唯薄氏一索得男，生了這位文帝，不但母以子貴，而且文帝竭盡孝思，在代郡時，曾因母病久延，親自侍奉，日夜不怠，飲食湯藥，必先嘗後進，薄氏因此得痊，所以賢孝著聞，終陟帝位。一位失寵的母妃，居然尊為皇太后，適應了許負所言，可見得苦盡甘回，凡事都有定數，毋庸強求呢。**諷勸世人不少。**

　　說也奇怪，薄太后的遭際，原是出諸意外，還有文帝的繼室竇氏，也是反禍為福，無意中得著奇緣。**隨筆遞入。**竇氏係趙地觀津人，早喪父母，只有兄弟二人，兄名建，字長君，弟名廣國，字少君。少君甚幼，長君亦尚年少，未善謀生，又值兵亂未平，人民離析，竇氏與兄弟二人，幾乎不能自存。巧值漢宮採選秀女，竇氏便去應選，得入宮中，侍奉呂后。既而呂后發放宮人，分賜諸王，每王五人，竇氏亦在行中。她因籍隸觀

第四十七回
兩重喜竇后逢兄弟　一紙書文帝服蠻夷

津，自願往趙，好與家鄉接近，當下請託主管太監，陳述己意。主管太監卻也應允，不意事後失記，竟將竇氏姓名，派入代國，及至竇氏得知，向他詰問，他方自知錯誤，但已奏明呂后，不能再改，只得好言勸慰，敷衍一番。竇氏灑了許多珠淚，自悲命薄，悵悵出都。同行尚有四女，途中雖不至寂寞，總覺得無限淒涼。那知到了代國，竟蒙代王特別賞識，選列嬪嬙，春風幾度，遞結珠胎。第一胎生下一女，取名為嫖，第二三胎均是男孩，長名啟，次名武。當時代王夫人，本有四男，啟與武乃是庶出，當然不及嫡室所生。竇氏卻也自安本分，敬事王妃，並囑二子聽命四兄，所以代王嘉她知禮，格外寵愛。會值代王妃得病身亡，後宮雖尚有數人，總要算竇氏為領袖，隱隱有繼妃的希望，不過尚未曾正名。至代王入都為帝，前王妃所出四男，接連夭逝，於是竇氏二子，也得頭角嶄露，突出冠時。**有福人自會湊機，不必預先擺布。**

　　文帝元年孟春之月，丞相以下諸官吏，聯名上書，請豫立太子。文帝又再三謙讓，謂他日應推選賢王，不宜私建子嗣。群臣又上書固請，略言三代以來，立嗣必子，今皇子啟位次居長，敦厚慈仁，允宜立為太子，上承宗廟，下副人心。文帝乃准如所請，冊立東宮，即以皇子啟為太子。太子既定，群臣復請立皇后。看官試想！太子啟既為竇氏所生，竇氏應該為后，尚何疑義？不過群臣未曾指名，讓與文帝乾綱獨斷。文帝也因上有太后，須要稟承母命，才見孝思。當由薄太后下一明諭，飭立太子母竇氏為皇后，竇氏遂得為文帝繼室，正位中宮，這叫做意外奇逢，不期自至。若使當年主管太監，不忘所託，最好是做了一個妾媵，怎能平空一躍，升做國母呢？**當時幽共二王，內有悍婦，若竇氏做他姬妾，恐怕還要枉死，何止不能為國母呢！**

　　竇氏既得為后，長女嫖受封館陶公主，次子武亦受封為淮陽王。就是

竇后的父母，也由薄太后推類賜恩，並沐榮封。原來薄太后父母，並皆早歿，父葬會稽，母葬櫟陽，自從文帝即位，追尊薄父為靈文侯，就會稽郡置園邑三百家，奉守祠塚。薄母為靈文夫人，亦就櫟陽北添置園邑，如靈文侯園儀。薄太后以自己父母，統叨封典，不能厚我薄彼，將竇后父母擱過不提，乃詔令有司，追尊竇后父為安成侯，母為安成夫人，就在清河郡觀津縣中，置園邑二百家，所有奉守祠塚的禮儀，如靈文園大略相同。**惺惺惜惺惺**。還有車騎將軍薄昭，係薄太后弟，時已得封為軹侯，因此竇后兄長君，也得蒙特旨，厚賜田宅，使他移居長安。竇后自然感念姑恩，泥首拜謝，待至長君奉旨到來，兄妹相見，當然憂喜交集，瑣敘離蹤。談到季弟少君，長君卻唏噓流涕，說是被人掠去，多年不得音問，生死未卜。竇后關情手足，也不禁涕泗滂沱，待至長君退出，遣人至清河郡中，囑令地方有司，訪覓少君，一時也無從尋著。

　　竇后正惦念得很，一日忽由內侍遞入一書，展開一看，卻是少君已到長安，自來認親。書中述及少時情事，謂與姊同出採桑，嘗失足墮地。竇后追憶起來，確有此事，因即向文帝說明，文帝乃召少君進見。少君與竇后闊別，差不多有十餘年，當時尚只四五歲，久別重逢，幾不相識，竇后未免錯愕，不便遽認。還是文帝在座細問，方由少君仔細具陳，他自與姊別後，被盜掠去，賣與人家為奴，又輾轉十餘家，直至宜陽，時已有十六七歲了。宜陽主人，命與眾僕入山燒炭，夜就山下搭篷，隨便住宿。不料山忽崩塌，眾僕約百餘人，統被壓死，只有少君脫禍。主人也為驚異，較前優待。少君又傭工數年，自思大難不死，或有後福，特向卜肆中問卜。卜人替他占得一卦，說他剝極遇復，便有奇遇，不但可以免窮，並且還要封侯。少君啞然失笑，疑為荒唐，不敢輕信。**連我亦未必相信**。可巧宜陽主人，徙居長安，少君也即隨往。到了都中，正值文帝新立皇后，

第四十七回
兩重喜竇后逢兄弟　一紙書文帝服蠻夷

文武百官，一齊入賀，車蓋往來，很是熱鬧。當有都人傳說，謂皇后姓**竇**，乃是觀津人氏，從前不過做個宮奴，今日居然升為國母，真正奇怪得很。少君聽了傳言，回憶姊氏曾入宮備選，難道今日的皇后，就是我姊不成？因此多方探聽，果然就是姊氏，方大膽上書，即將採桑事列入，作為證據。乃奉召入宮，經文帝和顏問及，乃詳陳始末情形。竇后還有疑意，因再盤問道：「汝可記得與姊相別，情跡如何？」少君道：「我姊西行時，我與兄曾送至郵舍，姊憐我年小，曾向郵舍中乞得米汁，為我沐頭；又乞飯一碗，給我食罷，方才動身。」說至此，不禁哽咽起來。那竇后聽了，比少君還要增悲，也顧不得文帝上坐，便起身流淚道：「汝真是我少弟了！可憐可憐！幸喜得有今日，汝姊已沐皇恩，我弟亦蒙天佑，重來聚首！」說到首字，竟不能再說下去，但與少君兩手相持，痛哭起來。少君亦涕淚交橫，內侍等站立左右，也為泣下。就是坐在上面的文帝，看到兩人情詞悽切，也為動容。**惻隱之心，人皆有之。**待至兩人悲泣多時，才為勸止，且召入後兄長君，叫他相會。兄弟重敘，更有一番問答的苦情，不在話下。

　　唯文帝令他兄弟同居，再添賜許多田宅，長君少君，方拜辭帝後，攜手同歸。右丞相周勃，太尉灌嬰聞知此事，私自商議道：「從前呂氏專權，我等幸得不死。今竇后兄弟，並集都中，將來或倚著後族，得官干政，豈非我等性命，又懸在兩人手中？且彼兩人出身寒微，未明禮義，一或得志，必且效尤呂氏，今宜預為加防，替他慎擇師友，曲為陶熔，方不至有後患哩！」二人議定，隨即上奏文帝，請即選擇正士，與竇后兄弟交遊。文帝准奏，擇賢與處。竇氏兄弟，果然退讓有禮，不敢倚勢陵人。且文帝亦懲前毖後，但使他安居長安，不加封爵。直至景帝嗣位，尊竇后為皇太后，乃擬加封二舅，適值長君已死，不獲受封，有子彭祖，得封南皮侯，

少君尚存,得封章武侯。此外有魏其侯竇嬰,乃是竇后從子,事見後文。

且說文帝勵精圖治,發政施仁,賑窮民,養耆老,遣都吏巡行天下,察視郡縣守令,甄別淑慝,奏定黜陟。又令郡國不得進獻珍物。海內大定,遠近翕然。乃加賞前時隨駕諸臣,封宋昌為壯武侯,張武等六人為九卿,另封淮南王舅趙兼為周陽侯,齊王舅駟鈞為靖郭侯,故常山丞相蔡兼為樊侯。又查得高祖時佐命功臣,如列侯郡守,共得百餘人,各增封邑,無非是親舊不遺的意思。

過了半年有餘,文帝益明習國事,特因臨朝時候,顧問右丞相周勃道:「天下凡一年內,決獄幾何?」勃答稱未知。文帝又問每年錢穀,出入幾何?勃又詳說不出,仍言未知。口中雖然直答,心中卻很是懷慚,急得冷汗直流,溼透背上。文帝見勃不能言,更向左邊顧問陳平。平亦未嘗熟悉此事,靠著那一時急智,隨口答說道:「這兩事各有專職,陛下不必問臣。」文帝道:「這事何人專管?」平又答道:「陛下欲知決獄幾何,請問廷尉。就是錢穀出入,亦請問治粟內史便了!」文帝作色道:「照此說來,究竟君主管何事?」平伏地叩謝道:「陛下不知臣駑鈍,使臣得待罪宰相,宰相的職任,上佐天子理陰陽,順四時,下撫萬民,明庶物,外鎮四夷諸侯,內使卿大夫各盡職務,關係卻很是重大呢。」**真是一張利嘴**。文帝聽著,乃點首稱善。**文帝也是忠厚**,所以被他騙過。勃見平對答如流,更覺得相形見絀,越加惶愧。待至文帝退朝,與平一同趨出,因向平埋怨道:「君奈何不先教我!」**忠厚人總覺帶呆**。平笑答道:「君居相位,難道不知己職,倘若主上問君,說是長安盜賊,尚有幾人,試問君將如何對答哩?」勃無言可說,默然退歸,自知才不如平,已有去意。可巧有人語勃道:「君既誅諸呂,立代王,威震天下,首受厚賞,古人有言,功高遭忌,若再戀棧不去,禍即不遠了!」勃被他一嚇,越覺寒心,當即上書謝病,

第四十七回
兩重喜竇后逢兄弟　一紙書文帝服蠻夷

請還相印。文帝准奏,將勃免職,專任陳平為相,且與商及南越事宜。

南越王趙佗,前曾受高祖冊封,歸漢稱臣。**事見前文**。至呂后四年,有司請禁南越關市鐵器,佗因此動怒,背了漢朝,僭稱南越武帝。且疑是長沙王吳回**吳芮孫**。進讒,遂發兵攻長沙,蹂躪數縣,大掠而去。長沙王上報朝廷,請兵援應,呂后特遣隆盧侯周灶,率兵往討。適值天時溽暑,士卒遇疫,途次多致病死,眼見是不能前行,並且南嶺一帶,由佗派兵堵住,無路可入,灶只得逗留中道,到了呂后病歿,索性班師回京。趙佗更橫行無忌,用了兵威財物,誘致閩越西甌,俱為屬國,共得東西萬餘里地方,居然乘黃屋,建左纛,與漢天子儀制相同。文帝見四夷賓服,獨有趙佗倔強得很,意欲設法羈縻,用柔制剛,當下命真定官吏,為佗父母墳旁,特置守邑,歲時致祭。且召佗兄弟屬親,各給厚賜,然後選派使臣,南下招佗。這種命意,不能不與相臣商議,陳平遂將陸賈保薦上去,說他前番出使,不辱君命,此時正好叫他再往,駕輕就熟,定必有成。文帝也以為然,遂召陸賈入朝,仍令為大中大夫,使他齎著御書,往諭趙佗。賈奉命起程,好幾日到了南越,趙佗聞是熟客,當然接見。賈即取書交付,由佗接過手中,便即展閱,但見書中說是:

朕,高皇帝側室子也,奉北藩於代,道路遼遠,壅蔽樸愚,未嘗致書。高皇帝棄群臣,孝惠皇帝即世,高後自臨事,不幸有疾,日進不衰。諸呂為變,賴功臣之力,誅之已畢,朕以王侯吏不釋之故,不得不立。乃者聞王遺將軍隆慮侯書,求親昆弟,諸罷長沙兩將軍。朕以王書罷將軍博陽侯,親昆弟在真定者,已遣使存問,修治先人塚。前日聞王發兵於邊,為寇災不止,當時長沙王苦之,南郡尤甚。雖王之國,庸獨利乎?必多殺士卒,傷良將吏,寡人之妻,孤人之子,獨人父母,得一亡十,朕不忍為也。朕欲定地犬牙相入者,以問吏,吏曰:高皇帝所以介長沙王也,朕不

能擅變焉。今得王之地，不足以為大，得王之財，不足以為富，嶺以南王自治之。雖然，王之號為帝，兩帝並立，無一乘之使以通其道，是爭也；爭而不讓，王者不為也。願與王分棄前惡，終今以來，通使如故，故使賈馳諭，告王朕意。

趙佗閱畢，大為感動，便握賈手與語道：「漢天子真是長者，願奉明詔，永為藩臣。」賈即指示御書道：「這是天子的親筆，大王既願臣服天朝，對著天子手書，就與面謁一般，應該加敬。」趙佗聽著，就將御書懸諸座上，自在座前拜跪，頓首謝罪。賈又令速去帝號，佗亦允諾，下令國中道：「我聞兩雄不併立，兩賢不併世。漢皇帝真賢天子，自今以後，我當去帝制黃屋左纛，仍為漢藩。」賈乃誇獎趙佗賢明。佗聞言大喜，與賈共敘契闊，盛筵相待。款留了好幾日，賈欲回朝報命，向佗取索覆書。佗構思一番，亦繕成一書道：

蠻夷大長老夫臣佗昧死再拜，上書皇帝陛下：老夫故越吏也，**針對側室子句**。高皇帝幸賜臣佗璽，以為南越王。孝惠帝即位，義不忍絕，所以賜老夫者厚甚。高後用事，別異蠻夷，出令曰：毋與蠻夷越金鐵田器，馬牛羊即予，予牡毋予牝。老夫處僻，馬牛羊齒已長，自以祭祀不修，有死罪，使內史藩，中尉高，御史平凡三輩，上書謝罪皆不返。又風聞老夫父母墳墓已壞削，兄弟宗族與誅論，吏相與議曰：今內不得振於漢，外無以自高異，故更號為帝，自帝其國，非敢有害於天下。高皇后聞之大怒，削去南越之籍，使使不通，老夫竊疑長沙王讒臣，故敢發兵以伐其邊。且南方卑溼，蠻夷中西有西甌，其眾半贏，南面稱王；東有閩越，其眾數千人，亦稱王；西北有長沙，其半蠻夷，亦稱王，老夫故敢妄竊帝號，聊以自娛。老夫處越四十九年，於今抱孫焉，然夙興夜寐，寢不安席，食不甘味，目不視靡曼之色，耳不聽鐘鼓之音者，以不得事漢也。今陛下幸哀

第四十七回
兩重喜竇后逢兄弟　一紙書文帝服蠻夷

憐，復故號，通使漢如故，老夫死，骨不腐，改號，不敢為帝矣。謹昧死再拜以聞。

書既寫就，隨手封固，又取出許多方物，託賈帶還，作為貢獻，另外亦有贐儀贈賈。賈即別了趙佗，北還報命，及進見文帝，呈上書件，文帝看了一周，當然欣慰，也即厚賞陸賈，賈拜謝而退。**好做富家翁了**。嗣是南方無事，寰海承平，兩番使越的陸大夫，亦安然壽終，小子有詩詠道：

武力何如文教優，御夷有道在懷柔。
詔書一紙蠻王拜，伏地甘心五體投。

未幾就是文帝二年，歲朝方過，便有一位大員，病重身亡。欲知何人病逝，容至下回再表。

有薄太后之為姑，復有竇皇后之為婦，兩人境遇不同，而其悲歡離合之情跡，則如出一轍，可謂姑婦之間，無獨有偶者矣。語有之：塞翁失馬，安知非福，兩后亦如是耳。長君少君，不期而會，先號後笑，命亦從同，得絳灌之代為設法，擇正士以保傅之，而長君少君，卒為退讓之君子，是何莫非竇氏之幸福歟。趙佗橫恣嶺南，第以一書招諭，即頓首謝罪，自去帝制，可見推誠待人，鮮有不為所感動者。忠信之道，行於蠻貊，奚必勞師動眾為哉！

第四十八回
遭眾忌賈誼被遷　正閫儀袁盎強諫

　　卻說丞相陳平，專任數月，忽然患病不起，竟至謝世。文帝聞訃，厚給賻儀，賜諡曰獻，令平長子買襲封。平佐漢開國，好尚智謀，及安劉誅呂，平亦以計謀得功。平嘗自言我多陰謀，為道家所禁，及身雖得倖免，後世子孫，恐未必久安。後來傳至曾孫陳何，擅奪人妻，坐法棄市，果致絕封。**可為好詐者鑑**。這且不必細表。唯平既病死，相位乏人，文帝又記起絳侯周勃，仍使為相，勃亦受命不辭。會當日蝕告變，文帝因天象示儆，詔求賢良方正，直言極諫。當由潁陰侯騎士賈山，上陳治亂關係，至為懇切，時人稱為至言。略云：

　　臣聞為人臣者，盡忠竭愚，以直諫主，不避死亡之誅，臣山是也。臣不敢虛稽久遠，願借秦為喻，唯陛下少加意焉！

　　夫布衣韋帶之士，修身於內，成名於外，而使後世不絕息。至秦則不然，貴為天子，富有天下，賦斂重數，**音朔**。百姓任罷，**音疲**。赭衣半道，群盜滿山，使天下之人，戴目而視，傾耳而聽。一夫大呼，天下響應，蓋天罰已加矣。臣聞雷霆之所擊，無不摧者，萬鈞之所壓，無不靡者，今人主之威，非特雷霆也，勢重，非特萬鈞也，開道而求諫，和顏色而受之，用其言而顯其身，士猶恐懼而不敢自盡，又況於縱慾恣暴，惡聞其過乎！

第四十八回
遭眾忌賈誼被遷　正閫儀袁盎強諫

　　昔者周蓋千八百國，以九州之民，養千八百國之君，君有餘財，民有餘力，而頌聲作。秦皇帝以千八百國之民自養，力罷不能勝其役，財盡不能勝其求，身死才數月耳，天下四面而攻之，宗廟滅絕矣。秦皇帝居滅絕之中，而不自知者何也？**亡無也**輔弼之臣，亡直諫之士，天下已潰而莫之告也。

　　今陛下使天下舉賢良方正之士，天下之士，莫不精白以承休德，今已在朝廷矣，乃選其賢者，使為常侍諸吏，與之馳騁射獵，一日再三出，臣恐朝廷之懈弛，百官之墮於事也。陛下即位，親自勉以厚天下，振貧民，禮高年，平獄緩刑，天下莫不喜悅。

　　臣聞山東吏布詔令，民雖老羸癃疾，扶杖而往聽之，願少須臾毋死，思見德化之成也。今功業方就，名聞方昭，四方向風，乃從豪俊之臣，方正之士，與之日日獵射，擊兔伐狐，以傷大業，絕天下之望，臣竊悼之！詩曰：靡不有初，鮮克有終。臣不勝大願，願少衰射獵，以夏歲二月，定明堂，造大學，修先王之道，風行俗成，萬世之基定，然後唯陛下所幸耳。古者大臣不得與宴遊，方正修絜**音潔**之士，不得從射獵，使皆務其方以高其節，則群臣莫敢不正身修行，盡心以稱大禮。如此則陛下之道，得所尊敬，然後功業施於四海，垂於萬世子孫矣。

　　原來文帝雖日勤政事，但素性好獵，往往乘暇出遊，獵射為娛，所以賈山反覆切諫。文帝覽奏，頗為嘉納，下詔褒獎，嗣是車駕出入，遇著官吏上書，必停車收受，有可採擇，必極口稱善，意在使人盡言。當時又有一個通達治體的英材，與賈山同姓不宗，籍隸洛陽，單名是一誼字。少年卓犖，氣宇非凡。**賈誼是一時名士，故敘入誼名，比賈山尤為鄭重。**嘗由河南守吳公，招置門下，備極器重。吳公素有循聲，治平為天下第一，文帝特召為廷尉。**隨筆帶過吳公，不沒循吏。**吳公奉命入都，遂將誼登諸薦牘，說他博通書籍，可備諮詢，文帝乃復召誼為博士。誼年才弱冠，朝右

諸臣，無如誼少年，每有政議，諸老先生未能詳陳，一經誼逐條解決，偏能盡合人意，都下遂盛稱誼才。文帝也以為能，僅一歲間，超遷至大中大夫。誼勸文帝改正朔，易服色，更定官制，大興禮樂，草成數千百言，厘舉綱要，文帝卻也嘆賞，不過因事關重大，謙讓未遑。誼又請耕籍田、遣列侯就國，文帝乃照議施行。復欲升任誼為公卿，偏丞相周勃，太尉灌嬰，及東陽侯張相如，御史大夫馮敬等，各懷妒忌，交相詆毀，常至文帝座前，說是洛陽少年，紛更喜事，意在擅權，不宜輕用。文帝為眾議所迫，也就變了本意，竟出誼為長沙王太傅。誼不能不去，但心中甚是怏怏。出都南下，渡過湘水，悲吊戰國時楚臣屈原，**屈原被讒見放，投湘自盡**。作賦自比。後居長沙三年，有鵩鳥飛入誼舍，停止座隅。鵩鳥似鴉，向稱為不祥鳥，誼恐應己身，益增憂感，且因長沙卑溼，水土不宜，未免促損壽元，乃更作〈鵩鳥賦〉，自述悲懷。小子無暇抄錄，看官請查閱《史》、《漢》列傳便了。

　　賈誼既去，周勃等當然快意。不過勃好忌人，人亦恨勃，最怨望的就是朱虛侯劉章，及東牟侯劉興居。先是諸呂受誅，劉章實為功首，興居雖不及劉章，但清宮迎駕，也算是一個功臣。周勃等與兩人私約，許令章為趙王，興居為梁王，及文帝嗣位，勃未嘗替他奏請，竟背前言，自己反受了第一等厚賞，因此章及興居，與勃有嫌。文帝也知劉章兄弟，滅呂有功，只因章欲立兄為帝，所以不願優敘。好容易過了兩年，有司請立皇子為王，文帝下詔道：「故趙幽王幽死，朕甚憐憫，前已立幽王子遂為趙王，**見四十七回**。尚有遂弟闢彊，及齊悼惠子朱虛侯章，東牟侯興居，有功可王。」這詔一下，群臣揣合帝意，擬封闢彊為河間王，朱虛侯章為城陽王，東牟侯興居為濟北王，文帝當然准議。唯城陽、濟北，俱系齊地，割封劉章兄弟，是明明削弱齊王，差不多剜肉補瘡，何足言惠！這三王分

第四十八回
遭眾忌賈誼被遷　正閨儀袁盎強諫

封出去,更將皇庶子參,封太原王,揖封梁王。梁、趙均係大國,劉章兄弟,希望已久,至此終歸絕望,更疑為周勃所賣,嘖有煩言。文帝頗有所聞,索性把周勃免相,託稱列侯未盡就國,丞相可為倡率,出就侯封。勃未曾預料,突接此詔,還未知文帝命意,沒奈何繳還相印,陛辭赴絳去了。

文帝擢灌嬰為丞相,罷太尉官。灌嬰接任時,已在文帝三年,約閱數月,忽聞匈奴右賢王,入寇上郡,文帝急命灌嬰調發車騎八萬人,往禦匈奴,自率諸將詣甘泉宮,作為援應。嗣接灌嬰軍報,匈奴兵已經退去,乃轉赴太原,接見代國舊臣,各給賞賜,並免代民三年租役。留遊了十餘日,又有警報到來,乃是濟北王興居,起兵造反,進襲滎陽。當下飛調棘蒲侯柴武為大將軍,率兵往討,一面令灌嬰還師,自領諸將急還長安。興居受封濟北,與乃兄章同時就國,章鬱憤成病,不久便歿。**了過劉章**。興居聞兄氣憤身亡,越加怨恨,遂有叛志,適聞文帝出討匈奴,總道是關中空虛,可以進擊,因即驟然起兵。那知到了滎陽,便與柴武軍相遇,一場大戰,被武殺得七零八落,四散奔逃。武乘勝追趕,緊隨不捨,興居急不擇路,策馬亂跑,一腳踏空,馬竟蹶倒,把興居掀翻地上。後面追兵已到,順手拿住,牽至柴武面前,武把他置入囚車,押解回京。興居自知不免,扼吭自殺。**興居功不及兄,乃敢造反,怎得不死**。待武還朝覆命,驗明屍首,文帝憐他自取滅亡,乃盡封悼惠王諸子罷軍等七人為列侯,唯濟北國撤銷,不復置封。

內安外攘,得息干戈,朝廷又復清閒,文帝政躬多暇,免不得出宮遊行。一日帶著侍臣,往上林苑飽看景色,但見草深林茂,魚躍鳶飛,卻覺得萬匯滋生,足快心意。行經虎圈,有禽獸一大群,馴養在內,不勝指數,乃召過上林尉,問及禽獸總數,究有若干?上林尉瞠目結舌,竟不能

答，還是監守虎圈的嗇夫，**官名**。從容代對，一一詳陳，文帝稱許道：「好一個吏目，能如此才算盡職哩？」說著，即顧令從官張釋之，拜嗇夫為上林令。釋之字季，堵陽人氏，前為騎郎，十年不得調遷，後來方進為謁者。釋之欲進陳治道，文帝叫他不必高論，但論近時。釋之因就秦漢得失，說了一番，語多稱旨。遂由文帝賞識，加官謁者僕射，每當車駕出遊，輒令釋之隨著。此時釋之奉諭，半晌不答，再由文帝重申命令，乃進問文帝道：「陛下試思絳侯周勃，及東陽侯張相如，人品若何？」文帝道：「統是忠厚長者。」釋之接說道：「陛下既知兩人為長者，奈何欲重任嗇夫。彼兩人平時論事，好似不能發言。豈若嗇夫利口，喋喋不休。且陛下可曾記得秦始皇麼？」文帝道：「始皇有何錯處？」釋之道：「始皇專任刀筆吏，但務苛察，後來敝俗相沿，競尚口辯，不得聞過，遂致土崩。今陛下以嗇夫能言，便欲超遷，臣恐天下將隨時盡靡哩！」**君子不以言舉人，徒工口才，原是不足超遷，但如上林尉之糊塗，亦何足用！**文帝方才稱善，乃不拜嗇夫，升授釋之為宮車令。

既而梁王入朝，與太子啟同車進宮，行過司馬門，並不下車，適被釋之瞧見，趕將過去，阻住太子梁王，不得進去，一面援著漢律，據實劾奏。漢初定有宮中禁令，以司馬門為最重，凡天下上事，四方貢獻，均由司馬門接收，門前除天子外，無論何人，並應下車，如或失記，罰金四兩。釋之劾奏太子梁王，說他時常出入，理應知曉，今敢不下公門，乃是明知故犯，以不敬論。這道彈章呈將進去，文帝不免溺愛，且視為尋常小事，擱置不理，偏為薄太后所聞，召入文帝，責他縱容兒子，文帝始免冠叩謝，自稱教子不嚴，還望太后恕罪。薄太后乃遣使傳詔，赦免太子梁王，才准入見。文帝究是明主，並不怪釋之多事，且稱釋之守法不阿，應再超擢，遂拜釋之為中大夫，未幾又升為中郎將。會文帝挈著寵妃慎夫

第四十八回
遭眾忌賈誼被遷　正闈儀袁盎強諫

人，出遊霸陵，釋之例須扈蹕，因即隨駕同行。霸陵在長安東南七十里，地勢負山面水，形勢甚佳，文帝自營生壙，因山為墳，故稱霸陵，當下眺覽一番，復與慎夫人登高東望，手指新豐道上，顧示慎夫人道：「此去就是邯鄲要道呢。」慎夫人本邯鄲人氏，聽到此言，不由的觸動鄉思，悽然色沮。文帝見她玉容黯淡，自悔失言，因命左右取過一瑟，使慎夫人彈瑟遣懷。邯鄲就是趙都，趙女以善瑟著名，再加慎夫人心靈手敏，當然指法高超，既將瑟接入手中，便即按弦依譜，順指彈來。文帝聽著，但覺得嘈嘈切切，暗寓悲情，頓時心動神移，也不禁憂從中來，別增悵觸。於是慨然作歌，與瑟相和。一彈一唱，饒有餘音，待至歌聲中輟，瑟亦罷彈。文帝顧語從臣道：「人生不過百年，總有一日死去，我死以後，若用北山石為槨，再加紵絮雜漆，塗封完密，定能堅固不破，還有何人得來搖動呢。」**文帝所感，原來為此**。從臣都應了一個「是」字，獨釋之答辯道：「臣以為皇陵中間，若使藏有珍寶，使人涎羨，就令用北山為槨，南山為戶，兩山合成一陵，尚不免有隙可尋，否則雖無石槨，亦何必過慮呢！」文帝聽他說得有理，也就點頭稱善。時已日昃，因即命駕還宮。嗣又令釋之為廷尉。釋之廉平有威，都下懾服。

　　唯釋之這般剛直，也是有所效法，彷彿蕭規曹隨。他從騎尉進階，是由袁盎薦引，前任的中郎將，並非他人，就是袁盎。盎嘗抗直有聲，前從文帝遊幸，也有好幾次犯顏直諫，言人所不敢言。文帝嘗寵信宦官趙談，使他參乘，盎伏諫道：「臣聞天子同車，無非天下豪俊，今漢雖乏才，奈何令刀鋸餘人，同車共載呢！」文帝乃令趙談下車，談只好依旨，勉強趨下。已而袁盎又從文帝至霸陵，文帝縱馬西馳，欲下峻阪，盎趕前數步，攬住馬韁。文帝笑說道：「將軍何這般膽怯？」盎答道：「臣聞千金之子不垂堂，百金之子不騎衡，聖主不乘危、不徼倖。今陛下馳騁六飛，親臨

不測，倘或馬驚車復，有傷陛下，陛下雖不自愛，難道不顧及高廟太后麼？」文帝乃止。過了數日，文帝復與竇皇后、慎夫人，同遊上林，上林郎署長預置坐席。待至帝后等入席休息，盎亦隨入。帝后分坐左右，慎夫人就趨至皇后坐旁，意欲坐下，盎用手一揮，不令慎夫人就坐，卻要引她退至席右，侍坐一旁。慎夫人平日在宮，仗著文帝寵愛，嘗與竇皇后並坐並行。竇后起自寒微，經過許多周折，幸得為后，所以遇事謙退，格外優容。俗語說得好，習慣成自然，此次偏遇袁盎，便要辨出嫡庶的名位，叫慎夫人退坐下首。慎夫人如何忍受？便即站立不動，把兩道柳葉眉，微豎起來，想與袁盎爭論。文帝早已瞧著，只恐慎夫人與他鬥嘴，有失閫儀，但心中亦未免怪著袁盎，多管閒事，因此勃然起座，匆匆趨出。**明如文帝，不免偏愛幸姬，女色之蠱人也如此！**竇皇后當然隨行，就是慎夫人亦無暇爭執，一同隨去。文帝為了此事，打斷遊興，即帶著后妃，乘輦回宮。袁盎跟在後面，同入宮門，俟帝、后等下輦後，方從容進諫道：「臣聞尊卑有序，方能上下和睦，今陛下既已立后，后為六宮主，無論妃妾嬪嬙，不能與后並尊。慎夫人就是御妾，怎得與后同坐？就使陛下愛幸慎夫人，只好優加賞賜，何可紊亂秩序，若使釀成驕恣，名為加寵，實是加害。前鑑非遙，寧不聞當時『人彘』麼！」文帝聽得「人彘」二字，才覺恍然有悟，怒氣全消。時慎夫人已經入內，文帝也走將進去，把袁盎所說的言語，照述一遍。慎夫人始知袁盎諫諍，實為保全自己起見，悔不該錯怪好人，乃取金五十斤，出賜袁盎。**婦女往往執性，能如慎夫人之自知悔過，也算難得，故卒得保全無事。**盎稱謝而退。

會值淮南王劉長入朝，詣闕求見，文帝只有此弟，寵遇甚隆。不意長在都數日，闖出了一樁大禍，尚蒙文帝下詔赦宥，仍令歸國，遂又激動袁盎一片熱腸，要去面折廷爭了。正是：

第四十八回
遭眾忌賈誼被遷　正閫儀袁盎強諫

明主豈宜私子弟，直臣原不憚王侯。

究竟淮南王長為了何事得罪，文帝又何故赦他，待至下回說明，自有分曉。

賈誼以新進少年，得遇文帝不次之擢，未始非明良遇合之機。惜乎才足以動人主，而智未足以絀老成也。絳、灌諸人，皆開國功臣，位居將相，資望素隆，為賈誼計，正宜與彼聯繫，共策進行，然後可以期盛治。乃徒絮聒於文帝之前，而於絳、灌等置諸不顧，天下寧有一君一臣，可以行政耶！長沙之遷，咎由自取，吊屈原，賦鵬鳥，適見其無含忍之功，徒知讀書，而未知養氣也。張釋之之直諫，語多可取，而袁盎所陳三事，尤為切要。斥趙談之同車，所以防宵小；戒文帝之下阪，所以範馳驅；卻慎夫人之並坐，所以正名義。誠使盎事事如此，何至有不學之譏乎？唯文帝從諫如流，改過不吝，其真可為一時之明主也歟！

第四十九回
闢陽侯受椎斃命　淮南王謀反被囚

　　卻說淮南王劉長，係高祖第五子，乃是趙姬所出。趙姬本在趙王張敖宮中，高祖自東垣過趙，**當是討韓王信時候**。張敖遂撥趙姬奉侍。高祖生性漁色，見了嬌滴滴的美人，怎肯放過？當即令她侍寢，一宵雨露，便種胚胎。高祖不過隨地行樂，管什麼有子無子，歡娛了一兩日，便將趙姬撇下，逕自回都。**薄倖人往往如此**。趙姬仍留居趙宮，張敖聞她得幸高祖，已有身孕，不敢再使宮中居住，特為另築一舍，俾得休養。既而貫高等反謀發覺，事連張敖，一併逮治，**見前文**。張氏家眷，亦拘繫河內獄中，連趙姬都被繫住。趙姬時將分娩，對著河內獄官，具陳高祖召幸事，獄官不禁伸舌，急忙報知郡守，郡守據實奏聞，那知事隔多日，毫無複音。趙姬有弟趙兼，卻與審食其有些相識，因即措資入都，尋至闢陽侯第中，叩門求謁。審食其還算有情，召他入見，問明來意，趙兼一一詳告，並懇食其代為疏通。食其卻也承認，入白呂后，呂后是個母夜叉，最恨高祖納入姬妾，怎肯替趙姬幫忙？反將食其搶白數語，食其碰了一鼻子灰，不敢再說。趙兼待了數日不得確報，再向食其處問明。食其謝絕不見，累得趙兼白跑一趟，只得回到河內。

　　趙姬已生下一男，在獄中受盡痛苦，眼巴巴的望著皇恩大赦，偏由乃

第四十九回
闢陽侯受椎斃命　淮南王謀反被囚

　　弟走將進來，滿面愁慘，語多支吾。趙姬始知絕望，且悔且恨，哭了一日，竟自尋死。待至獄吏得知，已經氣絕，無從施救。**一夕歡娛，落了這般結果，真是張敖害她。**只把遺下的嬰孩，僱了一個乳媼，好生保護，靜候朝中消息。可巧張敖遇赦，全家脫囚，趙姬所生的血塊兒，復由郡守特派吏目，偕了乳媼，同送入都。高祖前時怨恨張敖，無暇顧及趙姬，此時聞趙姬自盡，只有遺孩送到，也不禁記念舊情，感嘆多時。**遲了遲了。**當下命將遺孩抱入，見他狀貌魁梧，與己相似，越生了許多憐惜，取名為長，遂即交與呂后，囑令撫養，並飭河內郡守，把趙姬遺棺，發往原籍真定，妥為埋葬。**屍骨早寒，曉得什麼？**呂后雖不願撫長，但因高祖鄭重叮囑，也不便意外虐待。好在長母已亡，不必生妒，一切撫養手續，自有乳媼等掌管，毋庸勞心，因此聽他居住，隨便看管。

　　好容易過了數年，長已有五六歲了，生性聰明，善承呂后意旨，呂后喜他敏慧，居然視若己生，長因得無恙。及出為淮南王，才知生母趙姬，冤死獄中，母舅趙兼，留居真定，因即著人往迎母舅。到了淮南，兩下談及趙姬故事，更添出一重怨恨，無非為了審食其不肯關說，以致趙姬身亡。長記在心中，嘗欲往殺食其，只苦無從下手，未便遽行。及文帝即位，食其失勢，遂於文帝三年，借了入朝的名目，徑詣長安。文帝素來孝友，聞得劉長來朝，很表歡迎，接見以後，留他盤桓數日。長年已逾冠，膂力方剛，兩手能扛巨鼎，膽大敢為，平日在淮南時，嘗有不奉朝命，獨斷獨行等事，文帝只此一弟，格外寬容。此次見文帝留與盤桓，正合長意。一日長與文帝同車，往獵上苑，在途交談，往往不顧名分，但稱文帝為大兄。文帝仍不與較，待遇如常。長越覺心喜，自思入京朝覲，不過具文，本意是來殺審食其，借報母仇。況主上待我甚厚，就使把食其殺死，當也不致加我大罪，此時不再下手，更待何時！乃暗中懷著鐵椎，帶領從

人，乘車去訪審食其。食其聞淮南王來訪，怎敢怠慢？慌忙整肅衣冠，出門相迎。見長一躍下車，趨至面前，總道他前來行禮，趕先作揖。才經俯首，不防腦袋上面，突遭椎擊，痛徹心腑，霎時間頭旋目暈，跌倒地上。長即令從人趨近，梟了食其首級，上車自去。

食其家內，非無門役，但變生倉猝，如何救護？且因長是皇帝親弟，氣焰逼人，怎好擅出擒拿，所以長安然走脫，至宮門前下車，直入闕下，求見文帝。文帝當然出見，長跪伏殿階，肉袒謝罪，轉令文帝吃了一驚，忙問他為著何事？長答說道：「臣母前居趙國，與貫高謀反情事，毫無干涉。闢陽侯明知臣母冤枉，且嘗為呂后所寵，獨不肯入白呂后，懇為代陳，便是一罪；趙王如意，母子無辜，枉遭毒害，闢陽侯未嘗力爭，便是二罪；高后封諸呂為王，欲危劉氏，闢陽侯又默不一言，便是三罪。闢陽侯受國厚恩，不知為公，專事營私，身負三罪，未正明刑，臣謹為天下誅賊，上除國蠹，下報母仇！唯事前未曾請命，擅誅罪臣，臣亦不能無罪，故伏闕自陳，願受明罰。」**強詞亦足奪理**。文帝本不悅審食其，一旦聞他殺死，倒也快心，且長為母報仇，跡雖專擅，情尚可原，因此叫長退去，不復議罪。長已得逞志，便即辭行，文帝准他回國，他就備好歸裝，昂然出都去了。中郎將袁盎，入宮進諫道：「淮南王擅殺食其，陛下乃置諸不問，竟令歸國，恐此後愈生驕縱，不可複製。臣聞尾大不掉，必滋後患，願陛下須加裁抑，大則奪國，小則削地，方可防患未萌，幸勿再延！」文帝不言可否，盎只好退出。

過了數日，文帝非但不治淮南王，反追究審食其私黨，竟飭吏往拿朱建。建得了此信，便欲自殺，諸子勸阻道：「生死尚未可知，何必自盡！」建慨然道：「我死當可無事，免得汝等罹禍了！」遂拔劍自刎。吏人回報文帝，文帝道：「我並不欲殺建，何必如此！」遂召建子入朝，拜為中大夫。

第四十九回
闢陽侯受椎斃命　淮南王謀反被囚

建為食其而死，也不值得，幸虧遇著文帝，尚得貽蔭兒曹。

越年為文帝四年，丞相灌嬰病逝，升任御史大夫張蒼為丞相，且召河東守季布進京，欲拜為御史大夫。布自中郎將出守河東，河東百姓，卻也悅服。**布為中郎將，見前文。**當時有個曹邱生，與布同為楚人，流寓長安，結交權貴，宦官趙談，常與往來，就是竇皇后兄竇長君，亦相友善，曹邱生得借勢斂錢，招權納賄。布雖未識曹邱生，姓名卻是熟悉，因聞曹邱生所為不合，特致書竇長君，敘述曹邱生劣跡，勸他勿與結交。竇長君得書後，正在將信將疑，巧值曹邱生來訪長君，自述歸意，並請長君代作一書，向布介紹。長君微笑道：「季將軍不喜足下，願足下毋往！」曹邱生道：「僕自有法說動季將軍，只教得足下一書，為僕先容，僕方可與季將軍相見哩。」長君不便峻拒，乃泛泛的寫了一書，交與曹邱生。曹邱生歸至河東，先遣人持書投入，季布展開一看，不禁大怒，既恨曹邱生，復恨竇長君，兩恨交併，便即盛氣待著。俄而曹邱生進來，見布怒容滿面，卻毫不畏縮，意向布長揖道：「楚人有言：得黃金百斤，不如得季布一諾，足下雖有言必踐，但有此盛名，也虧得旁人揄揚。僕與足下同是楚人，使僕為足下游譽，豈不甚善，何必如此拒僕呢！」布素來好名，一聽此言，不覺轉怒為喜，即下座相揖，延為上客。留館數月，給他厚贐，曹邱生辭布歸楚，復由楚入都，替他揚名，得達主知。文帝乃將布召入，有意重任，忽又有人入毀季布，說他好酒使氣，不宜內用，轉令文帝起疑，躊躇莫決。布寓京月餘，未得好音，乃入朝進奏道：「臣待罪河東，想必有人無故延譽，乃蒙陛下寵召。今臣入都月餘，不聞後命，又必有人乘間毀臣。陛下因一譽賜召，一毀見棄，臣恐天下將窺見淺深，競來嘗試了。」文帝被他揭破隱衷，卻也自慚，半晌方答諭道：「河東是我股肱郡，故特召君前來，略問情形，非有他意。今仍煩君復任，幸勿多疑。」布乃謝別而去。

唯布有弟季心，亦嘗以任俠著名，見有不平事件，輒從旁代謀，替人洩忿。偶因近地土豪，武斷鄉曲，由季心往與理論，土豪不服，心竟把他殺死，避匿袁盎家中。盎方得文帝寵信，即出與調停，不致加罪，且薦為中司馬。因此季心以勇聞，季布以諾聞。相傳季布季心，氣蓋關中，便是為此，這且不必細表。**詳敘季布兄弟，無非借古諷今。**

且說絳侯周勃，自免相就國後，約有年餘，每遇河東守尉，巡視各縣，往往心不自安，披甲相見，兩旁護著家丁，各持兵械，似乎有防備不測的情形。**這叫做心勞日拙。**河東守尉，未免驚疑，就中有一個促狹人員，上書告訐，竟誣稱周勃謀反。文帝已陰蓄猜疑，見了告變的密書，立諭廷尉張釋之，叫他派遣幹員，逮勃入京。釋之不好怠慢，只得派吏赴絳，會同河東守季布，往拿周勃。布亦知勃無反意，唯因詔命難違，不能不帶著兵役，與朝吏同至絳邑，往見周勃。勃仍披甲出迎，一聞詔書到來，已覺得忐忑不寧，待至朝吏讀罷，嚇得目瞪口呆，幾與木偶相似。**披甲設兵，究有何益！**還是季布叫他卸甲，勸慰數語，方令朝吏好生帶著，同上長安。

入都以後，當然下獄，廷尉原是廉明，獄吏總要需索。勃初意是不肯出錢，偏被獄吏冷嘲熱諷，受了許多醃臢氣，那時只好取出千金，分作饋遺。獄吏當即改換面目，小心供應。既而廷尉張釋之，召勃對簿，勃不善申辯，經釋之面訊數語，害得舌結詞窮，不發一言。還虧釋之是個好官，但令他還繫獄中，一時未曾定讞。獄吏既得勃賂，見勃不能置詞，遂替他想出一法，只因未便明告，乃將文牘背後，寫了五字，取出示勃。**得人錢財，替人消災，還算是好獄吏。**勃仔細瞧著，乃是「以公主為證」五字，才覺似夢方醒。待至家人入內探視，即與附耳說明。原來勃有數子，長名勝之，曾娶文帝女為妻，自勃得罪解京，勝之等恐有不測，立即入京省

第四十九回
闢陽侯受椎斃命　淮南王謀反被囚

父，公主當亦同來。唯勝之平日，與公主不甚和協，屢有反目等情，此時為父有罪，沒奈何央懇公主，代為轉圜。公主還要擺些身架，直至勝之五體投地，方嫣然一笑，入宮代求去了。**這是筆下解頤處。**

先是釋之讞案，本主寬平，一是文帝出過中渭橋，適有人從橋下走過，驚動御馬，當由侍衛將行人拿住，發交廷尉。文帝欲將他處死，釋之止斷令罰金，君臣爭執一番，文帝駁不過釋之，只得依他判斷，罰金了事。一是高廟內座前玉環，被賊竊去，賊為吏所捕，又發交廷尉。釋之奏當棄市，文帝大怒道：「賊盜我先帝法物，罪大惡極，不加族誅，叫朕如何恭承宗廟呢！」釋之免冠頓首道：「法止如此，假如愚民無知，妄取長陵一抔土，陛下將用何法懲辦？」這數語喚醒文帝，也覺得罪止本身，因入白薄太后，薄太后意議從同，遂依釋之言辦理罷了。**插敘兩案，表明釋之廉平。**此次審問周勃，實欲為勃解免，怎奈勃口才不善，未能辯明，乃轉告知袁盎。盎嘗劾勃驕倨無禮，**見四六回。**至是因釋之言，獨奏稱絳侯無罪。還有薄太后弟昭，因勃曾讓與封邑，感念不忘，所以也入白太后，為勃伸冤。薄太后已得公主泣請，再加薄昭一番面陳，便召文帝入見。文帝應召進謁，太后竟取頭上冒巾，向文帝面前擲去，且怒說道：「絳侯握皇帝璽，統率北軍，當時不想造反，今出居一小縣間，反要造反麼？汝聽了何人讒構，乃思屈害功臣！」文帝聽說，慌忙謝過，謂已由廷尉訊明冤情，便當釋放云云。太后乃令他臨朝，赦免周勃。好在釋之已詳陳獄情，證明勃無反意，文帝不待閱畢，即使人持節到獄，將勃釋免。

勃幸得出獄，喟然嘆道：「我嘗統領百萬兵，不少畏忌，怎知獄吏驕貴，竟至如此！」說罷，便上朝謝恩。文帝仍令回國，勃即陛辭而出，聞得薄昭、袁盎、張釋之，俱為排解，免不得親自往謝。盎與勃追述彈劾時事，勃笑說道：「我前曾怪君，今始知君實愛我了！」遂與盎握手告別，

出都去訖。勃已返國，文帝知他不反，放下了心。獨淮南王劉長，驕恣日甚，出入用天子警蹕，擅作威福。文帝貽書訓責，長抗詞答覆，願棄國為布衣，守塚真定。**明是怨言。**當由文帝再令將軍薄昭，致書相戒，略云：

竊聞大王剛直而勇，慈惠而厚，貞信多斷，是天以聖人之資奉大王也。今大王所行，不稱天資。皇帝待大王甚厚，而乃輕言恣行，以負謗於天下，甚非計也。夫大王以千里為宅居，以萬民為臣妾，此高皇帝之厚德也。高帝蒙霜露，冒風雨，赴矢石，野戰攻城，身被瘡痍，以為子孫成萬世之業，艱難危苦甚矣。大王不思先帝之艱苦，至欲棄國為布衣，毋乃過甚！且夫貪讓國土之名，輕廢先帝之業，是謂不孝；父為之基而不能守，是為不賢；不求守長陵，而求守真定，先母後父，是謂不義；數逆天子之令，不順言節行，倖臣有罪，大者立誅，小者肉刑，是謂不仁；貴布衣一劍之任，賤王侯之位，是謂不智；不好學問大道，觸情妄行，是謂不祥。此八者危亡之路也，而大王行之，棄南面之位，奮諸、賁之勇，**專諸、孟賁，古之力士。**常出入危亡之路，臣恐高皇帝之神，必不廟食於大王之手明矣！昔者周公誅管叔放蔡叔以安周，齊桓殺其弟以反國，秦始皇殺兩弟、遷其母以安秦，頃王亡代，**即劉仲事見前文。**高帝奪其國以便事，濟北舉兵，皇帝誅之以安漢，周齊行之於古，秦漢用之於今，大王不察古今之所以安國便事，而欲以親戚之意望諸天子，不可得也。王若不改，漢系大王邸論相以下，為之奈何！夫墮父大業，退為布衣，所哀倖臣皆伏法而誅，為天下笑，以羞先帝之德，甚為大王不取也。宜急改操易行，上書謝罪，使大王昆弟歡欣於上，群臣稱壽於下，上下得宜，海內常安，願熟計而疾行之。行之有疑，禍如發矢，不可追已。

長得書不悛，且恐朝廷查辦，便欲先發制人。當下遣大夫但等七十人，潛入關中，勾通棘蒲侯柴武子奇，同謀造反，約定用大車四十輛，載

第四十九回
闢陽侯受椎斃命　淮南王謀反被囚

運兵器，至長安北方的谷口，依險起事。柴武即遣士伍開章，**漢律有罪失官為士伍。**往報劉長，使長南連閩越，北通匈奴，乞師大舉。長很是喜歡，為治家室，賜與財物爵祿。開章得了升官發財的幸遇，自然留住淮南，但遣人回報柴奇。不意使人不慎，竟被關吏搜出密書，奏報朝廷。文帝尚不忍拿長，但命長安尉往捕開章。長匿章不與，密與故中尉簡忌商議，將章誘入，一刀殺死，省得他入都饒舌。**開章得享財祿，不過數日，所謂有無妄之福，必有無妄之災。**悄悄的用棺殮屍，埋葬肥陵，佯對長安尉說道：「開章不知下落。」又令人偽設墳墓，植樹表書，有「開章死葬此下」六字。長安尉料他捏造，還都奏聞，文帝乃復遣使召長。長部署未齊，如何抗命，沒奈何隨使至都。丞相張蒼，典客行御史大夫事馮敬，暨宗正廷尉等，審得長謀反屬實，且有種種不法情事，應坐死罪，當即聯銜會奏，請即將長棄市。文帝仍不忍誅長，更命列侯吏二千石等申議，又皆複稱如法。畢竟文帝顧全同胞，赦長死罪，但褫去王爵，徙至蜀郡嚴道縣邛郵安置，並許令家屬同往，由嚴道縣令替他營室，供給衣食。一面將長載上輜車，派吏管押，按驛遞解，所有與長謀反等人，一併伏誅。

長既出都，忽由袁盎進諫道：「陛下嘗縱容淮南王，不為預置賢傅相，所以致此。唯淮南王素性剛暴，驟遭挫折，必不肯受，倘有他變，陛下反負殺弟的惡名，豈不可慮！」文帝道：「我不過暫令受苦，使他知悔，他若悔過，便當令他回國呢。」盎見所言不從，當然退出。不料過了月餘，竟接到雍令急奏，報稱劉長自盡，文帝禁不住慟哭起來。小子有詩詠道：

骨肉原來處置難，寬須兼猛猛兼寬。
事前失算臨頭悔，聞死徒煩老淚彈。

欲知劉長如何自盡，且至下回再詳。

審食其可誅而不誅,文帝之失刑,莫逾於此。及淮南王劉長入都,借朝覲之名,椎擊食其,實為快心之舉。但如長之擅殺大臣,究不得為無罪,貸死可也,仍使回國不可也。況長之驕恣,已見一斑,乘此罪而裁制之,則彼自無從謀反,當可曲為保全。昔鄭莊克段於鄢,公羊子謂其處心積慮,乃成於殺。文帝雖不若鄭莊之陰刻,然從表面上觀之,毋乃與鄭主之所為,相去無幾耶!況於重厚少文之周勃,常疑忌之,於驕橫不法之劉長,獨縱容之,暱其所親,而疑其所疏,謂為無私也得乎!甚矣,私心之不易化也!

第四十九回
闢陽侯受椎斃命　淮南王謀反被囚

第五十回
中行說叛國降虜庭　　緹縈女上書贖父罪

　　卻說淮南王劉長被廢，徙錮蜀中，行至中道，淮南王顧語左右道：「何人說我好勇，不肯奉法？我實因平時驕縱，未嘗聞過，故致有今日。今悔已無及，恨亦無益，不如就此自了吧。」左右聽著，只恐他自己尋死，格外加防。但劉長已憤不欲生，任憑左右進食，卻是水米不沾，竟至活活餓死。左右尚沒有知覺，直到雍縣地方，縣令揭開車上封條，驗視劉長，早已僵臥不動，毫無氣息了。**趙姬負氣自盡，長亦如此，畢竟有些遺傳性。**當下吃了一驚，飛使上報。文帝聞信，不禁慟哭失聲，適值袁盎進來，文帝流涕與語道：「我悔不用君言，終致淮南王餓死道中。」盎乃勸慰道：「淮南王已經身亡，咎由自取，陛下不必過悲，還請寬懷。」文帝道：「我只有一弟，不能保全，總覺問心不安。」盎接口道：「陛下以為未安，只好盡斬丞相御史，以謝天下。」**盎出此言，失之過激，後來不得其死，已兆於此。**文帝一想，此事與丞相御史，究竟沒甚干涉，未便加誅。唯劉長經過的縣邑，所有傳送諸吏，及餽食諸徒，沿途失察，應該加罪，當即詔令丞相御史，派員調查，共得了數十人，一併棄市。**冤哉枉也。**並用列侯禮葬長，即就雍縣築墓，特置守塚三十戶。

　　嗣又封長世子安為阜陵侯，次子勃為安陽侯，三子賜為周陽侯，四子

第五十回
中行說叛國降虜庭　緹縈女上書贖父罪

　　良為東成侯，但民間尚有歌謠云：

　　　一尺布，尚可縫；一斗粟，尚可舂，兄弟二人不相容。

　　文帝有時出遊，得聞此歌，明知暗寓諷刺，不由的長嘆道：「古時堯舜放逐骨肉，周公誅殛管蔡，天下稱為聖人，無非因他大義滅親，為公忘私，今民間作歌寓譏，莫非疑我貪得淮南土地麼？」乃追諡長為厲王，令長子安襲爵，仍為淮南王。唯分衡山郡封勃，廬江郡封賜，獨劉良已死，不復加封，於是淮南析為三國。

　　長沙王太傅賈誼，得知此事，上書諫阻道：「淮南王悖逆無道，徙死蜀中，天下稱快。今朝廷反尊奉罪人子嗣，勢必惹人譏議，且將來伊子長大，或且不知感恩，轉想為父報仇，豈不可慮！」文帝未肯聽從，唯言雖不用，心中卻記念不忘，因特遣使召誼。誼應召到來，剛值文帝祭神禮畢，靜坐宣室中。**宣室即未央宮前室**。待誼行過了禮，便問及鬼神大要。誼卻原原本本，說出鬼神如何形體，如何功能，幾令文帝聞所未聞，文帝聽得入情，竟致忘倦，好在誼也越講越長，滔滔不絕，直到夜色朦朧，尚未罷休。文帝將身移近前席，儘管側耳聽著，待誼講罷出宮，差不多是月上三更了。文帝退入內寢，自言自嘆道：「我久不見賈生，還道是彼不及我，今日方知我不及彼了。」越日頒出詔令，拜誼為梁王太傅。

　　梁王揖係文帝少子，唯好讀書，為帝所愛，故特令誼往傅梁王。誼以為此次見召，必得內用，誰知又奉調出去，滿腔憂鬱，無處可揮，乃討論時政得失，上了一篇治安策，約莫有萬餘言，分作數大綱。應痛哭的有一事，是為了諸王分封，力強難制；應流涕的有二事，是為了匈奴寇掠，禦侮乏才；應長太息的有六事，是為了奢侈無度，尊卑無序，禮義不興，廉恥不行，儲君失教，臣下失御等情。文帝展誦再三，見他滿紙牢騷，似乎

禍亂就在目前,但自觀天下大勢,一時不致遽變,何必多事紛更,因此把賈誼所陳,暫且擱起。

只匈奴使人報喪,係是冒頓單于病死,子稽粥嗣立,號為老上單于。文帝意在羈縻,復欲與匈奴和親,因再遣宗室女翁主,**漢稱帝女為公主,諸王女為翁主**。往嫁稽粥,音育。作為閼氏。特派宦官中行說,護送翁主,同往匈奴。中行說不欲遠行,託故推辭,文帝以說為燕人,生長朔方,定知匈奴情態,所以不肯另遣,硬要說前去一行。說無法解免,悻悻起程,臨行時曾語人道:「朝廷中豈無他人,可使匈奴?今偏要派我前往,我也顧不得朝廷了。將來助胡害漢,休要怪我!」**小人何足為使,文帝太覺誤事**。旁人聽著,只道他是一時憤語,況偌大閹人,能有什麼大力,敢為漢患?因此付諸一笑,由他北去。

說與翁主同到匈奴,稽粥單于見有中國美人到來,當然心喜,便命說住居客帳,自挈翁主至後帳中,解衣取樂。翁主為勢所迫,無可奈何,只好拚著一身,由他擺布。**這都是婁敬害她**。稽粥暢所欲為,格外滿意,遂立翁主為閼氏,一面優待中行說,時與宴飲。說索性降胡,不願回國,且替他想出許多計策,為強胡計。先是匈奴與漢和親,得漢所遺繒絮食物,視為至寶,自單于以至貴族,並皆衣繒食米,詡詡自得。說獨向稽粥獻議道:「匈奴人眾,敵不過漢朝一郡,今乃獨霸一方,實由平常衣食,不必仰給漢朝,故能兀然自立。現聞單于喜得漢物,願變舊俗,恐漢物輸入匈奴,不過十成中的一二成,已足使匈奴歸心相率降漢了。」稽粥卻也驚愕,唯心中尚戀著漢物,未肯遽棄,就是諸番官亦似信非信,互有疑議。說更將繒帛為衣,穿在身上,向荊棘中馳騁一周,繒帛觸著許多荊棘,自然破裂。說回入帳中,指示大眾道:「這是漢物,真不中用!」說罷,又換服氈裘,仍赴荊棘叢中,照前跑了一番,並無損壞。乃更入帳語眾道:「漢

第五十回
中行說叛國降虜庭　緹縈女上書贖父罪

朝的繒絮，遠不及此地的氈裘，奈何捨長從短呢！」眾人皆信為有理，遂各穿本國衣服，不願從漢。說又謂漢人食物，不如匈奴的羶肉酪漿，每見中國酒米，輒揮去勿用。番眾以說為漢人，猶從胡俗，顯見是漢物平常，不足取重了。**本國人喜用外國貨，原是大弊，但如中行說之教導匈奴，曾自知為中國人否？**

說見匈奴已不重漢物，更教單于左右，學習書算，詳記人口牲畜等類。會有漢使至匈奴聘問，見他風俗野蠻，未免嘲笑，中行說輒與辯駁，漢使譏匈奴輕老，說答辯道：「漢人奉命出戍，父老豈有不自減衣食，齎送子弟麼？且匈奴素尚戰攻，老弱不能鬥，專靠少壯出戰，優給飲食，方可戰勝沙場，保衛家室，怎得說是輕老哩！」漢使又言匈奴父子，同臥穹廬中，父死妻後母，兄弟死即取兄弟妻為妻，逆理亂倫，至此已極。說又答辯道：「父子兄弟死後，妻或他嫁，便是絕種，不如取為己妻，卻可保全種姓，所以匈奴雖亂，必立宗種。**一派胡言。**今中國侈言倫理，反致親族日疏，互相殘殺，這是有名無實，徒事欺人，何足稱道呢！」**這數語卻是中國通弊，但不應出自中行說之口。**漢使總批駁他無禮無義，說謂約束徑然後易行，君臣簡然後可久，不比中國繁文縟節，毫無益處。後來辯無可辯，索性屬色相問道：「漢使不必多言，但教把漢廷送來各物，留心檢點，果能盡善盡美，便算盡職，否則秋高馬肥，便要派遣鐵騎，南來踐踏，休得怪我背約呢！」**可惡之極。**漢使見他變臉，只得罷論。

向來漢帝遺匈奴書簡，長一尺一寸，上面寫著「皇帝敬問匈奴大單于無恙」，隨後敘及所贈物件，匈奴答書，卻沒有一定制度。至是說教匈奴製成復簡，長一尺二寸，所加封印統比漢簡闊大，內寫「天地所生，日月所置，匈奴大單于，敬問漢皇帝無恙」云云。**說既幫著匈奴主張簡約，何以覆書上要這般誇飾。**漢使攜了匈奴覆書，歸報文帝，且將中行說所言，

敘述一遍，文帝且悔且憂，屢與丞相等議及，注重邊防。梁王太傅賈誼，聞得匈奴悖嫚，又上陳三表五餌的祕計，對待單于。大略說是：

　　臣聞愛人之狀，好人之技，仁道也，信為大操常義也，愛好有實，已諾可期，十死一生，彼將必至，此三表也。賜之盛服車乘以壞其目，賜之盛食珍味以壞其口，賜之音樂婦人以壞其耳，賜之高堂邃宇倉庫奴婢以壞其腹，於來降者嘗召幸之，親酌手食相娛樂以壞其心，此五餌也。

　　誼既上書，復自請為屬國官吏，主持外交，謂能系單于頸，笞中行說背，說得天花亂墜，議論驚人。**未免誇張**。文帝總恐他少年浮誇，行不顧言，仍將來書擱置，未嘗照行。一年又一年，已是文帝十年了，文帝出幸甘泉，親察外情，留將軍薄昭守京。昭得了重權，遇事專擅，適由文帝遣到使臣，與昭有仇，昭竟將來使殺死。文帝聞報，忍無可忍，不得不把他懲治。只因賈誼前上治安策中，有言公卿得罪，不宜拘辱，但當使他引決自裁，方是待臣以禮等語。於是令朝中公卿，至薄昭家飲酒，勸使自盡。昭不肯就死，文帝又使群臣各著素服，同往哭祭。昭無可奈何，乃服藥自殺。昭為薄太后弟，擅戮帝使，應該受誅，不過文帝未知預防，縱成大罪，也與淮南王劉長事相類。這也由文帝有仁無義，所以對著宗親，不能無憾哩。**敘斷平允**。

　　越年為文帝十一年，梁王揖自梁入朝，途中馳馬太驟，偶一失足，竟致顛蹶。揖墜地受傷，血流如注，經醫官極力救治，始終無效，竟致畢命。梁傅賈誼，為梁王所敬重，相契甚深，至是聞王暴亡，哀悲的了不得，乃奏請為梁王立後。且言淮陽地小，未足立國，不如併入淮南。唯淮陽水邊有二三列城，可分與梁國，庶梁與淮南，均能自固云云。文帝覽奏，願如所請，即徙淮陽王武為梁王，武與揖為異母兄弟，揖無子嗣，因將武調徙至梁，使武子過承揖祀。又徙太原王參為代王，並有太原。**武封**

第五十回
中行說叛國降虜庭　緹縈女上書贖父罪

淮陽王，參封太原王，見四七、四八回中。這且待後再表。

唯賈誼既不得志，並痛梁王身死，自己為傅無狀，越加心灰意懶，鬱鬱寡歡，過了年餘，也至病瘵身亡。年才三十三歲。後人或惜誼不能永年，無從見功，或謂誼幸得蚤死，免至亂政，眾論悠悠，不足取信，明眼人自有真評，毋容小子絮述了。**以不斷斷之。**

且說匈奴國主稽粥單于，自得中行說後，大加親信，言聽計從。中行說導他入寇，屢為邊患，文帝十一年十一月中，又入侵狄道，掠去許多人畜。文帝致書匈奴，責他負約失信，稽粥亦置諸不理。邊境戍軍，日夕戒嚴，可奈地方袤延，約有千餘里，顧東失西，顧西失東，累得兵民交困，雞犬不寧。當時有一個太子家令，姓晁名錯，**音措**，初習刑名，繼通文學，入官太常掌故，進為太子舍人，轉授家令。太子啟喜他才辯，格外優待，號為智囊。他見朝廷調兵徵餉，出禦匈奴，因即乘機上書，詳陳兵事。**無非衒才。**大旨在得地形、卒服習、器用利三事。地勢有高下的分別，匈奴善山戰，中國善野戰，須捨短而用長；士卒有強弱的分別，選練必精良，操演必純熟，毋輕舉而致敗；器械有利鈍的分別，勁弩長戟利及遠，堅甲銛刃利及近，貴因時而制宜。結末復言用夷攻夷，最好是使降胡義渠等，作為前驅，結以恩信，賜以甲兵，與我軍相為表裡，然後可制匈奴死命。統篇不下數千言，文帝大為稱賞，賜書褒答。錯又上言發卒守塞，往返多勞，不如募民出居塞下，教以守望相助，緩急有資，方能持久無虞，不致渙散。還有入粟輸邊一策，乃是令民納粟入官，接濟邊餉，有罪可以免罪，無罪可以授爵，就入粟的多寡，為級數的等差。**此說為賣官鬻爵之俑，最足誤國。**文帝多半採用，一時頗有成效，因此錯遂得寵。

錯且往往引經釋義，評論時政。說起他的師承，卻也有所傳授。錯為太常掌故時，曾奉派至濟南，向老儒伏生處，專習《尚書》。伏生名勝，

通尚書學,曾為秦朝博士,自秦始皇禁人藏書,伏生不能不取書出毀,只有《尚書》一部,乃是研究有素,不肯繳出,取藏壁中。及秦末天下大亂,伏生早已去官,避亂四徙,直至漢興以後,書禁復開,才敢回到家中,取壁尋書。偏壁中受著潮溼,將原書大半爛毀,只剩了斷簡殘編,取出檢視,僅存二十九篇,還是破碎不全。文帝即位,詔求遺經,別經尚有人民藏著,陸續獻出,獨缺《尚書》一經。嗣訪得濟南伏生,以《尚書》教授齊魯諸生,乃遣錯前往受業。伏生年衰齒落,連說話都不能清晰,並且錯籍隸潁川,與濟南距離頗遠,方言也不甚相通,幸虧伏生有一女兒,名叫羲娥,夙秉父傳,頗通《尚書》大義。當伏生講授時,伏女立在父側,依著父言,逐句傳譯,錯才能領悟大綱。尚有兩三處未能體會,只好出以己意,曲為引伸。其實伏生所傳《尚書》二十九篇,原書亦已斷爛,一半是伏生記憶出來,究竟有無錯誤,也不能悉考。後至漢武帝時,魯恭王壞孔子舊宅,得孔壁所藏書經,字跡亦多腐蝕,不過較伏生所傳,又加二十九篇,合成五十八篇,由孔子十二世孫孔安國考訂箋注,流傳後世。這且慢表。

　　唯晁錯受經伏生,實靠著伏女轉授,故後人或說他受經伏女,因父成名,一經千古,也可為女史生色了。**不沒伏女**。當時齊國境內,尚有一個閨閣名姝,揚名不朽,說將起來,乃是前漢時代的孝女,比那伏女羲娥,還要膾炙人口,世代流芳。看官欲問她姓名,就是太倉令淳于意少女緹縈。**從伏女折入緹縈,映帶有致**。淳于意家居臨淄,素好醫術,嘗至同郡元里公乘陽慶處學醫。**公乘係漢官名,意在待乘公車,如徵君同義**。慶已七十餘歲,博通醫理,無子可傳,自淳于意入門肄業,遂將黃帝扁鵲脈書,及五色診病諸法,一律取授,隨時講解。意悉心研究,三年有成,乃辭師回里,為人治病,能預決病人生死,一經投藥,無不立愈,因此名聞

第五十回
中行說叛國降虜庭　緹縈女上書贖父罪

遠近，病家多來求醫，門庭如市。但意雖善醫，究竟只有一人精力，不能應接千百人，有時不堪煩擾，往往出門遊行。且向來落拓不羈，無志生產，曾做過一次太倉令，未幾辭去，就是與人醫病，也是隨便取資，不計多寡。只病家踵門求治，或值意不在家中，竟致失望，免不得憤懣異常，病重的當即死了。死生本有定數，但病人家屬，不肯這般想法，反要說意不肯醫治，以致病亡。怨氣所積，釀成禍祟。至文帝十三年間，遂有勢家告發意罪，說他借醫欺人，輕視生命。當由地方有司，把他拿訊，讞成肉刑。只因意曾做過縣令，未便擅加刑罰，不能不奏達朝廷，有詔令他押送長安。**為醫之難如此。**

意無子嗣，只有五女，臨行時都去送父，相向悲泣。意長嘆道：「生女不生男，緩急無所用。」為此兩語，激動那少女緹縈的血性，遂草草收拾行李，隨父同行。好容易到了長安，意被繫獄中，緹縈竟拚生詣闕，上書籲請。文帝聽得少女上書，也為驚異，忙令左右取入，展開一閱，但見書中有要語云：

妾父為吏，齊中嘗稱其廉平，今坐法當刑，妾傷夫死者不可復生，刑者不可復屬，雖欲改過自新，其道莫由，終不可得。妾願沒入為官婢，以贖父刑罪，使得改過自新也。

文帝閱畢，禁不住悽惻起來，便命將淳于意赦罪，聽令挈女歸家。小子有詩讚緹縈道：

欲報親恩入漢關，奉書詣闕拜天顏。
世間不少男兒漢，可似緹縈救父還。

既而文帝又有一詔，除去肉刑。欲知詔書如何說法，待至下回述明。

與外夷和親，已為下策，又強遣中行說以附益之，說本閹人，即令其

存心無他，猶不足以供使令，況彼固有言在先，將為漢患耶！文帝必欲遣說，果何為者？賈誼三表五餌之策，未盡可行，即如晁錯之屢言邊事，有可行者，有不可行者。要之御夷無他道，不外內治外攘而已，捨此皆非至計也。錯受經於伏生，而伏女以傳；伏女以外，又有上書贖罪之緹縈。漢時去古未遠，故尚有女教之留遺，一以傳經著，一以至孝聞，巾幗中有此人，賈、晁輩且有愧色矣。

前漢演義──從張良借箸至叛國降虜庭

作　　　者：蔡東藩		國家圖書館出版品預行編目資料
發　行　人：黃振庭		
出　版　者：複刻文化事業有限公司		前漢演義──從張良借箸至叛國降虜庭 / 蔡東藩 著. -- 第一版. -- 臺北市：複刻文化事業有限公司, 2024.10
發　行　者：複刻文化事業有限公司		
E - m a i l：sonbookservice@gmail.com		
粉　絲　頁：https://www.facebook.com/sonbookss		面；　公分
		POD 版
網　　　址：https://sonbook.net/		ISBN 978-626-7595-01-5(平裝)
地　　　址：台北市中正區重慶南路一段 61 號 8 樓		857.4521　　　　　113014518

8F., No.61, Sec. 1, Chongqing S. Rd., Zhongzheng Dist., Taipei City 100, Taiwan

電　　　話：(02)2370-3310
傳　　　真：(02)2388-1990
印　　　刷：京峯數位服務有限公司
律師顧問：廣華律師事務所 張珮琦律師
定　　　價：299 元
發行日期：2024 年 10 月第一版
◎本書以 POD 印製

電子書購買

爽讀 APP　　　臉書